ドライブインまほろば

序 章

僕はしばらくミカンのことを考えていた。

丸くて金色できらきら光ってる。てっぺんのヘタが緑の星のようだ。酸《す》っぱい匂いが鼻の奥から身体に入ってくる。途端に、きゅっと胸が縮み上がって、僕はぶるっと震えた。

僕は僕の手を見る。昔、この掌《てのひら》にミカンを載せてもらった。そして、頭を撫《な》でてもらった。僕は嬉《うれ》しくて、嬉しくて、ミカンを握りしめたまま泣いた。

僕はまた手を見る。もうミカンはない。今、僕が握りしめているのは、固くて冷たい金属バットだ。新品だから、まだ透明の保護フィルムに包まれている。でも、もう売り物にはならない。僕が汚してしまったからだ。

ミカンの代わりに金属バットを握りしめた僕の手はじんじんとしびれている。さっき力を込めて何度も、何度も何度も叩《たた》き付けたからだ。

今は七月。外はかんかん照りだ。ミカンの季節じゃない。なんで僕はミカンのことを思い出したんだろう。こんなときに、なんで、ミカンのことを考えているんだろう。

母の悲鳴で我に返った。

「なに、これ……」

母が倉庫の入口に立っている。ぽかんとだらしなく口を半開きにしていた。

まさか母に見られるなんて思わなかった。今日は、午後から週一のネイルの日じゃなかったのか？　なんでここにいる？　なんで？

「……嘘《うそ》やん。流星《りゅうせい》？　なにしてるん？　ねえ……」

母は混乱しすぎて、すこし笑っているように見えた。

しびれすぎて感覚のなくなった僕の手から金属バットが滑り落ちる。床に当たって跳ね上がった。ガラン、ガラン、と転がって死体の横で止まる。

その音に弾《はじ》かれたように母の身体が震えた。よろめきながらこちらに向かってくる。でも、やっぱり僕を無視した。流星の前で床に膝を突くと、甘えたようにも聞こえる声で言う。

「流星、しっかりして。流星、ねえ、流星」

母は仰向《あおむ》けに倒れた流星を激しく揺さぶった。頭から染みだした血が倉庫の床に広がっていく。

「流星、お願いやから、起きて。ねえ、流星、ふざけんといてや……」

流星は眼を開けたまま死んでいた。ちょうど煙草《たばこ》に火を点けようとしたところだったので、死体のそばには折れた煙草とライターが転がっていた。

「ねえ、流星、ねえ」

さっきから何回流星の名を呼んだ？　僕はまだ一度も呼んでもらってない。名を呼ぶ回数は関心と愛情に比例する。僕と流星とでは比べものにならない。わかっている、わかっているけれど、やっぱり辛い。

母が振り返った。僕を見上げる。

「憂《ゆう》、あんたが……？」

ようやく僕の名を呼んでくれた。すこしほっとする。でも、すぐに、こんなつまらないことで喜ぶ自分が情けなくなった。

母は大きく眼を見開いて、僕をじっと見ている。カラコンを入れているのがはっきりとわかった。

「まさか、あんたが流星を殺したん？」

母の眼から涙が流れた。カラコンが落ちないかと不安になる。

「なんで、こんなことを……」

なんで？　それはこっちの台詞《せりふ》だ。僕がなんでこんなことをしたのかわからないのか？

本当にわからないのか？

僕は黙っていた。すると、母はひゅうっと息を吸いこむと、再び流星にしがみついた。

「流星、ほんまに死んだん？　そんなん……あたし、どうしたらええんよ……」

再び、僕は無視される。母はもうこの男のことしか頭にない。流星にすがりつき、激しく泣きじゃくっている。

「流星、嘘やろ？　死ぬなんて……」

僕は流星のノートパソコンをリュックに詰めた。そして、店を飛び出した。そのままマンションまで走る。汗がだらだら流れた。暑くてたまらない。頭のてっぺんが焦げそうだ。なのに、手足は冷たい。ぞくぞくする。

家に着いて、鍵を開けようとした。でも、手が震えてなかなか鍵穴に入らない。僕は自分に言い聞かせる。落ち着け、落ち着け。近所の人に怪しまれる。

ようやくドアが開いた。転がるように中に入る。

今頃、母が通報しているかもしれない。だとしたら、すぐに警察が僕を捕まえに来るだろう。急いで逃げる用意をしなければ。

逃げなければ。でも、どこへ？

ランドセルから筆記用具を取りだし、リュックに入れる。他に身の回りの物も詰めた。

そこで、逃げるためにはお金が必要なことに気がついた。でも、お小遣いなんてもらってないから、僕自身は一円も持っていない。仕方ない。台所の抽斗《ひきだし》を探った。いつも母がここにいくらか現金を置いていたはずだ。

抽斗を探ると、母のヴィトンの財布があった。だが、中には二千円しか入っていなかった。

どうしよう。たった二千円で逃げられるだろうか。

僕は後悔する。流星を殺した後、財布を奪えばよかった。あの男なら、何万、何十万と財布に入れていた。だが、今さら店には戻れない。失敗した——。

ふいに、ぞっと背筋が冷たくなる。今、僕は財布を奪わなかったことを後悔した。あの男を殺したことはまだ後悔していないのに？

僕はいつかあの男を殺したことを後悔するのだろうか？ 今はすこしもわからない。果たしてそんな日が来るのだろうか？

背後で物音がした。ぎくりと振り返る。

「……お兄ちゃん？」

来海《くるみ》が立っていた。もう昼すぎだというのに、子猫の柄のパジャマを着たままだ。昨日の夕飯の残りのマックポテトを手に持っている。すっかり冷たくなっているが、いつものことなので平気なようだ。

この時間に一人で家にいるということは、保育園を休んだということだ。つまり、送っていくのが面倒になった母が無理矢理休ませた。よくあることだ。

「来海、お兄ちゃんとこれからお出かけしよう」

「今から？」

「うん。山にハイキングに行くんや。お兄ちゃんと二人で。だから着替えような」

「夏休みやからハイキング？」

「そう。夏休みやからハイキングや」

Tシャツとハーフ丈のパンツを穿《は》かせた。それからリボンの付いた帽子もかぶらせる。

「ねえ、パパとママは？」

ぎくりとした。また手が震えてくる。

「パパもママも来ない。お兄ちゃんと二人でハイキングや」

「わかった」

来海のパパは来ない。絶対に来ない。なぜなら僕が殺したから。ママも来ない。なぜなら僕たちに興味がないから。

「保育園は？」

「しばらくお休みする。ちゃんと連絡帳に書くから大丈夫」

「わかった」

来海はうなずいて、サンダルを履いた。

「さ、来海、ハイキングに出発や」

「出発」

来海がハイタッチを求めてきた。僕は震えながら手を合わせた。

第一章　ヘンゼルとグレーテル

霧の濃い朝だった。

髪を後ろで一つにまとめてバンダナを巻き、紺のエプロンをする。これで身支度は完了だ。外に出た。陽は昇っているのだが、まだ山の向こうで光が届かない。空気はひやりと冷たくて思わずひとつ身震いした。店も駐車場も道路も山も、なにもかも白く濡《ぬ》れている。私は子供の頃から思っていた。まるで牛乳をこぼしたみたいだ、と。赤い三角屋根の「ドライブインまほろば」は冷たい牛乳の底に沈んでいた。

ここは奈良県南部、深い山々に囲まれた秘境の村だ。「ドライブインまほろば」はそんな村の旧道沿いにぽつんと建っていた。

一九七〇年代、高松塚《たかまつづか》古墳の壁画が発見され、ちょっとした万葉《まんよう》ブームがあったという。その頃、祖父母はドライブインを開業し、「まほろば」と名づけた。あれから半世紀近くが過ぎ、祖父母は亡くなり「まほろば」は一度は閉店したものの、まだ一応営業している。

建物の正面は赤い三角屋根で、その下が入口だ。三角屋根の下には「ドライブインまほろば」と書かれた古臭いデザインの看板が掛かっている。再開に当たって、物置から引っ張り出してきたものだ。常連のタキさんは言う。――この看板を見ると、なんか万博を思い出すのよねえ、と。

ドアは自動ではなくアルミの引き戸で、シュロの大きな足ふきマットが敷いてある。入ると、右手が厨房《ちゅうぼう》、左手が客席だ。四人掛けのテーブルが奥の山側に四つ、手前の駐車場側に四つ、合計三十二席ある。昔はこの倍、六十四席あった。だが今は半分だって埋まることはない。

足を止め、霧の中で耳を澄ませる。だが、聞こえるのは鳥の声だけだ。

子供の頃だったら、こんな朝は遠くから警笛の音が聞こえてきたものだ。鋭い警笛と地響きのようなエンジンの音。トンネルを通って、峠を越えるトラックが山を登ってくる。見通しの悪いカーブが連続するので、霧の濃い朝はカーブで警笛を鳴らすのだ。

そんなトラックが眼にするのは、霧の向こうに見える「ドライブインまほろば」の回転灯だ。桜の木の下でくるくると回る赤い灯に誘われるように、車が駐車場に入っていく。

当時の客の目当ては、大釜で炊いたご飯と季節によって変わる具だくさんの味噌汁《みそしる》、それにずらりと並んだ小鉢の総菜だ。みな、祖母の手作りで、春なら山菜、秋なら茸《きのこ》など、季節の物が多い。年中あるのは、近くの農家から仕入れる産みたて卵。急ぐ者は手早く麺をすする。あの頃、祖父母は早朝から深夜まで忙しく働いていた。

学校が長い休みに入ると、母に連れられ「ドライブインまほろば」に来たものだ。そして、母と一緒に店を手伝った。

――比奈子《ひなこ》、奥のテーブル片付けてきて。

――比奈ちゃん、花壇の水遣《みずや》り、頼んだよ。

子供だったのでたいして役には立たなかったが、それでも「お手伝い」は楽しい経験だった。

祖父母が亡くなり「まほろば」が閉店したのは十年近く前のことだ。持ち主は母に替わり、それからずっと貸店舗だった。賃料が格安なので、脱サラした人が「手打ちそば屋」を、定年退職した夫婦が「本格珈琲《コーヒー》の店」を開いたこともあった。だが、あまりの場所の悪さに、あっという間に撤退していった。以来、借り手がつかず、ずっと空店舗のままだった。

みなの反対を押し切って「まほろば」を再オープンしたのは今年はじめのことだ。荒れ放題で傷んだ店は建て替えたほうがよかったが、そこまでの資金はなかった。最低限のリフォームをして、なんとか開店にこぎ着けた。だが、みなの予想通り客は来ない。

「まほろば」が寂れたのには理由がある。以前から、アップダウンとカーブの多い峠越えの道は嫌われていた。道幅が狭く、すれ違いのできない場所がある。また、ミラーもガードレールもない区間もあった。それでも他に道路がない以上、みな、ここを走るしかなかったのだ。やがて、バイパスと新トンネルができた。峠越えの旧道を走る車は激減し、「まほろば」に立ち寄る車もなくなった。

駐車場横の花壇からダリアを切った。花を抱え、道路沿いに歩いていく。店のすこし先に小さなお地蔵様があった。昔は峠で事故が多かったので、祖父が安全を祈願して建てたそうだ。

お地蔵様の脇には川へ下りる山道があった。急な斜面を行ったり来たりしながら、沢まで下りていく。山菜摘みや川遊びのときには必ず使う道だ。

ホホー、ホーホー。

お地蔵様に手を合わせながら、山鳩の鳴き声を聞いていた。桜は毎年花を咲かせ、「まほろば」は毎年古びていく。

――ねえ、お母さん。

里桜《りお》の声が聞こえたような気がした。私は思わず空を見上げた。桜が見える。葉先が霧でかすんでいた。

夫は出張が多かった。夫がいないときは、里桜を連れて空店舗になった「まほろば」に遊びに来た。店の裏にはかつて祖父母が住んでいた離れがある。「まほろば」は私にとって無料の別荘のようなものだった。

――ねえ、お母さん、川へ行こ。

里桜は川で遊ぶのが好きだった。私は小さな里桜としっかり手をつないで、お地蔵様の横の小道を下りたものだ。春なら一緒にフキノトウを摘んだ。夏なら冷たい流れに足を浸して水遊びをした。

里桜はいつも笑っていた。あの頃はなにもかもが光の中だった。

ゆっくりと霧が晴れていく。今日も晴れるだろう。きっと暑くなる。

店に戻って、入口の桜の木の下に置かれた看板の電源を入れた。営業中という文字が輝き、その上で赤い回転灯が回りだす。「ドライブインまほろば」開店だ。

客席にあるテレビをつける。七時のニュースがはじまった。熱中症による死亡事故、高速道路での多重事故、それに介護苦による無理心中などが報じられた。

あちこちで当たり前のように人が死んでいく。子供も大人も老人も簡単に死んでいく。

昨夜また、私は母を殺す夢を見た。

私は子供の頃に住んでいた家にいた。母がアップルパイを焼いていた。焼き上がると、オーブンから取り出して私の前に置いた。

――比奈子、好きなだけ食べて。

母は私にパイを切るように言った。私は包丁でパイを切ろうとした。だが、気がつくと母を刺していた。なにか言いながら、何度も何度も刺した。

母は刺されながら笑っていた。

――比奈子、なんでお母さんにそんな酷いことするん？

夢から覚めて、私は号泣した。恐ろしくてたまらなかった。自分は狂っていると思った。母を殺す夢を見る私はもうすぐ三十七歳になる。今は独りぼっちだ。

昼を過ぎた頃、若いカップル客が来た。二十代半《なか》ばといったところか。女は明るい茶色の髪をハーフアップにして、小花柄のワンピースを着ている。目許《めもと》の化粧は薄いが、口紅だけやたらと赤かった。男のほうは白いシャツにダメージジーンズ、ボディバッグという恰好《かっこう》だ。足許は二人とも白のスニーカーで、ペアだった。

男は困惑したような表情をし、女はあからさまに不機嫌だった。窓側の席に着くなり、言い合いをはじめる。

「そんなに怒らんでええやろ。ナビが古かったんや」

「でも、あの道、あきらかにおかしかったやん。それやのにどんどん進んで」

「だから謝ってるやろ。夜はちゃんとした店に予約取ってるから、今は我慢せえよ」

水を運んで、ご注文は？と訊ねたが、二人は険悪なままだ。女はメニューを眺めて、露骨に顔をしかめた。黙ったきりなので、男が焦《じ》れて口を開く。

「なんにする？」

「……じゃ、山菜そば」

ふて腐れた顔で注文すると、すぐに横を向いた。窓から濃い緑の山を見てため息をつく。

「俺はカレー。それから、道の駅って、ここからどう行ったらいいんですか?」

「道の駅ですか?　それだったら新トンネルの先ですよ」

注文を取って厨房に下がる。やはり道を間違えた口か。せっかくのドライブデートが台無しというわけだ。

そばを茹《ゆ》で、ステンレス容器の蓋を開けた。ワラビ、コゴミ、ゼンマイ、セリなどの水煮が入っている。春に山で収穫したものを塩漬けした。中国産の水煮などとは違って歯ごたえも風味もきちんと残っている。

そばの上にたっぷりと山菜を盛ってカレーと一緒に運んだ。女はまだふくれっ面だ。嫌々といったふうに口をつける。一口食べてはっと顔を上げた。

「あれ、意外とおいしい」

「そう?　カレーはまあ普通やけど」

「この山菜おいしいよ。噛《か》んだら味がある」

「味があるのは当たり前やろ?」

「そんなことないて。だって、社食の山菜そば、味せえへんもん」

「味のわかるあたし偉いアピール?」

「誰もそんなこと言うてへんやん」

カップルの不毛なケンカを聞いていると、気が滅入ってきた。

日本中でドライブインが消えていっている。ドライバーは古臭いドライブインなどに行かない。その代わりに、きれいでオシャレな「道の駅」に行く。だから、「まほろば」が流行《はや》ることはもう絶対にない。ここは私の自己満足の店だ。

カップルは食事を済ませると、そそくさと出ていった。二人とも最後まで仏頂面だった。

客のいない店内をぼんやり眺めていると、母が来た。

いつも突然やってくる。駐車場に入ってくる母の車を見ながら、きりきりと胃が痛むのを感じた。

だって、事前に連絡すると断られるから――。母は私が悪いかのように言う。たしかに事前連絡があれば断るだろう。母が憎いわけではない。ただ、一人にしてほしいだけだ。

母はがらんとした駐車場の一番奥を進み、離れの裏に車を駐めた。「まほろば」が流行っていた頃の習慣だ。客の車の邪魔にならないように、家族の車は離れの裏に駐めること、だ。今では客の車など滅多にない。遠慮する必要などないのだが、それでもやはり母は習慣通りにしている。

店に入ってくるなり、母は明るい声で言った。

「久しぶり。元気にしてた？」

「……うん」

一瞬、返事が遅れる。だが、母はなにも気付かず喋《しゃべ》り続けた。

「比奈子。お客さんいないんやったら荷物下ろすの手伝って。今日はお母さん、泊まっていかれへんの。夕方には帰らなあかんから」

今日は泊まっていかないのか。ほっとしながら、私は母の後について店を出た。母がトランクを開ける。トランクから段ボール箱を出すのを手伝った。

「これ、今年作った梅干し。大粒はしそ梅。小粒はかつお梅。店で使えるかと思って」

母が無理に笑顔を作っているのがわかる。私も懸命に笑顔を作ろうとした。

「そう。ありがとう」

すぐに言葉が出ない。どうしても遅れてしまう。それだけで苛々してきた。顔を見る、返事をする。たったそれだけのことでも辛いのに、なぜわかってくれないのだろう。

「お父さんね、最近、また仕事をはじめて。ほら、中西《なかにし》さんて憶《おぼ》えてる？　お父さんの古い友達の。あの人が誘ってくれて」

「そう。よかったやん」

また笑顔を作った。唇と頬がひきつったのがわかる。たぶん失敗だろう。だが、なぜ笑わなければいけない？　なぜ無理をしてまで私は母に笑顔を見せているのだろう。

「お父さんの世話さえなかったらね、ずっと泊まり込んで手伝ってあげられるのに」

勘弁して、と私は心の中で叫んだ。母と同居など絶対に嫌だ。なぜ、こんな山奥で一人暮らしをしていると思う？　誰の顔も見たくないから。なにも思い出したくないからだ。

母が花壇に眼を留めて言う。

「里桜はお花が好きやったねえ。水遣りのお手伝いをしてくれて……」

じりっと胸が灼《や》けた。段ボール箱を抱えたまま、一瞬足が止まる。なぜ口に出す？　なぜ黙っていられない？　なぜ、わざわざ私に聞かせる？

母は実家に里桜の写真をたくさん飾っている。だが「まほろば」には一枚もない。写真を見るのも辛いからだ。なぜそれがわからないのだろう。

私の表情にようやく気付いたらしい。母は突然黙り込むと、そのまま背を向けた。

「残りの荷物、下ろしてくるね」

母の声は震えていた。逃げるように店を出ていく。私はなにも言えなかった。今、迂闊《うかつ》に口を開けば火を吐いてしまいそうだ。だが、胸の中でごうごうと燃えているのは炎ではない。もっともっと粘度の高いものだが、溶鉱炉の中の鉄のように美しくはない。どろどろに溶けたアスファルトのような、むっと鼻を突くタールのような、汚らしいなにかだ。

段ボール箱を床の上に置くと、店を飛び出した。離れの裏に向かう。母はトランクを開けて、大きな紙袋を取り出したところだった。驚いた表情で私を見る。

「どうしたの？　なにかあったの？」

一瞬、言葉が出ない。私は立ち尽くした。

「……お母さん、悪いけど、帰って」

「比奈子、でも……」

「お願い。帰って」

私の言葉を聞くと、母の眼に涙が浮かんだ。

「ごめんなさい、比奈子。お母さんを許されへんのはわかるけど……」

「……いいから帰って。お願いやから」

「比奈子、ごめんなさい。謝って済むことやないけど、でも……」

軽いめまいを感じた。眼の前で母は謝り続けている。ごめんなさい、ごめんなさい、と。

もう二年も謝り続けていて、きっとこれからも謝り続ける。でも、謝ったからと言っても時間は戻らない。世界はなにも変わらない。だめになったものが元通りになることはない。だから、そんなことで、人を責め続けるのは酷だ。だから、許さなくてはならない。だから、私は母を許さなくてはならない。

「お母さん」

母が顔を上げた。年老いた母の顔は涙でぐしゃぐしゃだった。

「ごめん、お母さん。やっぱり戻って」

それだけ言うのがやっとだった。すると、母の顔が一瞬で輝いた。ほっとしたように笑う。

「じゃあ、荷物を下ろしてくるね」

母が背を向けた。瞬間、激しい後悔が突き上げた。なぜはっきり断らなかったのだろう。

どうしてはっきり「嫌だ」と言わなかったのだろう。

自己嫌悪に苛まれる。私は何度同じ後悔をすれば気が済むのだろう。

のろのろと足を引きずりながら、店へ戻る。駐車場の花壇が眼に入った。赤、黄、白、オレンジ、ピンク。色とりどりのポーチュラカが満開だ。私はしばらく花壇の前に立ち尽くしていた。じりじりと七月の陽射しが首筋を焼く。叫びだしたいのを堪《こら》えるのに精一杯だった。

そっとしておいてほしい。ただそれだけの願いがどうして理解されないのだろう。

謝罪、謝罪、謝罪。謝罪の押しつけにはうんざり。母の涙も見たくない。母の顔も見たくない。母の声も聞きたくない。

母が泣くせいで私は泣けない。母が人前で嘆き悲しむ様子を、ただ見ているだけだ。そのせいで言われる。冷たい母親だ、娘を殺されたのに平気な顔をしている母親だ、と。

＊

流星は完全に冷たくなっていた。

大阪、野田《のだ》駅近く、北港《ほっこう》通り沿いにあるスポーツショップ「シルバースター」で、俺は呆《ぼう》然《ぜん》としていた。足許に死体が転がっている。店の裏の小さな倉庫で、流星が頭から血を流して死んでいた。

あちこちに血が飛び散っている。メッタ打ちだ。犯人は流星によほど怨みがあって激昂《げきこう》していたか、それともパニックを起こしてメチャクチャに殴ったか、のどちらかだ。

流星に最後に会ったのは、つい三日前のことだった。まさか、あれが最後になろうとは思いもしなかった。

俺と流星は共同経営者ということになっている。店には交代で顔を出すことにしていたが、最近、流星はサボり気味だった。

――おい、流星。一応、店が本業ていうことになってるんやぞ。もうちょっと真面目に顔出せや。

――悪い、兄貴。なんやかんやでいろいろ忙しいんや。

そう言って、いつもの調子でへらっと笑ったので、俺はそれ以上なにも言えなかった。

俺と流星は同じ顔をした双子で、先に出てきた俺が兄ということになった。名は銀河《ぎんが》と流星。名づけたのは母だ。北海道にある滝の名だという。

「なんでこんなことに……」

流星の横で芽衣《めい》が泣いている。

「おい、このこと、誰にも言うてないやろな」俺は芽衣に訊ねた。

「言うてない。だって、流星と約束したし。――俺になにかあったら、まず兄貴に連絡してくれ。絶対に警察には言うな、て」

頭の弱い女だが、約束を守ってくれたことには感謝した。だが、一体誰がこんなことをしたのだろう。

流星がなにかヘマをやったのか？　いや、三日前はなにも言っていなかった。金だって今月の分は佐野《さの》にちゃんと納めた。じゃあ、一体なにがあった？　まさか「グラス」の客とのトラブルか？

「くそ、誰がこんなことを……」

すると、芽衣がわざとらしい大きな眼を見開き、ぶるっと震えた。

「憂がやった。あの子がやってん。店のバットで」

「憂が？」一瞬、耳を疑った。愕然《がくぜん》として芽衣を見つめた。「憂？　嘘やろ。あいつが？見たんか？」

信じられない。だが、信じるしかないのか。現に、流星は死体になって冷たくなっている。でも、まさか、あんな痩せっぽちのガキが流星を殺《や》るなんて、まさか――。

「あの子がバット持って立ってるとこ、見てん。まさか、あの子があんなことするなんて……」

芽衣は大声を上げて泣き伏した。

憂。この女の連れ子だ。いつも辛気くさい顔をした、つまらないガキだ。母親には似ず、優等生で礼儀正しい。前の父親に仕込まれたせいで、いつも敬語で話す。とにかくうっとうしいガキだった。

「で、憂はどうした？」

「逃げた」

あたりを見回した。横には凶器のバットが転がっていた。保護フィルムの掛かったままの新品。店の売り物だ。

デスク周りを確認した。荒らされた形跡はない。だが、よく見ると、仕事用のパソコンはあるが、流星の個人用ノートパソコンがなくなっていた。

まさか。一瞬で血の気が引いた。慌ててあたりを捜す。だが、どこにも見当たらない。

「おい、流星のパソコンは？」

「パソコン？」芽衣がしゃくり上げた。

「店のパソコンやない。あいつがいつも使ってる個人用のノートパソコンは？」

「知らない」

「家か？」

「さあ？」

「いつからないんや？」

「知らん、て言うてるやん」

憂が持って逃げたのか？　一体なんのために？　俺は背中に冷たい汗を感じた。あの中には「グラス」の名簿が入っている。もし、あれが流出したらとんでもないことになる。俺は責任を取らされるだろう。

佐野社長の顔が浮かんだ。佐野の経営する「T・U・J」は、表向きは人材派遣会社だが、実態は関西に基盤を持つ指定暴力団のフロント企業だ。「グラス」は実質、「T・U・J」の傘下にある。俺と流星は十代の頃から佐野に世話になっていて、杯を受けたわけではないが頭が上がらない。

ぞくりと身体が震えた。今回の始末？　わかりきったことだ。俺は殺される。

「おい、ガキの行き先に心当たりは？」声がかすれた。

芽衣は床の上で泣いている。顔も上げない。俺は舌打ちした。

「ガキの行き先は？　一つくらい心当たりがあるやろ」

芽衣がうっとうしそうに顔を上げた。涙を拭きながら、答える。

「ないよ。ほんまに知らんて」

「一人息子の行き先も知らんのか。たいした親やな、おまえ」吐き捨てるように言って、はっと気付いた。「そう言えば、来海は？」

「知らん。マンションにいるんと違う？」

「くそ」

逃げるなら、憂が来海を置いていくはずがない。絶対に一緒だ。だが、これは捜すほうにとっては幸運だ。来海はまだ五歳だ。足手まといにしかならない。そもそも、憂だってまだ六年生だ。子供が子供を連れて逃げるなど無理だ。遠くへ行けるはずがない。

だが、小学生が家出をしてふらふらしていれば、補導される可能性がある。あのガキが警察になにもかもぶちまけたら、俺はおしまいだ。いや、捕まらなくても、あのガキなら小賢《こざか》しく自首するかもしれない。なんとかして先に見つけなければ。

警察に捕まるか、それとも、佐野に殺されるか。どっちがマシだ？

警察に捕まれば多少は長生きができるだろう。塀の中にいる間はたぶん安全だ。だが、塀の外に出たらすぐに消される。佐野の信用を損ねた人間が許されるわけがない。

「マンションの鍵、貸してくれ。一応、パソコンがあるかどうか確かめてくる」

「待ってや、流星、このままにしとくん？」

「すぐに戻ってくる。そのままにして待っとけ」

「わかった。できるだけ早く戻ってきてや。あたし、怖くて……」

芽衣がすがるような眼をした。安心させることを言おうかと思ったが、思いつかないのでやめた。芽衣から鍵を受け取ると、裏口へ向かった。

「中から鍵、掛けとけ。絶対、誰も入れるな」

「わかった」

スポーツショップ「シルバースター」を出て、下福島《しもふくしま》公園近くの流星の自宅マンションに向かった。堂島《どうじま》川沿いの高級マンションで、4LDKの角部屋、広いバルコニーがついている。

真っ直ぐに寝室に向かい、流星のパソコンを捜した。だが、どこにも見当たらない。

「やっぱりあのガキが……」

家中、懸命に捜したがやはりなかった。ここにもないということは、憂が持ち出したに違いない。

「くそ……」

さっきから、くそ、という言葉しか出ない。きれいに片付いたリビングに立ち尽くし、俺はうめいた。なんとかしてあのガキを見つけてパソコンを回収しなければ、俺は終わりだ。

再び、店に戻る。流星はそのままだった。芽衣は死体の横に座り込んで、冷たくなった手を握りしめていた。流星をじっと見つめたまま、顔も上げない。

結婚して六年。流星は初婚で芽衣はバツイチだった。

――なあ、兄貴、付き合ってる女にガキができたんやけど。

流星から相談を受けた。SNSで知り合った女だという。一目惚《ひとめぼ》れして、夢中になった、と。

――芽衣って言うねん。亭主と息子がいるんやけど、腹の子は俺の種に間違いない。どうしよう、兄貴。

──どうする、て……そんなん堕《お》ろすしかないやろ。

──それなら兄貴に相談なんかせえへん。俺、あいつにマジで惚れてるんや。そやから、なんとかして亭主と別れさせて、結婚したいんや。

会ってみると、芽衣はたしかにいい女だった。顔はかわいいし、スタイルもいい。なんと言っても胸がでかい。巨乳だ。手足は細いのに、胸だけが作り物のように膨らんでいる。子持ちだと言うが、到底見えない。もうすこし若ければグラビアアイドルくらいできそうな女だった。流星が惚れるのも仕方ないと思った。

──流星、そこまで言うなら責任を取れや。俺たちみたいに親に捨てられた子供を作るな。まっとうな父親になってやれ。俺も協力する。

──ありがとう、兄貴。

芽衣は離婚し、子連れで流星と再婚した。翌年、女の子が生まれた。流星は幸せそうに見えた。なのに、なぜこんなことになった？

店の中をもう一度捜した。だが、やはりパソコンはどこにもない。憂が持っていったとしか考えられなかった。

また、佐野の神経質そうな顔が浮かんで、血の気が引いた。このままでは殺される。

佐野は初老の痩せぎすの男で、サンショウウオの飼育が趣味だ。一見、ごく普通の几帳《きちょう》面《めん》な人間に見える。だが、その血はどこまでも冷たい。佐野はやると決めたら迷いや容赦がない。ありとあらゆる事柄に淡々と始末をつける。だから、あだ名はホッチキスだ。ありふれた道具でありながら、機能的で無駄がなく、それでいて鋭い針が飛び出す。

「おい、憂の行き先に心当たりは？」

芽衣はのろのろと顔を上げて俺をにらんだ。

「……知らん、って言うたやん」

「本当の父親のところに行ったんやないのか？」

「まさか。あの子が船山《ふなやま》のところに行くわけない」

「ここよりマシやろうが」

床で冷たくなっている流星を見下ろした。かわいい弟だ。悪く言いたくない。だが、流星は連れ子に対する愛情などまったくなかった。憂に対して酷い親だったのは事実だ。

「殴られるのに？」

「殴るけど、かわいがってもくれたんやろ？」

「それは船山の機嫌次第や。あいつの言うことを聞いて思い通りに動けば、かわいがってもらえる。でも、ほんのちょっとでも、あいつの期待してたんと違うことをしたら、殴られる。そういうこと」

「そんとき、てめえはなにしてた？」

「あたしかて殴られてたんやから」

芽衣は口を尖《とが》らせて言った。

前の亭主に暴力をふるわれていたのは気の毒だ。だが、自分の子供が虐待されているときにこの女がしたことは、子供を守ることではなく流星と浮気することだった。

人妻を妊娠させた、と流星から聞いたときに反対すべきだった。後悔に胸が詰まった。子供ができたのなら責任を取ってやれ、などと言うべきではなかった。この女と関わったから流星は殺されたようなものだ。要らぬ口出しをしなければよかった。

俺は懸命に涙を堪えた。憂を捜さなければ。くそ。悲しむ暇もない。

「念のために船山のところを確かめる。今の連絡先わかるか？」

「向こうに迷惑掛けんといて。養育費もらわれへんようになるから」芽衣は真顔になって言った。

「金の心配か？　最低やな、おまえ」

「お金の心配してなにが悪いん？」

芽衣のスマホの連絡先を見る。船山健太《けんた》、特許事務所勤務。家は兵庫県三田《さんだ》市。これが、憂の本当の父親だ。

「おい、俺がそのガキ殺したらどうする？」

「あの子を殺すん？」

芽衣は愕然と俺を見上げた。だが、次の言葉はなかった。

「止めへんのか？　最低最悪やな。てめえが腹痛めて産んだ子やろうが」

「好きで産んだんやない。あんたになにがわかるん？　妊娠したから結婚せなあかんように なって……憂のせいで、あたしの人生狂ったんや」

「てめえは母親やろ？　二度と言うな。てめえが好きで産んだんやないように、あのガキかて好きで生まれてきたわけやない。わかるか？」

「じゃあ、あんた、自分の子供に亭主を殺された女の気持ちがわかるん？」

涙をぼろぼろこぼしながら芽衣が叫んだ。そのまま突っ伏し泣きじゃくる。俺はうんざりした。これ以上この女と問答を続けるのは御免だ。

「おい、あのガキ、金は持ってるんか？」

「ないと思う」

倉庫を出て店のレジを確かめた。現金はそのまま残っている。次に、流星のヴィトンのバッグを確かめた。中にちゃんと財布がある。現金に手を付けた様子はなかった。

金を抜いた形跡がない。なら、遠くに逃げるのは無理だ。これならすぐに見つかるだろう。

「わかってると思うけど、警察には絶対言うな。こっちで医者と葬儀屋を手配するから」

「グラス」の会員に医者と葬儀屋がいる。医者に頼んで死亡診断書を書いてもらって、あとは葬儀屋に任せる。上手くやってくれるだろう。

「お葬式するん？　あたし、喪服持ってないんやけど」

芽衣はまだ流星の手を握っている。もうすっかり冷たく硬くなっているだろう。それでも放そうとしない。

ふっと思った。もし俺が死体になったら、慶子《けいこ》は俺の手を握ってくれるだろうか。銀河、銀河と泣きじゃくってくれるだろうか。いや。違う。慶子はそんなことはしない。人前で手を握ったり、泣いたりしない。黙って空をにらんで、それで終わりだ。

「あたし、数珠《じゅず》もバッグもない。真珠のネックレスもピアスも。だって、お葬式なんて出ることないと思てたもん。流星が死ぬなんて考えたことなかったし……」

そこで芽衣はまた泣き崩れた。俺は煙草に火を点け、ため息と煙を同時に吐いた。

「じゃ、百貨店行って、一式買うてこ《こ》いや」煙草が不味《まず》い。「でも、おまえ、流星にいろいろ買うてもろてたやろ？　真珠くらいないんか？」

「そりゃいろいろ流星は買うてくれたけど……真珠なんか地味やから二人とも興味なかったし……あたし、慶子さんとは違うし」

むっとして、煙草を床に投げ捨てた。靴底で消して、もう一度ため息をつく。芽衣のせいで嫌なことを思い出してしまったからだ。

あれは六年ほど前だったか。流星と芽衣が結婚した年だ。流星は芽衣に気前よく贈り物をした。宝石、ブランドバッグ、毛皮などなど。派手好みの芽衣にはどれもよく似合っていた。

――兄貴、慶子にもなんか買うたれや。指輪とかバッグとか。

――あいつはそういうのに興味ないねん。

――あほやな。それでも、買うてやったら女は喜ぶんや。

――しょうもないこと言うな。そもそもあいつには似合えへん。

――あのな、あんなん連れて歩いたら兄貴が恥かくんや。いくらなんでも地味すぎるし貧乏臭い。似合わんでもええから、必要経費やと思てプレゼントしとけよ。

なるほど、必要経費か。俺は流星のアドバイスに従った。その足で梅田《うめだ》に出て、百貨店の宝石売り場で真珠のネックレス、指輪、ピアス一揃《ひとそろ》いを買った。真珠を選んだのは、一番無難だと店員に言われたからだ。

たしかに慶子は喜んだ。泣いて喜んだ。でも、その顔を見ながら思い出した。そうだ、慶子は真珠を一揃い持っていた。両親と妹の葬式を出したときに誇らしげに装《つ》けていた。

そんな大事なことを忘れていた自分が恥ずかしくなり、ごまかすために言った。

――おい、おまえの持ってる安物とは比べものになれへんやろ？

一瞬、慶子の顔が強張《こわば》った。それでもすぐに泣きながら笑って、うなずく。

――うん。比べものになれへんよ。

――当たり前や。

俺は慶子に背を向け、そのまま家を出た。混乱していた。くだらない嫌みを言った自分に腹が立って、自分にそんなことを感じさせた慶子にも腹が立った。俺は慶子を喜ばせようと思ったし、慶子が喜んでくれたので嬉しかった。なのに、今はこんなに惨めな気持ちになっている。なぜだ？

流星ならこんなことにはならない。芽衣に宝石やらバッグを買い与え、喜ぶ顔を見て満足をする。そして、ところ構わず腕を組み、抱き合い、キスをして、二人の世界に入るだろう。流星にはできて俺にはできない。そんなことが山ほどある。その一つが「妻に優しくする」ということだ。一応、俺たちは双子だというのに、なぜだろう。見分けがつかないくらいそっくり同じ顔をしているのに、兄の俺にはどうしてできないのだろうか。

俺は冷たくなった弟を見下ろした。

流星。本当に死んだのか？　今にも起き上がってきそうだ。へらへら笑いながら、いつものように「兄貴」と呼んでくれそうな気がする。おまえが死んだなんて信じられない。

――兄貴、あれ作ってくれや。ピーマン入り焼き飯。あの不味さが最高やねん。

――うっさい。自分で作れ。

――兄貴のが食いたいんや。

もう我慢できそうにない。でも、この女がいては泣けない。

「おい、しばらく二人きりにしてくれ」

「こんなぐちゃぐちゃの顔で外に出ろ、て？」

「てめえの顔なんか誰が気にするんや」

芽衣はしばらく俺をにらんでいたが、やがて諦《あきら》めて洗面所に向かった。しばらくするとすこしさっぱりした顔で戻ってきて、ふて腐れた口調で言う。

「ねえ、慶子さんにはお葬式のこと、言うたらあかんよ」

「なんでや？」

「妊娠中にお葬式とか出たらあかんねん。お腹の赤ちゃんによくないいんやて」

「理由は？」

「知らん。でも、とにかくあかんねん」

妊婦は葬式に出てはいけないというのは、はじめて聞くことだった。それを芽衣の口から聞かされたことには違和感を覚えた。慶子が妊娠しているからといって、芽衣がいたわる様子を見せたことなどない。そもそも、普段から芽衣は慶子のことをバカにしていたではないか。

おかしなものだ。たとえ慶子個人に対する気遣いではなかったとしても、妊婦に対する気遣いであるのは間違いない。芽衣のような女でも「葬式」と「出産」が絡まれば特別な思いがあるのか。

「煙草、なくなってん。ちょうだい」

煙草を放り投げると、芽衣は大きな胸で受け止めた。サンダルを引きずりながら、倉庫を出ていった。

芽衣が消えると、倉庫は俺と冷たくなった流星との二人きりになった。

よし、これでやっと泣ける。

そう思った途端、涙があふれてきた。俺は顔を覆って号泣した。俺の弟、「三分と一センチ」だけの弟。涙が止まらない。胸が苦しい。辛い。本当に辛い。もう頭がおかしくなりそうだ。

いろいろなことを思い出す。二人で飯を食い、二人で風呂に入り、二人で寝た。二人きりで大きくなった。流星とキャッチボールをしていた頃が一番幸せだった。

最後のキャッチボールはずっとずっと昔、遠い昔のことだ。

八月の早朝、青い青い空の下、流星の投げた白いボールが弧を描き、俺の革のグラブに吸い込まれ、ぱあんと気持ちのいい音を立てて、掌がじんと痺《しび》れて、それがあんまり気持ちがよくて、返球が大暴投になって、流星が笑って、俺もやけくそのように笑って――。

今でもはっきり思い出せる。八月のキャッチボール。流星の流れるような美しいフォーム。

そう、あれは出来事じゃない。流れだ。なにか一連の流れ。青い空の下、さらさらと流れて消えていく。

――今日も暑いなあ。

青い青い空を見上げて流星が眼を細める。

ごうっと音がして、流星のはるか後ろを阪神《はんしん》電車が飛んでいった。甲子園《こうしえん》へ行く客で満員だ。俺は眼をこすった。ああ、見間違いだ。高架だから空を飛んでいるように見えるだけだ。汗が目に入ったせいだ。汗が目に浸みて、痛くて涙が出ただけだ。

——兄貴、やっぱり野球はええなあ。

俺は歯を食いしばった。いつまでも泣いているわけにはいかない。あのガキを見つけて、パソコンを取り返さなければ。佐野に知られる前にカタをつけなければ。そして、流星の仇《あだ》を討つ。必ずあのガキを殺す。

あとすこしだけ泣いたら、「グラス」の会員の医者に連絡して死亡診断書を書かせよう。そして、葬式を出してやろう。

だから、あとすこし。あとすこしだけ泣いたら。

*

いつの間にか陽は傾いて、あたりは暗くなってきた。

山の中だとは聞いていたが、ここまで山が深いとは思わなかった。見渡す限り緑だ。

今、自分がどこにいるかわからない。スマホがあれば、と思う。小学校六年生でも、スマホを持っている子も多いが、僕は持っていない。こんなときは本当に不便だ。

僕は来海の手を引いて歩き続けた。歩いても歩いても景色が変わらない。来海はもう限界だ。疲れたと言って座り込んでしまうので、ときどき背負ったりしなければならない。

でも、僕の足だって重たい。あとどれだけ歩けばいいのだろう。それがわからないから余計に苦しい。もうこのままじっとしていたい。一歩も歩きたくない。

それでも、歩き続けるしかない。じっとしていたら見つかる。逃げ続けなければいけない。警察に見つかる前に、なんとか「ドライブインまほろば」までたどり着きたい。

お腹が空いた。お金はとっくに尽きた。腹がぐうぐうと鳴る。僕のお腹の音につられ、今度は来海のお腹が鳴りだした。

「お兄ちゃん、お腹空いた」

「もうちょっと我慢な」

「もうちょっと、ってあとどれくらい？」

「ちょっとだけや」

来海をなだめすかして歩かせる。

「来海、あとすこし、頑張って歩こうな」

「もう疲れた」来海がまたぐずりだした。「来海、疲れたー」

「仕方ないな。ほら」

背負っていたリュックを下ろして、お腹で抱くように掛けた。膝を突いて背中を差し出す。来海がしがみついてきた。汗でべたべたの背中だ。風呂に入りたい。

来海を背負って歩く。一足ごとに足がガクガクと揺れた。転びそうになるが、懸命に歩き続ける。お腹のリュックにはノートパソコンが入っているので、ずしりと重い。処分しようと咄嗟《とっさ》に持ち出したパソコンだが、今になって迷っている。

本当は今すぐ壊したい。跡形もなく、絶対に復元もできないように破壊してしまいたい。

でも、これは武器になる。

僕は人殺しだ。救われる価値なんかないけど、来海は違う。このパソコンが来海を守る武器になるなら大切に保管するべきではないか。

急カーブを過ぎると、遠くにぽつんと赤い光が見えた。光は強くなったり弱くなったりする。もしかしたら、あれが「まほろば」の明かりだろうか。

「お兄ちゃん、あれ」背中で来海が声を上げた。「なんか光ってる」

「ああ、光ってるな。とにかくあそこまで行こう」

僕は足を速めた。すこしずつ赤い光が近づいてくる。やがて道路に置かれた回転ランプがはっきりと見えてきた。その上に「ドライブインまほろば」と看板がある。広い駐車場の奥に赤い三角屋根が見えた。思わず、僕は来海を背負ったまま駆けだした。赤い三角屋根は、来海がずっとほしがっていた「シルバニアファミリー」の家に似ていた。

でも、駐車場に入った途端、僕の足は止まった。よく見たら全然違う。眼の前の建物は「シルバニア」みたいにオシャレじゃない。

「まほろば」の建物自体は横に長い平屋で、窓が四つ並んでいた。小さなスーパーに、無理矢理赤い屋根を載せたように見える。かっこ悪い看板が掛かっているのも余計に悲しい。想像していたのと違って、僕はショックを受けた。

――ドライブインいうのは道路沿いにあるレストランのことや。

お祖父《じい》ちゃんは僕の頭を撫でながら言った。

――ねえ、ファミリーレストランとは違うの？

――全然違う。ドライブインはな、車やバイクを運転する人のためにあるんや。長距離の運転で疲れた人たちが休んで、食事をする場所や。

僕はずっと「ドライブインまほろば」を夢見ていた。天国のようにきれいなレストランを想像していた。でも、眼の前にあるのは汚い食堂か、潰れかけたスーパーにしか見えなかった。

僕は心の中で呟《つぶや》いた。

――夢の中、川を飛び上がる。半月、包帯、双子の生まれるところ。

苦しくなるたび、心の中で繰り返した。

「まほろば」はやっぱりただの夢だったのだろうか。がっかりして立ち尽くしていると、背中から来海が訊ねた。

「お兄ちゃん？　ここでハイキング？」

「とりあえずここで休憩や」

でも、とうとう着いた。ほっとすると倒れそうになった。とにかくすこし休みたい。レストランで食べるお金はない。どこか店の外で休憩しよう。これからのことは休んでから考えよう、と思ったとき遠くから車の音がした。

まさか、見つかったのか。来海の手を引いて、慌てて木の陰に隠れた。駐車場に白いバンが入ってくる。建物から洩れる明かりで、側面に書かれた字が読めた。「どこでも出張！タキ美容室&巡回スーパー」とある。巡回スーパーの字は明らかにあとから書き足したものだった。

年配の女が下りてきた。じっと女を観察する。おかっぱ頭で、顔の輪郭は角張っていた。白のシャツ、黒のパンツ姿だ。首に巻いているスカーフが風になびいている。動きがきびきびしているせいか、妙にかっこよく見えた。女は大股で店に入っていった。

「お兄ちゃん、お腹空いた」来海が泣き声を上げた。

「静かに」

レストランなら食べ物があるはずだ。こっそりもらっていってもバレないかもしれない。こっそりもらう、ではない。盗む、だ。でも、仕方ない。

盗みをする間、来海が隠れる場所を探した。駐車場にあるのは美容室の車だけだ。ぐるりと裏へ回ってみる。すると、小さな離れがあった。その奥に物置がある。そっとドアを引くと、鍵は掛かっていなかった。

「来海、この中で待ってろ。お兄ちゃん、食べるものを買ってくる。じっとしてろよ」

来海を物置の中に隠し、そっとドアを閉めた。

どんどん嘘が上手くなる。そして、平気になる。あの男を殺してから来海に言った言葉のうちで、本当のことはほんのすこしだ。今はまだ嘘をつくたびに心が痛む。でも、そのうちになんとも思わなくなるだろう。嘘だけじゃない。簡単に盗みができるようになる。

いや、と思った。きっとこれからは、どんな悪いことでも顔色一つ変えずにできるようになるだろう。罪悪感なんてなくなる。僕はもう人を殺したのだから。

じゃり、とスニーカーの下で小石が音を立てた。心臓がぎゅっと縮み上がって痛む。盗めるうちはまだマシだ。つく嘘があるうちはまだマシだ。盗むことすらできなくなって、つく嘘すらなくなったらどうすればいい？　来海と二人、どうすればいい？　またどこかで人を殺すのか？

裏口のドアは開いていた。中から話し声が聞こえる。どちらも女だ。

「あとね、笹《ささ》寿司を持ち帰りでお願い。夜のつまみにするから」

「はい。じゃあ、山菜と鱒《ます》二つずつでいいですか？」

笹寿司を頼むハスキーな声はバンの運転手だ。答えているのは店の女の人だろう。そっと中をのぞくと、厨房だった。バンダナを巻いた紺色のエプロン姿の女が見えた。笹寿司。途端に腹がぐうっと鳴った。どんなものかは想像がつかなかったが、寿司だからきっと美味しいに違いない。

紺エプロンの女がそばを茹ではじめた。つゆのいい匂いがして、またお腹が鳴る。僕は慌てて腹を押さえた。女は丼鉢を出したり、冷蔵庫を開けたり、忙しそうに働いている。手でしっかりと腹を押さえながら、厨房を観察した。笹寿司はどこだろう。

女は茹であがったそばを丼に入れ、つゆを注いだ。冷蔵庫から大きなステンレスの保存容器を取り出した。蓋を開け、なにか箸で摘まんでそばに載せた。トレイに載せて客席まで運ぶ。

「お待たせしました。山菜そばです」

戻ってくると、女は調理台に置かれた木箱のガラス蓋を開けた。緑色のものを四つ取り出し、使い捨ての弁当箱に詰めた。輪ゴムで留めて、ビニール袋に入れる。また客席まで運んだ。

「笹寿司四つ、お持ち帰り用です」

「ありがと。いや、いつ食べてもここの山菜は美味しいねえ」

あの箱の中に笹寿司がある。店の人はあの紺エプロンの女の人だけだ。あの人の隙を突いて盗むしかない。

女の様子をうかがった。ほんの二、三分でいいから、向こうへ行ってくれないだろうか。

「まあ、そこに座ったら？　他に客はいないんだし」

エプロンの女とハスキー声の女が客席で話しはじめた。

「タキさん、あとで買い物いいですか？」

「ああ、いらっしゃい。今日一日あちこち回ってきたからあんまり残ってないけど」

「サンドイッチ用の食パンてありますか？」

「あー、ごめん。サンドイッチ用は置いてないなあ。八枚切りなら残ってるけど。ねえ、店で出すの？」

急にハスキー声が嬉しそうになる。

「いえ、自分用です。サンドイッチが食べたいな、と思て」

「そっか、残念。ここ、パンのメニューがひとつもないからさ。ご飯と味噌汁もいいけど、ときどきトーストとか食べたくなるんだよね。分厚いやつにバターとジャムを両方塗って」

「そうですねー。パンのメニューも考えてみようかなあ」

「今度来るとき、サンドイッチ用を持ってくるよ。一斤でいい？」

「二斤お願いします。今日のところは八枚切りを」

しばらくしてハスキー声が山菜そばを食べ終わった。エプロンと一緒に店を出て駐車場に向かう。

チャンスだ。厨房に忍び込んだ。息を殺して木箱を開け、笹寿司を四つ取り出す。そっと蓋を閉め、厨房を出た。笹寿司を手に持ったまま、裏口から建物の外に逃げる。砂利音に気を遣いながら歩いて、来海の待つ物置に向かった。

だが、中をのぞくと来海はいなかった。慌ててあたりを捜すが、見当たらない。僕は焦った。来海、と大声で呼びたいが、店の人に見つかったらと思うとできない。一体どこへ行ったのだろう？　警察が僕を捕まえに来たのだろうか。いや、だとしてもおかしい。黙って来海だけを連れていくはずがない。

待ってろ、と言ったのに、とすこし腹が立つ。だが、すぐにぞっとした。もし、あいつが追いかけてきたのだとしたら。あいつが来海を捕まえて、連れて帰ったのだとしたら？

建物の陰から駐車場の様子をうかがう。エプロンとハスキーが話をしていた。駐まっているのは巡回スーパーの車だけだ。あの男の車は見当たらない。どっちだ？　あいつが追ってきたのではないのか、それとも、追ってきて来海を連れ帰ってしまったのか、どっちだ？

気付くと、笹寿司が手の中で半分潰れていた。いつの間にか握りしめていた。落ち着け、と自分に言い聞かせた。あいつにここがわかるわけがない。来るはずがない。

「ありがとうございました」

「こちらこそ。ごちそうさま」

ハスキー声の女が大股で車に乗り込むとエンジンを掛けた。あっという間に巡回スーパーの車は出ていってしまった。

まさかあの中に来海がいたら？ 一瞬パニックを起こしそうになったとき、茂みの中から声がした。

「お兄ちゃん……」

振り向くと、来海が青い顔で立っていた。ほっとしたが、思わず強い言葉になる。

「じっとしてろて言うたやろ」

「……おしっこ……出た……」

見ると、ハーフパンツが濡れていた。来海はぼろぼろ泣きだした。

「泣くな、見つかる」

人差し指を立て、静かに、という仕草をした。だが、来海は泣きやまない。僕は途方に暮れた。

*

憂の実父、船山健太に会いに行く前に、一旦、福島区の自宅マンションに戻ることにした。

流星の豪華マンションとは違って、古い中古マンションだ。だが、すぐ近くにザ・シンフォニーホールがある。俺はまったくクラシックに興味はないが、慶子はせっせとコンサートに通っていた。

——子供の頃、ピアノとかバイオリンとか、なにか楽器がやりたかってん。

だが、慶子は習わせてもらえなかった。慶子がクラシック好きなのは、そのときの怨みを晴らしているからだ。

玄関ドアを開けると、クラシックがガンガン響いていた。以前、近所から苦情が来たことがある。俺が応対したらすぐに逃げ帰ったが。

この曲は慶子のお気に入り。いつものやつだ。うんざりしながらアンプの上を見た。今、流れている曲のCDジャケットが置いてある。

〈エルガー　チェロ協奏曲　ジャクリーヌ・デュ・プレ〉

俺はクラシックが苦手だが、特にこの曲は嫌いだ。苦しくなる。

クラシックは胎教にいいとか慶子は言うが、俺には信じられない。この曲を聴かされたら、赤ん坊は腹の中で息が詰まってしまうんじゃないかと思うくらいだ。

「お帰り、銀河」

すこしむくんだ顔で慶子が出迎えた。

妊娠してから体質が変わって化粧品が合わなくなった、などと言ってほとんど化粧をしない。眼許にも唇にも色がないので、余計に陰気臭く見えた。

俺はCDを止めた。突然部屋が無音になって、自分でもどきりとする。サイドボードの上の水槽の「ウーちゃん」の動きが一瞬止まったように見えた。

「ウーちゃん」は佐野にもらったウーパールーパーだ。慶子が気に入って世話をしている。サンショウウオ飼育が趣味の佐野は、他にも小型の両生類をいろいろ飼っていた。ウーパールーパーが増えたから、と無理矢理に押しつけられたのは五年前だ。流星にはあげないのか、と訊《き》いたところ、ちらと俺を冷たい眼で見た。

――アホか。うちの大事な子をあんな奴に任せられるか。

佐野の言いたいことはわかった。だが、弟を侮辱されたような気がして、思わず言い返した。

――ちょっとだらしないところもあるけど、あいつは優しい奴です。

――やろうな。

佐野は軽蔑しきった眼で俺を見た。俺はそれ以上なにも言い返せなかった。だが、言い返さなくて良かったのだろう。流星や芽衣がペットの世話をするわけがない。手間の掛かる小動物など、きっとすぐに死なせてしまう。

でも、憂なら、と思う。あのガキならきちんと餌を遣り、水を替え、水槽を洗って世話をしただろう。あのガキの几帳面なところは慶子に似ている。

俺はぼんやりと水槽を眺めていた。「ウーちゃん」はのろのろと方向転換をし、流木の陰に戻っていった。

「銀河？　どうしたん？」

後ろから慶子の声がした。俺はゆっくりと振り向いた。慶子は心配そうな顔をしている。くそ、もう気付いた。きっとこの女は俺を気遣う。うっとうしい。だが、言わなければならない。黙っていたら、俺が全部話すまで心配し続ける。余計にうっとうしい。

「流星が死んだ」

「え？」

驚いて絶句する慶子を見下ろす。妊娠して胸がすこし大きくなったと喜んでいたが、芽衣のボリュームとは比べものにならない。顔も地味だが身体も地味だ。慶子と籍を入れる、と流星に言ったとき、本気で反対されたくらいだ。

――兄貴、やめとけよ。いくら付き合いが長い言うても、あれはないわー。

その横で芽衣がくすくす笑っていた。勝ち誇った顔だった。そもそも、今時「子」が付く名前自体がダサいんと違う？　と。

「流星が死んだってほんと？　どういうこと？」

「憂に殺されたらしい。店の売り物の金属バットで殴られたそうや」

「あの子が？　あんな大人しい子が？　ねえ、どういうこと？」

「どういうこともくそも、流星が死んだ。それだけや。しつこい」

「そんな……まさか、信じられへん……」

慶子が泣きそうになっている。苛々してきたので顔を見ずに話をした。

「とにかく葬式を出す。手配をせなあかん」

「警察には？」

「阿呆《あほ》。言えるわけがない」

「じゃあ、今、憂くんは？」

「妹連れて逃げてるみたいや。捜して連れ戻してくる」

するど、慶子が俺の腕をつかんだ。じっと見上げる。

「……ねえ、銀河。あんた、酷い顔してる。ちょっと休んだほうがええよ」

振り払って、俺は冷蔵庫を開けた。賞味期限ぎりぎりのリンゴジュースがある。パックを開けてそのまま飲んだ。

「その癖、やめて。将来、子供が真似したらどうするん？」

「子供は親の真似なんかせえへん。俺も流星も、親の真似なんかしたことない。親なんか関係ない」

「銀河、それは違う」

「俺はあいつらに躾《しつ》けられたことも教えられたこともない。なに一つない」思わずムキになって言い返した。「あの憂かてそうやろ。親とは似ても似つかん」

「反面教師やろね。でも、それって親の反対の真似をしてるってことやん」

返事をせず、押し入れを開けた。くたびれたスポーツバッグを引っ張り出す。

「どこか行くの？」

船山の家に憂がいるとは限らない。だが、もしかしたら行き先の手がかりを知っているかもしれない。問題はどうやって聞き出すかだ。

「銀河。頼むから無視はやめて。いちいち行き先を言わんでもええけど、毎晩帰ってきてなんて言わへんけど、でも、連絡はつくようにして」

「予定日はまだまだ先やろ？」

生まれるのは九月だと言っていた。つわりがきつかったせいか、赤ん坊は小さめだという。性別は男。一緒に名前を考えようと言われているが、ぴんと来ないので適当にあしらっている。

「今日、お腹張るから病院行ったら、早産傾向があるから気を付けろ、て言われて」

慶子が腹をさすった。その仕草がわざとらしく見え、うんざりした。ソウザンケイコウ？よく意味はわからないが、とにかくうっとうしい。

「緊急連絡先は二つ書かなあかんねん。銀河と芽衣さんの携帯にしといたから」

「芽衣？　あいつをあてにしてもしゃあないやろ」

「でも、一応、義理の妹やし。他に知り合いおれへんし」

だらだら続く慶子の話に苛立ちがつのった。俺は思わず声を荒らげてしまった。

「何回言うたらわかるねん。俺が産むのと違う。気を付けるのはおまえやろ」

「でも、なにかあったときに困るから」

「なにかあったとき、て言われてもどうしようもないやろ。とにかく産むのはおまえや」

俺が吐き捨てるように言うと、さっと慶子の顔色が変わった。

「自分には関係ないってこと？　だから、名前考えるのも面倒臭いん？」

「関係ないわけやないけど……」しつこい慶子に本気で腹が立った。だから、今度はわざと軽く小馬鹿にしたように言う。「ま、でもやっぱ関係ないな。男の正直な気持ちとしては」

慶子の表情が強張った。唇が震えている。そこにあるのは怒りではなく哀しみだ。絶望に打ちひしがれて、それでも諦めることができない、見苦しい未練の眼だ。

くそ、なんで俺なんかにしがみつく？　俺よりマシな男はいっぱいいるだろう？

「銀河はなにもわかってへん」

慶子がきっぱりと言い切った。立ち上がって俺をにらむ。さっきとは違って、眼が力を帯びてきらりと光った。

瞬間、どうしようもないほどの苛立ちが突き上げてきた。赤ん坊が生まれることくらいわかっている。自分が父親になるということもわかっている。金に不自由させるつもりはない。これ以上どうしろと言うんだ？

口を開いたら怒鳴ってしまいそうだ。慶子を無視して、バッグに身の回りの物を詰めた。

「ねえ、銀河。お願いやから無茶はせんといて」

返事をせずにマンションを出た。

やっぱり堕ろせと言うべきだった。今度こそ絶対に産む、と慶子に押し切られた自分が悪い。

自分の息子が生まれる。かわいがらなければいけないことはわかっている。ちゃんと育てなければと思っている。でも、現実はただただ面倒だ。生まれる前からうんざりしている。

俺たちの父親もそうだったんだろうな。バッグを助手席に放り投げ、運転席に座った。一人生まれるってだけでもうんざりしてるのに、双子と聞かされたら我慢できなくなったんだろうな。だから、逃げ出した。そうに決まってる。なあ、流星？

子供の頃は憎んだが、今になって気持ちがわかる。父親になるなど、ただただ面倒なだけだ。勘弁してくれ。俺は親には向いてない。親になんかなれない。

俺を選んだ慶子はバカだ。俺はただ「はじめての男」というだけなのに――。

船山健太は再婚して、兵庫県三田市に住んでいた。

山の中にあるフラワータウンとかいうニュータウンの外れだ。行ってみると、どこにでもある無個性な建売住宅だった。付近の住宅はオシャレなガーデニングをしたり、木製のアルファベットのプレートを飾ったりしている。だが、船山の家は頑固でつまらない性格が表れていて、なんの装飾もなかった。

ちょうど仕事から帰ってくるところを待ち伏せた。しばらく待つと、黒のビジネスバッグを掛けた船山が帰ってきた。細身で色白、神経質そうな顔は憂とよく似ていた。

船山は俺を見て顔色を変えた。そのまま駐車場まで引きずっていく。車の陰に押し込めた。

「……今頃なんの用ですか。養育費は振り込んでるはずです」

俺を流星だと思っているようだ。訂正するのも面倒なので黙っている。どうせ、俺たちは二人で一人。双子の坂下《さかした》兄弟だ。

「今さら、憂を引き取れて言われても無理です」

声が震えている。船山健太はひどく怯《おび》えていた。無理もない。船山と芽衣を別れさせるため、流星と俺は少々手荒なことをした。

――DVの証拠は揃てる。これ持って警察に行ったら、あんたは終わりやな。

録画も録音も、そして診断書もあった。この証拠を得るため、芽衣に指示をした。わざと船山を怒らせて暴力をふるうように仕向けろ、と。芽衣は嫌がったが、離婚を有利に運ぶためだと言い聞かせた。そして、彼女は良い方法を思いついた。だったら、自分ではなくもっと子供を殴らせればいい、と。

――ねえ、妻を殴るより子供に暴力をふるうほうがさ、酷い奴っぽいやん。児童虐待のほうが鬼畜そうで。

芽衣は夫を苛立たせるだけ苛立たせると、息子の憂を生け贄《いにえ》に差し出した。そして、自宅に隠しカメラをセットして、せっせと証拠集めをした。

芽衣が隠し撮りしたビデオには青い、生気のない顔をした憂が映っていた。

——おい、憂。おまえ、今日、靴を揃えへんかったやろ。

——揃えました。

返事は礼儀正しい棒読みだった。

——嘘つけ。

船山がいきなり憂の腹を殴った。憂はふっとんで転がった。

——嘘をつくなんて最低やな。反省しろ。正座や。

——はい。

憂がのろのろと真冬のベランダに出た。冷たい床の上に正座する。

——ちゃんと見てるからな。

——はい。

船山の指示通り、憂は薄いシャツ一枚でベランダに正座していた。その間、船山は暖房の効いたリビングでテレビを観ていた。芽衣はその横でつまみを運んだり、ビールを注いだり、まるでホステスのようだった。

そのビデオを観て、俺は思わず顔をしかめた。

——ひでえな、これ。おまえがやったんやろ?

——仕方ないやん。証拠を集めろて言うたんは、あんたらやんか。

憂はきちんと靴を揃えて脱いだ。だが、その後で芽衣がこっそりバラバラにした。

——ベランダに正座て、冷たいし、足、痛いやろ。

——だって、部屋で正座させて、また洩らされたら困るし。

——洩らす？

俺はまた顔をしかめた。吐き気がした。

——船山は自分の気が済むまで正座させるんやよ。一晩中でもね。その間、もちろんトイレ禁止やねん。それで、憂が一回洩らしたことがあって、船山がすごく怒って……。

俺は船山を最低だと思った。そして、そんなことを平気で人前で言える芽衣も最低だと思った。いくら有利に離婚したいからといって、自分の息子を平気で陥れる女なんか御免だ。

芽衣は憂に愛情などなかった。なのに、なぜ引き取りたいと言ったか？　簡単だ。養育費が欲しいからだ。

芽衣は船山からの暴力を不問に付す名目で慰謝料と憂の養育費を受け取り、更に流星の子供を妊娠したことまでも黙認させた。もちろん、その話し合いの経緯で、俺と流星が船山の勤め先に押しかけたり、船山の実家を訪れたり、などいろいろあった。嫌な仕事だったが、芽衣と結婚したいという流星の望みを叶《かな》えるためには仕方なかった。最終的に、離婚が決まり公正証書が作られてこの一件は落着した。

「なんの用ですか？　早く言ってください」

船山が焦れたふうに言った。虚勢を張っているが、不安でたまらないのがすぐにわかる。

「……てめえのガキのことでちょっとな」

「だから、憂のことやったら絶対に僕は引き取りません。あいつが育てるて言うから、養育費を払《はろ》てるんですよ。話が違う」

反吐《へど》が出る、と俺は思った。こいつはどこから見ても普通のサラリーマンだ。ちゃんと大学を出て、ちゃんとした事務所に勤めている。言葉遣いも丁寧で物腰も上品だ。家族を大事にするまっとうな人間に見えるのに、中身はとんでもない下衆野郎だ。

「てめえの息子やろ？」

「僕、再婚したんです。そんなん言われても困ります」

吐き捨てるように言う。その表情に嘘はない。この男は息子をかくまってなどいない。もし来たとしても殴って追い返すだろう。

「……つくづく思うな。俺たちの親父がてめえみたいな奴やなくてよかった、てな」

船山は喉の奥でかすかに唸ったが、なにも言わなかった。唸るだけマシか。動揺するくらいの良心はあるということだ。

「僕が厳しく躾けたから、憂はいい子でしたよ。あんたたち兄弟みたいなチンピラやない」

かっと頭に血が上った。思わず船山の胸ぐらをつかむ。

「ああ、俺たち兄弟はな、たしかにチンピラや。でも、てめえみたいに女を殴って憂さ晴らしなんかせえへん。女に手を上げたことなんかない。女にはいつも感謝されてたんや」

すると、船山は俺を見て、口を歪めて言った。

「へえ、それはご立派なことで。でも、女や子供を躾けるのは男の責任でしょうが。口で言うてわからん奴は殴るしかない。違いますか？」

「やかましい」

思い切り揺さぶると、船山の顔が強張った。乱暴に突き放すと、船山は駐車場の柵にぶつかった。こちらをにらんできたが、にらみ返すとすぐに眼を逸らした。

「あの女はバカなんですよ。顔も可愛くて胸も大きい。まともな頭があれば成功できたやろうに。でも、だらしなくて尻軽。どこへ行っても嫌われる。中学高校と乳牛ってあだ名付けられて、女子からメチャクチャ虐められてたそうですよ」

俺は我慢ができなくなった。もう一度船山の胸ぐらをつかんだ。

「一度はてめえの嫁さんやった女やろ。よくそこまで言えるな」

「一度は妻やった女やからですよ。あれだけよくしてやったのに、飼い犬に手を噛まれたようなもんです」

船山が荒い息をつきながら俺をにらみ返した。俺は手を離した。ここで芽衣について言い合いをしても仕方ない。改めて訊ねた。

「てめえのガキが家出して行方不明や。行き先に心当たりはないか」

「ない」

「よく考えろよ」

「ない」そこでにやりと笑った。「なら、警察に届けたらどうですか?」

船山の陰険な笑みが気に障《さわ》った。これ以上この男と話を続けると、本気で殴ってしまいそうだ。今、通報されては困る。

「わかった。ま、ただの家出や。どうせすぐに戻ってくるやろ」

じゃあな、と背を向けた。ふん、という声が聞こえた。また、かっとしたが堪えた。

三田市を出て、福島区のマンションに戻る。夜の中国道を走りながら、俺は憂のことを考えていた。

厳しく躾けたからいい子。たしかに、あの憂というガキはいい子だった。あのバカ女の子供とは思えないくらい、行儀も成績もよかった。だが、その優等生面が流星には我慢できなかった。

——見てるだけでむかつくんや。だから、顔を見いひんようにしてる。でも、我慢できんようになって、ときどき軽く叩いてしまうことがあってな。

軽く?　野球で鍛えた一八五センチの大男が小学生の痩せっぽちを叩いて、軽いわけがない。流星は加減できるタイプじゃない。あのガキが吹っ飛ぶくらいのことはしているかもしれない。

——おい、あんまり酷いことするなよ。最近は虐待とかうるさいからな。

——わかってる。でもなあ、やっぱりあのガキ、苦手なんや。

俺はすこし憂に同情した。俺たちの親は俺たちになんの手出しもしなかった。口出しもしなかった。叱《しか》られたことも、殴られたこともない。俺たちを捨てただけだ。だから、マシな親に違いない。違うのか？

憂の暗い眼を見るたび、ベランダで正座する姿を思い出して俺は滅入った。

殴る蹴るの暴力ならまだいい。なぜなら、殴るときは親の手が「触れ」ている。蹴るときは親の足が「触れ」ている。それがたとえ暴力であっても、自分は親に存在を認められていると思うことができる。俺たちは殴ってさえもらえなかった。ただ単に捨てられただけだ。

だが、ベランダはだめだ。ガラス一枚隔てただけで、世界はまったく別のものになる。親のいる世界には自分は存在しない。暖かい部屋、美味しそうな料理、面白そうなテレビ番組はすべてガラスの向こう、親のいる世界にある。自分の世界にはなにもない。自分はたった一人だ。誰もいない。冷たい床に正座して、堪えきれずに小便を洩らし、それでも動くことを許されず、声を立てることも泣くことも許されない。羨ましそうな顔も恨みがましい顔もせず、自分の洩らした小便の冷たさに、無表情のままガタガタと震えているだけだ。やがて、足の痺れも寒さも、次第に遠くなる。自分の身体がどこかに消えてしまったからだ——。

おい、憂。おまえはどんなふうに流星を殺した？　かっとして殺したのか？　それとも計画的だったのか？

無表情のまま、憂が流星を殺すところが浮かんだ。思わず身体に力が入った。知らぬ間にアクセルを踏み込んで、一四〇キロを超えていた。

追い越し車線とはいえ、やばい。俺は慌ててアクセルから足を離し、走行車線に戻った。

マンションに帰ると、慶子は起きて待っていた。静かな曲が流れていた。アンプの上を見る。

〈バッハ　管弦楽組曲　カール・リヒター〉

ちょうど第三番の第二曲「アリア」が流れていた。俺が一番好きな曲だ。きれいすぎて苦しくなるのが気持ちいい。

「慶子、この曲エンドレスで流してくれ」

「わかった」ほんのすこし嬉しそうな顔をする。「銀河はほんまにこの曲が好きやねえ」

風呂に入って、ビールを開ける。「アリア」がエンドレスで流れる中、慶子が作ってくれたうどんを食べた。

やたら薄味のうどんに辟易《へきえき》し、俺は醬油《しょうゆ》と天かすと七味を大量にぶっ込んだ。そのまま胃に流し込む。

やっぱり味がない。慶子は料理が下手だ。そもそも食べることに興味がない。子供の頃から食事が苦痛だったという。

慶子が俺の前に座って、疲れた顔で訊ねた。

「ほんまに憂くんが殺したん？」

「ああ」

「あの子、虐待されてたんやろ？　あんまり会《お》うたことないから知らんけど、すごい暗い顔して……ときどきほっぺた腫れてたし」

「虐待されたら殺してええんか？」

「そうやないけど……」

「虐待いうてもたいしたことはしてないはずや。躾で殴ったり、ベランダに出したり……」

「ベランダに出す？」

「真冬だろうがなんだろうが、ベランダに正座させてたらしい」

さすがに、洩らす……ということは言えなかった。だが、慶子の眼に涙が浮かんだ。

「ベランダってことは、リビングから丸見えやろ？」

「ああ。そうやな」

「じゃあ、あの子は部屋の中が見えてたわけや。家族が楽しくしてるところが」

「……まあな」

「それ、マッチ売りの少女や」

「なんやそれ」

「マッチ売りの少女ていう童話。親の命令で街でマッチを売らされてる女の子がいてた。でも、全然マッチは売れへん。このまま帰ったら叱られる。雪が降ってきて凍えそうになった女の子は、温まろうとして売り物のマッチを擦る。そうしたら、暖かい部屋の中とか、美味しそうなお料理とかが見えるんやよ」

「そんなん幻覚やろ」怯えを気付かれぬよう、わざとつまらなそうに言う。

「そう、幻。女の子はそのまま死んでいく」慶子が涙を拭《ぬぐ》った。「ベランダから憂くんが見てたのはマッチの幻と一緒や。ガラス一枚隔てただけやのに幻。見えてるけど、絶対に手が届かない幻なんやよ」

　慶子もガラス一枚隔てた地獄を知っているのか。俺と同じか。

　たしかにガラス一枚隔てただけで、圧倒的な距離がある。こちらと向こうはまったく別の世界なのだ、と問答無用で納得させられてしまう。自分が自分でなくなる。自分がわからなくなる恐怖を思い出し、俺もぶるっと震えた。

　だが、あのガキは幻すら見てはいなかった。完全に絶望しきった眼をしていた。マッチの幻を見ていたのは慶子だ。

「しょうもない話や。マッチを擦ったら幻が見えた？　それで死んだらどうしようもない」

すると、慶子が不服そうな顔で言い返した。

「じゃあ、どうすればいいん？」

「マッチなんか売ってんと、他に売るものがあるやろ？　泣き言を言う前に、自分の力で稼げや」

「身体を売れってこと？」

「身体を売るのが恥ずかしいことか？　他人にたかって生きるより、ずっと立派やないか」

俺の言葉を聞くと、慶子はしばらく黙っていた。それから、小さな声で言った。

「ありがとう」

慶子の声は震えていた。

「俺は『グラス』の経営者として当たり前のことを言うただけや」

これ以上、慶子がつまらないことを言う前に、俺は残ったうどんをかき込むと、空いた丼を流しに運んだ。缶ビールを手にリビングに戻る。水槽の「ウーちゃん」と目が合った。

瞬間、佐野の顔が浮かんだ。俺はトイレに駆け込み、うどんを全部吐いた。

＊

タキさんが出ていくと、店はまた私一人になった。

すこし考え、A4のコピー用紙を取りだした。黒のサインペンで大きく「パート募集中応相談」と書く。しばらく悩んで「住み込み可」と書き加えた。

壁に貼って眺める。思わずため息が出た。これは嘘の貼り紙だ。だが、これは母を断る口実になる。

――パートさんがいるから、わざわざ来てくれなくても大丈夫。それに、離れはパートさんが住み込んでて泊まるところもないから。

ちくちくと胸が痛む。こんな嘘をついてまで母を避ける自分が情けない。

本当は、パートを雇うほど人は来ない。給料が払えるほど儲《もう》かっていない。それどころか毎月赤字だ。貯金を取り崩し、なんとか営業を続けている。店を開ければ開けるほど赤字になる。だから、貯金が尽きたときが閉店ということだ。

離婚したときに財産は折半した。夫婦で頑張って貯めた住宅購入資金だ。小さくてもいいから一戸建てを買おうと決めていた。

里桜が寝たあと、夫と二人で毎晩、新築建て売りの広告を見て相談した。

――子供部屋は二階やな。二人目ができたときのことを考えて、二部屋欲しいな。

――そうやね。あと、日当たりのいいベランダがあったらいいな。思い切りお布団が干せるような。

当時住んでいた賃貸マンションはベランダが東向きだった。朝はいいが昼からは薄暗い。

休日に布団を干そうとすると、すぐに陽が当たらなくなってしまうので困っていた。

——風呂は大きめがええな。

——トイレは一階と二階に一つずつ。できたら洗面台も。

——洗面台までいるか？

——もし、次も女の子ができたら大変やよ。年頃になったら、鏡の取り合いになるから。

——なるほど。

そう、私は夫と毎晩そんな話をしていた。楽しかった。だが、なにひとつ実現しなかった。買わなかった一戸建ての代わりに私は貯金の半分を受け取り、それをこの寂れたドライブインに注ぎ込んでいる。なんと愚かで無駄な使い方だろう。

ため息をつきながら店の片付けをしていると、笹寿司が減っていることに気付いた。あたりを見回すが人影はない。おかしい。泥棒だろうか。レジを確かめた。だが、現金は手つかずだ。笹寿司だけが減っている。

駐車場に出てみた。車はない。いよいよおかしい。ここに徒歩で来られるわけがない。車でなければバイクか。もしかしたら自転車かもしれない。ごく稀《まれ》に「ツール・ド・フランス」みたいな恰好をした自転車客が来ることがある。

自転車を裏に駐めているのかもしれない。裏に回ってみた。すると、かすかに女の子の泣き声がする。

「誰かいるの?」

近寄ってみると、子供が二人いた。小学校高学年くらいの男の子と、まだ就学前の女の子だ。男の子は女の子を背中でかばうようにした。

「あなたたち、どうしたの?」

見たことのない顔だ。兄妹だろうか。親はどこだろうか、とあたりを見渡した。だが、誰もいない。こんな山の中に子供だけで来るはずがない。私は不思議に思った。

「お母さんかお父さんは? 大人の人はいないの?」

二人とも黙っている。もう一度優しく訊ねた。

「どうやってここまで来たの?」

二人ともやはり無言だ。

警察に連絡したほうがいいのか、と思ったとき気付いた。女の子のハーフパンツは濡れて貼り付いている。粗相をしたようだ。

気付かれたことを知った女の子は突然激しく泣きだした。横の男の子も泣きだしそうなのを懸命に堪えている。

ふいに里桜の泣き顔が浮かんだ。

あれはたまたま仕事が早く終わった日で、出先から直帰することになった。普段は母に頼むのだが、自分で保育園にお迎えに行った。私の顔を見るなり里桜は泣きじゃくった。どうしたのかと訊ねても泣くばかりだ。保育士さんに訊くと、昼間、トイレに間に合わず洩らしてしまったという。そのときは平気だったんですけど、お母さんの顔を見たら我慢ができなくなったみたいで、と。

眼の前で泣きじゃくる女の子の顔が、あのときの里桜と重なった。私は胸が潰れそうになった。里桜。ごめんね。そばにいてあげられなくてごめんね。まさか、あなたがあんなに早くいなくなってしまうなんて想像もしなかった。ごめんね、里桜――。

女の子は泣き続けている。男の子は唇を嚙みしめ、女の子をかばうようにしている。そんな二人を見ていると、私の眼にも涙が浮かんだ。

きっとこの子たちには誰にも言えない事情がある。辛くても苦しくても、一言だって口に出せず、誰にも頼れない困難だ。

「大丈夫、大丈夫。もう泣かなくていいから」

気を取り直して、バレないように涙を拭いた。大人が不安そうにしてはいけない。

「濡れたままやったら気持ち悪いでしょ？　きれいにしようね」男の子のほうを振り返って言う。「この子、妹さん？」

男の子は黙ってうなずいた。

「シャワーできれいにしてくるから。いい？」

「すみません」すこし迷ってから言った。「お願いします」

男の子はかすかに頭を下げた。私は女の子を離れの風呂場に連れていった。まだ泣いている。

「お名前、教えてくれる？」

「サカシタクルミ」

「クルミちゃん？　かわいい名前やね」お湯の温度を調節しながら訊ねた。「クルミちゃんは年中さん？　年長さん？」

「年長さん」

「年長さんやから、ちゃんとお返事できるんやね。しっかりしてるね」

誉めてやると、ぱっと女の子が嬉しそうな顔をした。

手早くクルミをシャワーで洗った。見たところ怪我などはない。ほっとした。身体を拭いてやりながら、更に訊く。

「お父さんとお母さんは？　ここまでどうやって来たの？」

「お兄ちゃんと二人で来た。ハイキング」

「そう、ハイキングなの。楽しそうやね」

子供たちだけでハイキングなどおかしい。そもそも、ここはただ山深いだけだ。ハイキングコースなどない。それに、クルミの足許はサンダルだった。

こんな山奥に一体どうしたのだろう。なにかの事情で道に迷ってここにたどり着いたのだろうか。いや、迷ったのだとしたら、まず「ここはどこ？」と訊ねるだろう。だが、あの男の子はそんなことは一言も言っていない。

まさか、親に捨てられたのだろうか。

ヘンゼルとグレーテル。

里桜と読んだ絵本を思い出した。あの兄妹は森の中に置き去りにされたのだった。そして、空腹に堪えかねてお菓子の家を食べて、魔女に捕まる。

そこで気付いた。笹寿司を持っていったのはこの子たちだ。

とにかく、なにか事情があるのは間違いない。やはり警察に相談すべきだろうか。私はクルミをバスタオルで巻いて、奥の八畳間まで連れていった。

「ちょっと小さいかもしれへんけど……これ着てね」

箪笥《たんす》の中には今でも里桜のものが残っている。しょっちゅう「まほろば」に遊びに来ていたので、服など身の回りのものを置いていたからだ。捨てられずに取ってあったものが、こんな形で役に立つとは思わなかった。

下着を取り替えピンクのギンガムチェックのワンピースを着せると、クルミは眼を輝かせた。

クルミを連れて戻ると、男の子は窓から駐車場の様子をじっとうかがっていた。はっと振り向いて、険しい顔をする。

「お兄ちゃん」

クルミが呼ぶと、その顔がみるみる緩んだ。

「お古で悪いけど、着替えさせたから」

「すみません。ありがとうございます」兄が礼儀正しく頭を下げた。それから、妹に向かって言う。「きれいにしてもらったんやな。よかったな」

二人は幾分元気を取り戻したようだ。私はメニューを差し出した。

「お腹空いたでしょ？　なににする？」

「いえ……」兄が断ると、クルミがすがるように兄を見た。それに気付いた兄が辛そうな顔をした。

「気にせんでいいよ。困ってる子供からお金なんて取れへんから」

兄が私の顔を見る。しばらく迷っていたが、やがて妹に向き直り優しく訊ねた。

「クルミ、なにがいい？」

「お兄ちゃんは？」

「僕はカレー」

「じゃあ、クルミもカレー」

「えーと、子供用カレーってありますか？」兄が生真面目な口調で言う。

「ごめんね。カレーは一種類だけやの。そんなに辛くはないけど……」

「クルミには無理やな」妹に向き直って言う。「クルミ、きつねうどんにしよう。お兄ちゃんもきつねうどんにするから」

「うん」

妹思いの優しいお兄ちゃんだ。見ているだけで、また眼頭が熱くなってきた。胸も痛い。里桜も言っていた。「妹」か「お兄ちゃん」が欲しい、と。なのに、一人っ子のまま死なせてしまった。私は酷い母親だ。

「じゃ、きつねうどん二つお願いします」

「はい。じゃ、ちょっと待ってね」

「あの……」

兄に呼び止められた。振り返ると、バツの悪そうな顔をしている。おずおずと差し出した掌の上には、半分潰れた笹寿司が四つ載っていた。

「すみません、さっき……僕……」

「ああ、ごめんね。今、お皿持ってくるから」

そう言うと、兄が一瞬泣きそうな顔をした。

うどんを茹でる。カウンター越しに二人の様子を見ていた。クルミが懸命に兄に話しかけている。兄は小声で答えているが、納得できないようだ。すこし大きな声になる。

「ねえ、ママとパパは？　おうちに帰らへんでいいの？　お仕事は？」

「今は夏休みやろ。だからお仕事もお休み。やから、家にも帰らんでいいんや」

「でも、お仕事あるのに」

「仕事なんかやらんでいい」

兄がすこしずつ苛立ってくるのがわかる。仕事とはなんのことだろうか。家が商売をしていて、そのお手伝いのことだろうか。

きつねうどんを運んだ。

「子供用のフォーク、ください」

兄は妹のために子供用のお椀にうどんを入れてやった。クルミはフォークでのろのろと食べはじめた。持ち方がおかしくてフォークを握り込むようにしている。正直言って行儀が悪い。

もう大きいのに、ともどかしくなる。苦手だからといってフォークやスプーンを使っていては、いつまで経ってもお箸が上手にならない。時間は掛かっても、お箸を使わせたほうがいい。里桜なら――。

胸が抉《えぐ》られる。まただ。この子たちを見ていると里桜のことばかり考えてしまう。だめだ。里桜なら、なんて考えてはいけない。苦しくなるだけだ。私は静かに深呼吸をした。胸苦しさは完全には消えないが、多少はごまかすことができた。

「ねえ、お兄ちゃん。パパに怒られるよ」

兄は返事をしない。箸を持ったまま、じっと黙っている。うどんはほとんど減っていない。私が見ていることに気付くと、慌てて食べはじめた。

そこで違和感に気付いた。

兄の箸の持ち方は完璧だった。兄妹なのに食事マナーに差がありすぎる。同じふうに躾されているとは思えない。幼い妹が甘やかされているだけなのか？　だが、なにか不自然だ。家庭に問題があるのではないか？

私は子供たちを観察した。二人とも細めだが痩せすぎというほどではない。兄の服はこざっぱりとして問題はない。兄妹の顔はあまり似ていない。兄は切れ長の眼をした尖った顔だが、妹の眼は真ん丸で猫みたいに大きかった。

「ねえ、お兄ちゃん」

クルミはもう泣きそうだ。慌てて、二人のテーブルに急いだ。

なにか家庭に事情があるとしたら、家出だろうか。でも、家出してきたものの、引っ込みが付かなくなっているだけだとしたら？

「おうちの人が心配してるんやない？　連絡するなら電話を貸してあげるよ」

「いえ、いいです」

「家はどこ？　もう外は暗いし、送っていってあげよか？」

「……子供がいなくなっても心配するような親やありません」

きっぱりと言い切る。嘘をついているようには見えなかった。私が絶句していると、男の子が皮肉めいた言い方をした。

「……いや、心配するかもしれませんね」

「どういうこと？」

それには答えず、男の子は立ち上がった。

「クルミ、行こう」

妹の前にしゃがみ、背中を差し出す。私は驚いた。おぶっていくつもりだろうか。

「ちょっと待って。ここは山の中やよ。町まで遠いから歩くなんて無理。それに、街灯もないから真っ暗。足許も見えへんよ」

「ほら、クルミ」

兄は私を無視し、妹を促した。妹は兄と私を見比べていたが、やがて兄の背中に覆いかぶさった。

「待って。あかんよ。危ないから」

先回りして、店の入口ドアに立ちふさがった。兄が妹を背負ったまま、にらみつける。私は息を呑《の》んだ。なんという眼だろう。子供がこんな暗い眼をするものだろうか。いや、ただ暗いだけじゃない。拗《す》ねた、弱々しい眼じゃない。今にも人に噛みつきそうな犬の眼だ。

「家に帰りたないん？」

すると、兄がわずかにうなずいた。

こんな小さな妹を連れて、荷物も持たず逃げ出してきた。叱られて、などという理由ではなさそうだ。

虐待。

まさか、この子たちは虐待されているのではないか？

「もし、あなたたちの家で嫌なことがあるんやったら、一緒に警察に行ってあげましょうか？」

すると、兄の顔色が変わった。

「警察に言うんやったら今すぐ出ていきます」

警察という言葉が出た瞬間、兄の目に一瞬だがはっきりと怯えが走った。声も震えている。

「警察がだめやったら、他に力になってくれるところがあるから」

兄は一瞬ためらったが、すぐにきっぱりと言った。

「どいてください」

覚悟を決めた声に聞こえた。この子は本気だ。私が電話をしている間に出ていくだろう。

そして、真っ暗な夜の山を妹を背負ったまま、何十キロだって歩き通すつもりでいる。

だが、危険すぎる。そんなことをしたら、夜の峠を越えるトラックに撥《は》ねられるか、ガードレールのない崖から滑り落ちるか、イノシシに襲われるか、だ。

「おばさんにできることなら力になるから、なんでも言って。ここは寂れたドライブインで、お客さんなんかほとんど来えへん。ドライブインってわかる？　大昔は道の駅の代わりに、こんなドライブインがあちこちにあってん」そこですこし笑ってみせた。「これでも昔は流行ってたんやよ。『ドライブインまほろば』って言うたら結構有名で、トラックがいっぱい駐まってたんやから」

兄がじっと私の顔を見た。あまりにも真剣なので私は息苦しくなった。

やがて、兄はゆっくりと口を開いた。

「このへんに十年池ってありますか？」

「十年池？　聞いたことないけど」

「そうですか……」途端にがっかりした顔になる。

「このあたりなの？　どんな池？」

「いえ、いいです」

店を出ようとして、貼り紙の前で足を止めた。しばらく、思い詰めたような表情で見ている。それから、意を決したようにきっぱりと言った。

「住み込みのパート募集してるんですね。なんでもやるから、夏休みの間だけ、ここに置いてください。お願いします」

兄が深々と頭を下げた。クルミはぽかんとしていたが、すぐに兄の真似をして頭を下げた。

「働くって……」

啞然《あぜん》とした。小学生を働かせるなど無理だ。だが、この子たちは本当に切羽詰まっているのだろう。行くあてがないのか。それほど家に帰りたくないということか。

「お給料はいりません。置いてくれるだけでいいんです。お願いします」頭を下げたまま言う。

「でも、子供を働かせるわけにはいかへんし」

「じゃあ、お手伝い、てことにしてください。絶対に迷惑は掛けません。夏休みが終わるまで、ここにいさせてください」

兄の声には悲痛な決意が感じられた。聞いているだけで胸が痛くなる。兄は頭を上げない。クルミは一度頭を上げかけたが、兄がまだ下げているのを見て慌ててまた下げた。

「とにかく二人とも頭を上げて」

「じゃあ、置いてくれますか?」兄が顔を上げるなり勢い込んで言った。

「まず、なにがあったか、ちゃんと話してくれる? 話せることだけでいいから」

途端に兄の顔が強張った。じっと動かない。なにか考えているようだった。やがて、思い詰めた顔で言った。

「八月が終われば出ていきます。だから、今から一ヶ月、ここに置いてください」

「もし、だめだと言われたら、あなたたちは行くあてがあるの?」

「ありません」

「じゃあ、どうするの？」

「わかりません。でも、僕は十年池に行かなあかんのです」兄が眼を伏せた。

「さっきも言ってたね。その、十年池って池に大事な用事があるの？」

兄は返事をしなかった。もうこれ以上なにも言わないと決めたのがわかった。

今、問い詰めても、かえって頑なになるだけだ。だが、どんな事情があるかわからないのに受け入れていいのか？　でも、このまま行かせることはできない。どうすればいい？

逡巡《しゅんじゅん》していると、兄は真っ青な顔で立ち上がった。妹の手を取って言う。

「……やっぱり出ていきます。ありがとうございました」

だが、クルミは首を横に振った。

「いや、もう疲れた。歩きたない」

「我《わ》が儘《まま》言うな。さ、お兄ちゃんがおんぶしてあげるから」

「待って」

私はさっとクルミを抱き上げた。兄は驚いた顔をした。

「この子は疲れてる。もう休ませな」

「クルミを返してください」

兄の目がぎらぎらと輝いていた。なにかに取り憑《つ》かれているようだった。だが、それは不快を感じさせるものではなく、ただただ憐《あわ》れに見えた。

本当は警察を呼ぶべきなのだろう。だが、そのとき私の頭に浮かんだのは、恐ろしいイメージだった。冷たくなった子供。動かなくなった子供。花に囲まれた子供。小さな柩《ひつぎ》。小さな骨。そして果てのない暗闇だ。

「とにかく落ち着いて。どこにも連絡せえへんから」

行かせるわけにはいかない。私は覚悟を決めた。通報はしない。とにかく今夜はここで保護するしかない。一晩休めばすこしは落ち着くだろう。明日の朝に話をしよう。

「……わかった。じゃあ、夏休みの間、ここにいて」

夏休みの間？　自分で口にしてから驚いた。

私はなにを言っているのだろう。こんな子供のペースに巻き込まれて、一体どうしたというのだろう。

「僕たちがここにいること、誰にも言わないって約束してくれますか？」

「ええ」

「ありがとうございます」

兄がまた深々と頭を下げる。肩が震えていた。堪らなくなった。

「じゃあ、名前を教えて。妹はクルミちゃんね。あなたは？」

すると、兄は観念したように言った。

「僕はユウです」

名字を言うつもりはないらしい。身元がバレるのが怖いのか。だが、下の名前を教えてくれただけでも一つ、前進だ。

「ユウってどんな字を書くの？」

「憂鬱の憂です」

憂鬱の憂。この子は当たり前のように言った。きっと、この子の親がそう説明していたのだろう。幼い頃から憂いと苦しみを背負わされた名だ。思わず顔をしかめそうになって、慌てて笑顔を作った。

「憂くんね。じゃあ、クルミちゃんは？」

「来る来ない、の来るに海です」

「憂くんと来海ちゃんね。わかった。おばさんの名前は比奈子。比べる、奈良の奈、子供の子で比奈子」

兄妹を裏の離れに案内した。八畳間が二つと十畳間、それに台所と風呂とトイレ。この前、母が来て泊まった後、きちんと掃除をしてあった。よかった、と思った。

「古くてごめんね。今は空いている部屋だから、気にせず好きに使ってね」

「ありがとうございます」憂がまた頭を下げる。

「そんなに堅苦しくせんでええから」

「いえ」

憂を見ていると、不思議で、悲しくて、そして怖かった。こんなにも礼儀正しくて真面目な男の子が、親と警察を嫌がる。一体なにがあったのだろう。

「奥の八畳の部屋はおばさんが使ってるから。あなたたちは二人だから、十畳の部屋を半分こして」

「はい」

「はい。ちゃんと半分こします」来海が大きな声で言った。

胸が苦しくなる。そう、子供は半分こが大好きだ。里桜もそうだった。半分こすると、なぜか「お姉さん」になったような気がするようで、得意気な顔をしていたものだ。

十畳間に通して、早速布団を敷いてやった。

「来海ちゃんは私が見てるから、お風呂に入ってきたら？」

だが、妹のそばを離れたくないようだ。躊躇《ちゅうちょ》する兄を促す。

「シャワーを浴びたらさっぱりするから、ほら」

「じゃあ、お願いします」

寝かしつける間もなく、来海はすぐに眠ってしまった。よほど疲れていたのだろう。私はその横でずっと寝顔を見ていた。子供の寝顔を見るのは何年ぶりだろう。こんなにも心が安らぐのは何年ぶりだろう。

やがて、憂も風呂から上がってきた。

「喉が渇いたでしょ？　ジュースでも飲む？」

厨房にジュースを取りにいった。戻ってきたときには、憂も寝息を立てていた。


その夜、布団の中で兄妹のことを思った。

たとえどんな事情があろうと、未成年をかくまったら罪に問われる可能性がある。保護ではなく監禁だと判断されても仕方ない。やはり即座に警察に連絡すべきだったのか。でも、あの男の子の眼は必死だった。警察を呼んだなら、あのまま夜の山に消えてしまいそうだった。そんな危険なことはさせられない。仕方がなかった。あの子たちを泊めた判断は間違っていない。

とにかく、明日の朝、あの子ともう一度話をしよう。

ヘンゼルとグレーテル。

あの子たちがヘンゼルとグレーテルなら「ドライブインまほろば」はお菓子の家？　そして、私は魔女？　山奥で子供を待ち構えている魔女？

ふっと、静かな池が浮かんだ。魔女の家は池のほとりに建っている。池は木々に囲まれひっそりと水をたたえていた。周りの木立は薄暗いのに、水面だけはきらきらと輝いている。おとぎ話のような池だ。

十年池か。母なら知っているかもしれない。今度訊いてみようか。

いや、とすぐに思い直した。迂闊に話すと、絶対に首を突っ込んでくる。

――一緒に探してあげる。お母さんにも手伝わせて。ねえ、お願い。

恩着せがましく言うだろう。そして、身元のわからない子供を泊めたことにも文句を言うだろう。

――比奈子、なにかあったらどうするの？　どうしてお母さんに相談してくれへんかったの？

想像しただけでぞっとする。絶対に母には言わないことにした。

さわさわと葉擦《はず》れの音がする。谷から吹き上げる風で、すぐ近くで木々が揺れている。そして、渓流からは、かすかな水の音が聞こえる。

静かだ。山は静かだ。

隣の部屋で子供が眠っている。たったそれだけのことで、これほど穏やかな気持ちで眠れるとは思わなかった。

物音がして眼が覚めた。

離れの入口のドアが開いて、閉まる。砂利を踏む音がした。誰かが外へ出ていった。

起き上がって時計を見た。午前三時。まだまだ夜だ。そっと襖《ふすま》を開けて兄妹の部屋を確かめる。すると、憂の姿がなかった。

まさか一人で出ていってしまったのか？　私は慌てて外へ出た。

月の明るい夜だった。子供のシルエットが駐車場に見えた。近づいて声を掛けようとして、思わず立ちすくんだ。

憂は砂利の上に膝を突き、顔を覆っていた。全身が激しく震えている。だが、声は聞こえない。憂は懸命に声を噛み殺し、泣いている。ときどき洩れる嗚咽《おえつ》が大声で泣いているのよりも、ずっとずっと痛ましかった。

「憂くん、どうしたん？」

返事をしない。顔を覆ったまま、泣き続ける。

「憂くん、どうしたん？　なにがあったん？」

「怖いんです。怖くて眠れないんです」

「大丈夫、落ち着いて。なにか怖い夢でも見たん？」

すると、憂が顔を覆ったまま、途切れ途切れに言った。

「……生まれてきて……なんにもいいことなかった」

私は胸を突かれた。これが子供の言葉だろうか。

「なにひとつ……いいことなんてなかった……」

憂がぐうっと喉の奥からうめいた。だが、我慢してその嗚咽を呑み込んだ。私は思わず憂の肩を抱いた。すると、憂は崩れ落ちた。砂利に突っ伏し、泣きながら言った。

「僕はなんで生まれてきたんやろ。なんで……」

私も泣きたくなってきた。こんな子供がここまで言うなんて、一体どんなことがあったのだろう。

「嫌なことがあったら、なんでも言うて。おばさんにできることやったら、なんでも力になるから」

憂はぼろぼろと涙をこぼしながら、絞るように叫んだ。

「生まれてけえへんかったらよかった」

「憂くん、そんなこと言うたらあかん。絶対に言うたらあかん」

すると、憂が私の手を払いのけた。起き上がって、涙と鼻水と砂利土で汚れた顔で私を見た。

「……人殺しになるくらいやったら、生まれてけえへんかったらよかった」

一瞬、意味がわからなかった。私は呆然と憂の顔を見つめていた。

「僕は……人を殺したんです。人殺しなんです……バットで殴って殺したんです」

月明かりの下、憂は堰《せき》を切ったように話しはじめた。大きく見開いた眼は涙に濡れて輝いている。

「我慢ができへんかったんです。二度とあんなことは嫌や、と思て……」

「憂くん。落ち着いて。一体なにがあったん？」

「ずっと殺してやりたいと思てたんです。毎晩、毎晩、殺すことを考えてました。でも、本当に殺すつもりなんてなかった。頭の中で考えてただけなんです。なのに、あんなこと言われて我慢ができなくて……」

普通なら、こんな子供が人を殺すなど到底信じられないだろう。だが、私は憂の言葉を疑いもしなかった。そう、私は納得してしまった。これが人を殺した子供の声だ。取り返しのつかないことをして絶望している子供の声だ。

「憂くん……」

私はなんと言えばいい？　こんなふうに泣く子供をどうやって慰めればいい？　どんなに考えても言葉が見つからない。

「あいつは最低なんです。あいつだけやない。みんな最低なんです……」

憂は深夜の駐車場で泣き続けた。

「……来海には……絶対に知られたくないんです……」

ああ、こんなに苦しくても、この子は妹のことを気遣っているのか。

「憂くん。大丈夫。誰にも言わないから」

一瞬で共犯になる。だが、迷いはなかった。

「僕は……僕は人を殺したんです」
憂の泣き声が山に響く。苦しみや痛み、絶望がこだまして、私の胸を打つ。
子供の泣き声は辛い。
子供の泣き声なんて聞きたくない。
お願いやから、これ以上泣かんといて。
お願いやから。
私は憂を抱きしめ、泣いた。

第二章　山鳩

「バレたらまずいから、できるだけ早よ焼《は》いてや」

流星の死亡診断書にサインをしながら、「グラス」の会員の医師は言った。

慣れているのか、なにも訊かずに「心不全」という診断書を書いてくれた。男は五十前で、「グラス」の会員になってから長い。親の病院を継いだ二代目で、腕が悪くてぼんくらという評判だ。ベッドはいつも満床だが、経営状態はあまりよくない。同じように経営難の病院と連携し、行き場所のない老人をぐるぐる回している。

「先生、今度はサービスしますから」

「そう？　でもさ、サービスなんかできへん子のほうがええんやけど」

妙にボリュームのある七三分けはカツラにしか見えないが、あまりにも不自然なのでかえって自毛かもしれないと思ってしまう。

「あー、失礼しました。でも、先生のお好みが一番難しいんですわ。なにせ競争ですからねえ」

「たしかになあ。一番やないと意味ないから」

「そうなんですわ。とにかくまた探しときますわ」

「頼むよ」

はじめてにこだわる客は多い。そんなものになんの価値があるのか、と俺は思うが、世間では高値で取引される。条件は悪くても「はじめて」という付加価値で、倍の値段を吹っ掛けても売れた。

慶子もそうだ。あんな地味な女がはじめてというだけで高く売れたのだから。

流星の葬式の朝、俺はもう一度慶子に頼んだ。

「頼むから出てくれ。流星の葬式なんや」

慶子は「ウーちゃん」に餌をやっていた手を止め、振り返った。頑なな顔だった。

「ごめん、銀河。何回言われてもあかん。妊娠中はお葬式に出たらあかんねん」

芽衣と同じことを言う。だが、諦めきれず、俺は食い下がった。

「俺の横で立ってるだけでええ。流星がかわいそうや」

「お祖母《ばあ》ちゃんが言うてた。妊娠してるときにお葬式に出ると、お腹の赤ちゃんが亡者に引っ張られるんやて。だから、絶対あかん、て」

「は？　亡者が引っ張る？　そんなん迷信や。おまえ、喪服も真珠も一揃い持ってるやないか。今から、ぱっと着替えて出てくれたらええねん」

するど、慶子は大きなため息をついて、俺を見た。

「あのねえ、銀河。このお腹見て。普通の喪服が着られるわけないやん」

また妊娠のせいにする気か。俺はかっとしながらも、もう一度頼んだ。

「じゃあ、普通の服でかまわんから、頼む。見送り人が俺と芽衣だけやったら、流星がかわいそうや」

だが、慶子は首を横に振った。

「ごめん、銀河。でも、これだけはあかん。この子は銀河の赤ちゃんやねんよ。なにかあったらどうするん?」

「もうええ」

俺は吐き捨てるように言うと、「ウーちゃん」を見ないように家を出た。

流星のマンションのエレベーターには柩が入らなかったので、担架を使って階段で下ろした。そのまま佃《つくだ》斎場に直送し、俺と芽衣でお別れをした。

「……すまん、流星。寂しい葬式で」

柩の小窓から小声で詫《わ》びた。流星の頭には分厚い包帯が巻いてある。顔の周りには白と黄色の菊がぱらぱらと撒《ま》いたように散らばっていた。

俺は弟の顔に見入った。不思議な気持ちだった。自分と同じ顔をした人間が冷たくなって、横たわっている。ここで眠っているのは誰だ？　もしかしたら俺自身じゃないのか？　なあ、もしかしたら死んだのは俺で、流星は生きてるんじゃないのか？

ああ、そうや。これは間違いや。俺が死ぬべきやった。

すとんと正解が胸に落ちた。俺は虎目石の数珠を手に、心の中で繰り返した。そうや、俺が死ぬべきやった。

芽衣はぼろぼろ泣いていた。あれからずっと泣いている。平気で実の息子を虐待する女だが、流星には本気で惚れていた。人間の愛情なんて偏ったものだ。

互いに一目惚れだったという。他人の目からどう見えようと、二人が愛し合っていたのは間違いない。

「流星、流星、あたし一人になってどうしたらええんよ」

流星の柩にすがって泣く芽衣を見ていると、すこしずつ居心地が悪くなってきた。

流星と芽衣は本当に仲のいい夫婦だった。そんな夫婦なら多少は子供をかわいがるはずじゃないのか？　なのに、あいつらは二人で愛し合うことしか頭になかった。いったいなぜだ？　なあ、夫婦にとって子供ってなんだ？

仲のよすぎる夫婦にとっては、子供は「かすがい」ではなく「邪魔者」か。

かわいそうな邪魔者、憂と来海。特に憂は実父にも殴られ義父にも殴られて、気の毒なガキだった。

──かわいくないんや。あいつにバカにされてるような気がする。

流星はいつもそんなことを言っていた。辛気くさい眼がむかつくんや、と。その気持ちはすこしわかるような気がした。

俺と芽衣で流星の骨を拾った。芽衣は泣いて泣いて、手が震えて、ほとんど拾うことができなかった。

これが流星の最期か。俺たちの最期か。俺もこんな風に死ぬのか？　なあ、俺たちがなにをした？　殺されるほど酷いことをしたのか？

葬儀が終わって、流星の自宅マンションに戻った。

芽衣は骨壺《こつつぼ》を眼の前に置くと、喪服も脱がずに座り込んだまま動かなくなった。

喪服の胸がはち切れそうだ。泣き腫らした眼も、涙の流れた頬も真っ赤だ。嗚咽したせいか、首筋まで赤い。きっと胸まで赤いだろう、と思った。流星が惚れたのもわかる。豊かでだらしない乳は圧倒的だ。見ているだけで、身体の芯に直接押しつけられたような気になる。抗《あらが》えない。

芽衣の胸から眼を逸らし、部屋の中を見渡した。足の踏み場もないくらいに散らかっている。家事をやらされていた憂がいなくなったらこのザマだ。

「あいつらからなにか連絡あったか？」

「全然」

憂と来海の行方は一向にわからない。憂の本当の父である船山健太はなにも知らないという。白を切っている様子はなかった。心の底から迷惑そうだった。あんな男が子供をかくまうはずがない。

くそ、と舌打ちした。子供二人、どうせ遠くへは行けないだろうと思って舐《な》めていた。失敗だった。

俺たちは「家出」をしようと思ったことがない。なぜなら、最初から「ホーム」がなかったからだ。もちろん幼い頃から育った祖父の家があるが、あれを「ホーム」だと認識したことがない。だから、家を出よう、家から逃げだそうなどと思わなかった。

俺と流星はいつも街をふらついていた。コンビニ、ゲーセン、ファストフード。先輩の家、女の家。遠くへ行こうなど考えたことがなかった。家の布団で寝ようが、クラブで夜明かししようが、女の部屋で寝ようが、どれも同じだ。

「くそ、最近のガキときたら」

そして、憂と昔の俺たちには決定的に違うことがある。憂は人を殺した。あの頃の俺たちとは犯罪レベルが違う。

煙草に火を点けた。灰皿が見当たらないので、手近にあったマグカップを引き寄せる。底に茶色い輪ができていた。

人を殺すと、一体どんな気持ちになるのだろう。小学校六年生で人殺しになるのはどんな気分だろう。

憂はクソがつくほど真面目で優等生だった。そんな奴が人を殺した。自棄《やけ》になってもおかしくない。もしかしたら、とっくに妹を道連れに自殺でもしてるかもしれない。

俺は散らかった部屋を見渡した。目に付くところに憂と来海の物は見当たらない。オモチャもマンガもゲームもなかった。

「あのガキの行き先に心当たりはないんか？　よく考えろや」

「何回訊かれても知らんて」

だらしなく足を投げ出し、芽衣が面倒臭そうに言う。

「それでも親かよ」

「あんたに言われたない」

「おまえの親はどうしてる？　祖父さん祖母さんの家に逃げ込んだ可能性は？」

「まさか。一回しか会うたことないのに」

「念のため、教えろ。最近のガキはスマホで調べてどこでも行くからな」

「スマホは持ってないけど、あの子やったらやりそうや。なんでも自分で調べて自分で解決して……」芽衣が顔をしかめる。

普通の親なら誉めるところだ。慶子なら誉めるだろう。だが、芽衣と流星は違った。憂のすることすべてが嫌悪の対象だった。

「そう言えば、憂が、お祖父ちゃんに会いたい、て言うたことがあった。面倒臭かったから、とっくに死んだ、て答えた。あの子、すごいショックを受けてた」

「あのガキはジジイが死んだと思てる、いうことか」

「そう」うなずいて言う。「……ちょうだい」

黙って差し出すと、一本くわえた。火を点けてやる。芽衣は鼻で笑って、天井に向かって煙を吐いた。安っぽい演技に見えた。

「……ああ、やっとわかった。あたしが憂のこと好きになられへん理由。あの子、あたしの父親に似てるからや。あの子はあいつにそっくりなんや」

「憂は船山に似てるんやないのか？」

「船山にも似てる。でも、あたしの父親にも似てる。二人の嫌なところがミックスされてる感じ」

「たとえば？」

「あの子は行儀がいいやろ？　でも、やりすぎるから見ててむかつく。たとえば、あの子は絶対に信号無視をする人がいたら、車が一台も来ないのがわかってても、ちゃんと青になるまで待つ。で、信号無視をする人がいたら、どうすると思う？」

「信号無視するな、って注意するんか？」

「違う。なにも言わない。ただ黙って軽蔑した眼で見る」

「ああ、たしかにむかつくな」

「やろ？　で、腹が立った流星があの子に手を上げるわけよ。でも、あの子は平気やねん。殴られても、蹴られても、ボロくそに罵られても、それでも自分が正しい、って顔をする。頑固で融通が利かなくて……ああ、思い出したら苛々してきた。ほんと二人にそっくり」

芽衣が吐き捨てるように言う。俺は思わず顔を背けた。露骨な嫌悪と憎しみの表情は憂に向けられたものか、前の夫や自分の父親に向けられたものか、それとも両方か。

ふっと憂が気の毒になる。ここまで実の母親に嫌われる息子がいるとは。

「自分の元亭主と父親に似てるから、息子がかわいないんか。たいした母親やな」

ふん、と芽衣はもう一度鼻で笑ってそっぽを向いた。

「で、おまえの実家の場所はどこなんや」

「田舎。ただの田舎。どこにでもある田舎」

「ちゃんと質問に答えろや」

「考えたないねん、あの家のことなんか」芽衣は乱暴に煙草を揉《も》み消すと、癇癪《かんしゃく》を起こしたように言った。

「おまえの気持ちなんか聞いてへん。場所はどこや」

「淡路島《あわじ》」

「ええから、さっさと住所、書けや」

芽衣は肩をすくめて、斎場の利用案内の裏に殴り書きをした。そして、面倒臭そうに俺に渡した。大げさにため息をつく。すると、大きな胸が揺れた。俺はうんざりしながらも、つい見てしまった。このボリュームは暴力的だ。すこしでいいから慶子にわけてやれ、と言いたい。

「おまえの親父は流星の顔を知ってるんか？」

「知らんはず。一度も会うてないから」

「そうか。じゃ、俺が顔を出してもバレへんな」

すこし考え、クローゼットを開けた。流星の服を何枚かつかんで紙袋に突っ込んだ。流星が大好きだったブランドのロゴ入りTシャツとパンツ。そして、キャップだ。

キャップをかぶってみる。すると、芽衣が息を呑み俺を見つめていたが、それからまた泣きだした。

「……流星にしか見えへん。なんで……」

突っ伏してわんわん泣く。なんで、の言葉の次はなんだ？　なんで流星が死んだのか、と言いたいのか？　なんで俺が死なへんかった、と言いたいのか？

俺は鏡の前に立った。眼の前には流星がいた。兄貴、と今にも笑いかけてきそうだった。思わず俺は鏡の中の流星に見とれた。

芽衣の号泣で我に返った。

「流星」

「とにかく、一度淡路島に行ってみる。流星の車、しばらく借りるからな」

「なんで？　あたし、困るやん」ぐしゃぐしゃの顔を上げて言う。

「俺のを使たらええやろ」キーを芽衣の足許に放った。

淡路島に行く前に、家に戻って喪服を着替えることにした。俺は泣き続ける芽衣を置いてマンションを出た。

うんざりするほど暑い日だった。マンションのエントランスから駐車場まで歩くだけで、汗が噴き出る。黒いネクタイをむしり取り、空を見た。

七月の陽射しがまともに顔を焼く。俺は思わず眼を閉じた。年齢と共に日光が苦手になる。野球をやっていた頃が信じられない。

炎天下のグラウンドで、くそ暑いユニフォームを着込んで球を追う。どれだけ水を撒いてもすぐに乾いて、土埃《つちぼこり》がもうもうと上がる。マウンドの上の流星が振り向いて、俺の真っ黒な顔を見て笑う。

――おい、真面目に投げろや。

――こんなん余裕や。

遠い昔の話だ。俺はむしり取ったネクタイを上着のポケットに突っ込んで大股で歩いた。

あの頃、俺と流星は最強だった――。

中学時代から、俺と流星は野球部の「坂下兄弟」として有名だった。勉強はできないがとにかくモテた。俺たちは最強の双子だった。小学生の頃から面倒な奴らに目をつけられて、しょっちゅうケンカを売られた。俺たちは二人して戦った。身体が大きかったこともあって、年上の相手を何度も返り討ちにした。

不思議なことに、子供の頃、ろくな物を食っていないのに俺たちはやたらでかく育った。中学に入った頃にはもう一七〇センチあって、高校に入る頃には一八〇センチを超えていた。最終的に、俺は一八六センチ、流星は一八五センチということで落ち着いた。要するに、「三分」と「一センチ」が、俺が兄である証明ということだ。

「あんたら、黙ってたらほんまにかっこいいんやから、芸能界行ったらええのに」

よく言われた。実際、ミナミを歩いていて、何度もスカウトされたことがある。モデルだかタレントだかホストだか知らないが、呼び止められて胡散臭《うさんくさ》い名刺を押しつけられた。うっとうしいので流星と二人してにらみつけると、スカウトはすぐに逃げていった。

「アホか。あんなチャラチャラしたことできるか。俺らには野球があるんや」

流星が鼻で笑う。そう言いながらも、俺たちはかなり早くから女の子と遊んでいた。

――その坊主頭がかわいいねん。

勝手に女が寄ってくる。中学の野球部の練習が終わってくたくたになっても、声を掛けられたら断らなかった。

——部活の後やから汗臭いやろ？　俺、シャワー浴びたいんや。

そう言って、女子大生とホテルに行ったこともある。ホテル代はもちろん相手が出してくれた。

ＯＬと絡んだこともある。満《み》ちるというイベント会社に勤める三十過ぎの女だった。ジムで鍛えた引き締まった身体をしていた。不自然なくらい真っ直ぐな黒髪で、聞けば本当は酷いくせ毛だと言う。縮毛矯正に命を懸けていて、クレオパトラみたいなボブカットだった。でも、それなりに似合っていたから、俺たちはいつも髪を誉めてやっていた。

週の半分は満ちるのマンションから学校に通い、部活をした。満ちるは食事の支度をしてくれたり、弁当を作ったり、泥に汚れたユニフォームを洗濯してくれた。俺たちを捨てた親よりも、ずっと親らしいことをしてくれた。

俺たちは代わる代わる満ちるを抱いた。満ちるは俺と流星をペットみたいにして得意気だった。

満ちるは最高の女だった。たった一つの欠点はアレを見なければ俺と流星を見分けられないことだった。

「あんたらの親、なんも言わへんの？」

「親？　まさか」

流星と声を揃えて言うと、満ちるは嬉しそうに笑った。

そもそも、俺と流星は親を知らない。母親は十代で妊娠したが、双子と聞くと当時付き合っていた男は逃げてそれきりになった。若かった母は両親に俺たち双子を預けて働きに出た。最初はときどき金を送ってきたが、やがて音信不通になった。今も行方がわからない。

母のイメージは木彫りの熊だ。鮭《さけ》をくわえた、どこにでもある熊だ。

母が男と北海道旅行に行ったときの土産だという。銀河・流星の滝を見に行って、その近くの土産物屋で買った。そして、その夜にできたのが俺たちだ。

はっきり憶えている。小学校に入ってすぐの頃だった。

テレビの旅番組で北海道特集をやっていた。流星は祖母と並んでじっと観ていた。俺は部屋の隅で猫を撫でていた。猫は迷惑そうだったが、俺は構わず撫で続けていた。

――なあ、兄ちゃん、観てよ、ほら。

振り向くと、流星が興奮してテレビを指さしていた。

――銀河・流星の滝やって。

小さなテレビに二つの滝が映っていた。高い断崖絶壁から滝が二本、並んで流れ落ちている。右側の滝は太くて真っ直ぐ落ちて、左の滝は、細い筋が曲がりながら何本も落ちていた。

――どっちがどっちや？

――右が僕。左が兄ちゃん。なあ、お祖母ちゃん、ここ連れてって。

――あかん。無理や。

――なんで？

――無理やから無理。大人になったら自分で行き。

祖母は疲れた口調で言うと、テレビのチャンネルを変えてしまった。

――なにするねん。

流星が祖母からリモコンを奪ってチャンネルを戻した。だが、そのときにはもう画面は変わって、レポーターは時計台の前にいた。

――滝が観られへんかった。お祖母ちゃんのせいや。

流星がぴーぴー泣きだした。俺は箪笥の上の木彫りの熊をにらんでいた。母が置いていった北海道土産だ。俺は熊を見ているとどんどん腹が立ってきた。

――流星、うるさい。

――兄ちゃんのほうがうるさい。

俺が怒鳴ると流星が泣きながら怒鳴り返した。すると、隣の部屋で寝ていた祖父が起きてきて、流星を殴った。ついでに俺も殴られた。それを見ると、流星はもっと泣きだした。

俺は流星を連れて逃げだした。祖父の機嫌が直るまで、外にいようと思った。

夜勤明けの祖父を起こしてしまったのだから、怒られても仕方ない。めそめそする流星としばらく公園にいたが、じきに腹が減ってきた。

——兄ちゃん、腹減った。

——俺もや。

祖父が殴っていたときに、かばってくれなかった祖母だ。今、家に帰ってもご飯を作ってくれるとは思えない。俺たちは一円も持っていなかったが、それでも近くのスーパーに行った。そうしたら、我慢ができなくなった。

棚には菓子パンがたくさん並んでいた。一つくらい盗《と》ってもバレないと思った。俺はあんパンを盗った。流星はチョコパンを盗った。はじめての万引きだった。ドキドキしながら店を出た。そして、出た途端に呼び止められた。

すぐに家と学校に連絡が行った。祖父は怒って、また俺たちを殴った。

——銀河、おまえ、兄貴のくせになにしとんのや。ちゃんと弟の面倒見なあかんやろ。

流星はぎゃんぎゃん泣いた。俺は殴られながら思った。万引きはやめだ。あんパン一つでこんなに殴られたら割に合わない。だったら、俺がちゃんと流星の面倒を見るほうがいい。祖母はあてにならない。今だって俺たちが殴られてるのを見てるだけだ。だったら、俺たち二人で生きていこう。

俺は料理を覚えた。野菜嫌いの流星のために「ピーマン入り焼き飯」を作った。文句を言っていたが、無理矢理食べさせた。祖母の料理よりはマシだったらしく、結局全部食べた。

俺は嬉しかった。

俺が「ピーマン入り焼き飯」を作るようになって一年ほどした冬の昼間のことだ。祖母と流星と三人でこたつに入ってテレビを観ていた。さっきまでうつらうつらしていた祖母が、気付くと静かになっていた。がくんと首を前に垂れ、動かない。俺たちはどうしていいかわからず、祖母を見つめていた。

夜勤明けの祖父は隣の部屋で寝ている。起こしたらまた殴られるだろう。

――お祖母ちゃん？

俺は祖母をそっと突《つつ》いてみた。すると、祖母の身体はぐらりと揺れて横に倒れた。眼は半分開いていた。

死んでいる。

呆然と顔を見合わせた。二人とも声も立てられなかった。こたつから出ることもできなかった。恐ろしすぎたのか、流星は泣かなかった。俺たちはがたがた震えながら、黙ってこたつに入っていた。設定温度は強で汗が流れたが、寒くてたまらなかった。

俺たちは祖父が起きてくるまで三時間ほど、ずっと祖母の死体と一緒にこたつに入っていた。

それから、祖父と俺と流星との三人の生活がはじまった。長年、なにもかも祖母に任せきりだった祖父は、家事も子育てもできなかった。祖父は最低限の金だけを渡して、俺たちを放置した。

俺と流星は躾もされず、荒れ放題の家で猿のように育った。相変わらず、俺は「ピーマン入り焼き飯」を作った。流星は文句を言いながら食べた。

俺たちの身体が大きくなってくると、祖父は殴るのをやめた。代わりに野球用具を買い与えた。流星はすぐに野球に夢中になった。続いて俺も夢中になった。

野球はチームプレイだ。でも、俺たちには関係なかった。俺のチームメイトは流星だけ、流星のチームメイトは俺だけだった。

俺は足が速くて、そこそこ打って、守備が上手なオールラウンダーだった。だが、流星は違った。我が儘で好き勝手をする、思い上がったピッチャーだった。監督やコーチがなにを指示しようと、自分の思うとおりに投げた。そして、ちゃんと勝った。

少年野球のチームでプレイしたが、俺たちには敵も多かった。我が儘を叱責《しっせき》された流星はあっさり辞めた。俺も従った。だが、一ヶ月もしたら迎えがきた。さんざん焦らした挙げ句に戻った。

中学は地元の公立だった。やはり野球部に入った。公式戦で活躍すると、甲子園出場経験のある強豪校からいくつかスカウトが来た。

「是非、二人で、うちで甲子園を目指しませんか？」

どこの高校も「二人揃って」が条件だった。双子という話題性が欲しいのが丸わかりだ。

だが、そんな高校のほとんどは寮に入らなくてはならなかった。生活すべてを管理され、野球漬けの三年間を送ることを求められる。

俺と流星は迷っていた。子供の頃から街をふらついて育ってきた。片田舎の寮に押し込められ、軍隊並みの上下関係を強要され、自由時間もなく、外出もできない生活など我慢ができるだろうか。いくら野球のためとはいえ、人間らしく生きられない生活に意味があるのか。

八月に入った淀《よど》川花火の夜、俺たちは満ちるのマンションにいた。ベランダから花火がよく見えると聞いたからだ。

ベランダにはデッキチェアとテーブルが準備してあった。ビールの入ったクーラーボックスもある。満ちるはキッチンで料理の仕上げをしていた。俺と流星はその周りをうろうろしてつまみ食いをし、満ちるに叱られていた。

揚げたての唐揚げを食べたら、口の中を火傷《やけど》した。熱っ、と言うと満ちるが缶ビールを差し出した。

「これ飲んで、口の中、冷やしとき」

「なあ、俺ら、一応まだ中学生やねんけどな。清く正しい野球少年や」

一口飲んで俺が言うと、満ちるが大真面目な顔を作って言い返す。

「へえ、そんなん初耳やわ。清く正しい野球少年やったら、今日からエッチなことは厳禁やねえ。性欲はスポーツで発散せな」

「アホ。そんなことしたら困るのは満ちるのほうや」

「じゃあ、どっちが困るか勝負する？」

満ちるが真っ直ぐな髪を揺らして笑った。俺は満ちるの胸の谷間を見ていた。

全寮制の野球部に入ったら、もう満ちるとも会えない。三年間、酒も煙草も女も禁止だ。

そんな味気ない生活に俺たちが堪えられるだろうか。

「なあ、満ちる。どう思う？　俺ら、寮に入ってやってけると思うか？」

俺が満ちるに訊ねると、満ちるはきっぱりと言い切った。

「絶対無理。すぐに脱走してくるに決まってる」

「やっぱそうか？」

横で流星が心配そうな顔をする。

「なあ、兄貴。やっぱ、寮のあるとこはやめとこうや。ほかにも強い高校はあるしな」

「ああ、そうやな」

「そうそう。もうちょっと緩いとこにしときや。あたしが面倒見たげるから」

「満ちるはほんまにええ女やなあ」

流星が満ちるにキスした。満ちるは身体をくねらせて喜んだ。二人がいちゃつきだしたので、俺はベランダに出た。途端に熱気が押し寄せてくる。夜なのにとんでもなく暑い。ガラス戸を閉めて、眼をこらすと梅田の高層ビル群が見えた。もうそろそろのはずだ。しばらく眺めていると、ビルの上空が光って、どん、と音が響いた。

花火はじまったぞ、と声を掛けようとして、やめた。二人はもう花火を観るどころではなかった。俺は仕方なしにデッキチェアに腰を下ろし、煙草に火を点けた。ビールを開けて、サラミをつまむ。

スターマインの大玉が続いて上がる。夜空が光って、どん、どん、と遅れて音が腹に響く。クラッカーに載せたチーズを食いながら、ちらとリビングを見る。ガラス越しに二人が見える。ソファの上で流星が腰を振っていた。満ちるは流星の背中に脚を絡め、しっかりとしがみついている。満ちるは声が大きいほうなので、中は結構やかましいだろう。

満ちるは二十代の頃、どこかの社長の愛人をやっていたと言う。何度も子供を堕ろしたことがあって、そのたびに金をもらった。

ある夜、酔った満ちるは泣きながら言った。あたしはもう二度と子供産めへんねん。自業自得や――。

俺たちは交互に満ちるの髪を撫でながら、慰めてやった。

――子供が産めへんくらい大したことない。

――流星の言うとおりや。子供なんてうっとうしいだけや。

――でも、あたし……。

涙に濡れても満ちるの髪は真っ直ぐなままだった。俺たちに挟まれ、一晩中満ちるは泣き続けた。

俺は花火を観ながら、煙草を吸ってビールを飲んで、分厚いハムを食った。ときどき、ガラス戸の向こうに眼をやる。二人は二回目をはじめている。満ちるのあえぐ顔が色っぽい。流星は二回目だからすこし余裕がある。二人はつながってゆっくりと動きながら、なにか話をしていた。

花火のせいで耳がしびれたようだ。鼓膜がじんじんする。ガラスの向こうのリビングの光景は、音量ゼロで観るAVのようだ。俺はひたすら飲んで食べ続けた。おい、いつまでやってる？　俺が全部食ってしまうぞ？

遠くから煙の匂いが漂ってきた。どん、と花火の音がしてマンションが震えた。瞬間、俺は自分の身体がわからなくなった。デッキチェアに座っている実感が消え、熱帯夜の蒸された風に溶けてしまったような気がした。

俺はどこへ行った？　俺は今、どこにいる？　おい、流星、満ちる、俺が見えるか？恐怖と焦燥感に心がじりじりと締め付けられる。おかしい、身体がないのに心だけはあるのか？

花火の音も聞こえない。なあ、今、俺はどこにいる？

なあ、誰か俺を探してくれ。

「お待たせ、銀河」

満ちるの声で我に返った。ガラス戸が開いて、流星と満ちるが出てきた。

「うわ、兄貴、ひでえ。ほとんど食い尽くしてるやないか」

流星がテーブルの上を見て本気で怒った。すぐに満ちるがなだめる。

「大丈夫、流星。まだたくさんあるから」

「でも、兄貴、一人で食いすぎやろ。ずるい」

ゆっくりと全身の感覚が甦《よみがえ》ってくる。風に溶けてどこかに流されていた身体がデッキチェアに戻ってきた。ここは満ちるのマンション。俺は流星と満ちると三人で花火を観るために、ここにいる。

「なに言うてんねん。おまえかて、満ちるを一人で食うてたくせに」

「じゃあ、一緒に食うたらええやろ？」

「アホか」

満ちるは俺たちの話を嬉しそうに聞いていたが、ふいに空を指さした。

「ほら。花火、観よ。しだれ柳。あたし、あれ好きやねん」

流星が残ったハムを食べはじめた。満ちるはビールを飲んでいる。俺はまた煙草に火を点けた。

さっきの出来事はなんだったのだろう。心と身体がバラバラになる感覚はなんだったのだろう。俺の身体が消えてしまって、俺がいることを誰にも気付いてもらえなくて、俺は独りぼっちで、ただ心だけになって、その心の中には寂しさしかなくて――。

流星はテーブルの料理をあっという間に食い尽くした。俺もまだまだ食えそうだった。物足りない顔をした俺たちを見て、満ちるは呆《あき》れたふうに笑った。

「もう、あんたら、どんだけ食べるんよ。もうたいしたもんないよ」

「なんでもええ。頼む。腹ぺこで死にそうや」

流星がふざけながら満ちるの尻を撫でる。俺は煙草を吸いながら、満ちるに笑いかけた。

「悪い、満ちる。流星になんか作ったってくれ。こいつ、育ち盛りやねん」

「双子のくせになに言うてるん。銀河も育ち盛りやろ？」

満ちるも笑いながら立ち上がり、追加の料理をするために室内に戻った。ベランダは俺と流星の二人だけになった。

花火はクライマックスに近づいている。俺は煙草を吸いながら、ぼんやりと眺めていた。

「なあ、兄貴。俺ら、プロになれるかなあ」

ふいに流星が言った。俺は振り向いて流星の顔を見た。先程までのへらへら笑いは消えていた。

「ああ、どうやろなあ」

「なあ、もしプロになって有名になったら、お母さん、帰ってくるやろか」

その言葉を聞いた途端、俺はかっとした。

「おまえ、帰ってきてほしいんか?」

「いや、別に」

流星が慌てて言い訳をした。それでも俺は怒りが収まらなかった。声がきつくなる。

「一度俺らを捨てた親を信用するんか? もし帰ってきたかて、金、たかるつもりに決まってる」

「そやな」

思わず口調が激しくなった。もしもの話なのに興奮して自分でもバカみたいだと思った。

流星は立ち上がってベランダの柵に肘を突いた。俺はいたたまれなくなり、わざとらしいが付け加えた。

「プロ、おまえやったらなれるかもな。俺と違《ちご》て才能あるから」

「うん。なれたらええな」

流星が俺を見ずに答えた。

正直言って、俺はプロを目指すつもりはなかった。野球は好きだが、自分にプロで通用するほどの才能があるとは思わなかった。

だが、流星は違う。野球センスは絶対に流星のほうが上だ。今はすこしの差だが、そのうちにどんどん開いていくだろう。

こいつが本気でプロを目指すなら、俺も本気で協力して応援してやろう。「お母さん」なんて情けないことを言いださないように、完璧にフォローしてやる。

ガラス戸が開いて、満ちるが大皿を持ってベランダに出てきた。

「お待たせ。ソーメンチャンプルーやよ」

「お、美味そう」

「満ちる、最高」

あの夜、俺たちは間違えたのだろうか。もし、あのとき寮に入って野球漬けの生活を選んでいたら、そうすれば、俺たちの人生はなにもかも変わっただろうか。流星はプロになれたのだろうか。


翌年、俺と流星は寮に入らなくてもいい、そこそこの強豪高校に進学した。

そこで俺たちははじめて壁にぶち当たった。今まで才能とセンスだけでやってきた流星は、自分よりも遥《はる》かに野球が上手い人間がいることを知ったのだ。

その高校は全国から有望な選手を集めていた。野球センスがあるのは当たり前で、その上でみなが死に物狂いで努力し、練習していた。酒と煙草、女遊びの傍らに野球をやってきた俺たち双子とは、体力面でも大きな差があった。一年生のみの紅白戦で三回を投げた流星は猛打を浴びた。流星は生まれてはじめての屈辱に打ちのめされ、ベンチからじっとマウンドをにらんでいた。

その夜、流星は宣言した。

「兄貴。俺は真面目に野球をやる。酒も煙草もやめる。そんでエースになって甲子園で優勝してやる。絶対にプロになる」

流星は変わった。中学の頃のように練習をサボったり、手を抜くことをやめた。早朝の自主トレもはじめた。俺は流星と一緒に淀川の堤防を走り込んだ。夜はビデオを観て投球フォームの研究をした。あんなにも熱心に勉強する流星をはじめて見た。

俺はそんな弟の姿がまぶしかった。俺も負けてはいられない。あいつに置いて行かれる。俺も懸命に練習した。毎日があっという間に過ぎていった。

野球に没頭する日々は充実していた。だが、俺は小さな不安を解消することができなかった。それは流星がずっと捨てきれなかった夢だ。

――プロになって有名になったら、お母さん、帰ってくるやろか。

流星はプロ野球ニュースを食い入るように見た。ドラフト指名された選手が家族でインタビューを受けている。坊主頭の息子を挟んでどの両親も嬉しそうだった。

虚しい夢だ。俺たちを捨てた親が今頃帰ってくるわけがない。もし、帰ってきたとしたら、それは絶対に悪い意味だ。高額の契約金目当てに決まっているからだ。

流星はめきめき腕を上げた。もともと才能の塊のような奴だったから、真面目に練習すれば頭角を現すのはすぐだった。高校二年の秋季大会では半分の試合に登板し、なんとベスト

4まで進出したのだ。俺は相変わらずの便利屋で、先発メンバーに入ったり入らなかったりだった。

流星はひたすら野球をした。まるで人が変わったようだった。マウンドの上の流星は輝いていた。星なのに、まるで陽の光のようにまぶしくてきれいだった。

たまのオフには満ちるのマンションで休んだ。俺たちは女と遊ぶのをやめたが、満ちるだけは例外だった。

だが、強豪ひしめく大阪で優勝するのは至難の業だった。地区予選はベスト4がやっとで、甲子園は遠かった。流星はちゃんと抑えた。俺を含む他のメンバーが打てなかっただけだ。

高校三年の夏、俺たちはとうとう一度も甲子園には行けないまま引退した。流星はわんわん泣いた。俺もすこし泣いた。だが、大学やプロのスカウトから声が掛かった。二人一緒に、と言う。俺たちは嬉しかった。

淀川花火の夜、俺たちは例年のように満ちるのマンションにいた。

満ちるはテーブルいっぱいの料理を作って、俺たちを迎えてくれた。俺たちはコーラを飲んで、腹一杯食べて、そして花火を観た。

流星はコーラを持って、ベランダの柵にもたれて俺を見た。

「なあ、兄貴、俺たち、十年後はどうなってると思う？」

「十年後か。俺はわからんが、おまえはプロやろうな」

「プロ？　兄貴、甘いな。プロ入りは当たり前。俺の目標は沢村《さわむら》賞や。兄貴はゴールデン・グラブ賞にしとけ」

「無茶言うなや」

「無茶やない。十年後には必ず取ってる。決めたんや。俺は沢村賞を取る。坂下流星は沢村栄治《えいじ》賞を受賞するんや」

流星は大声で宣言すると、コーラを一息で飲み干した。ぷはっと大きく息を吐いて、にっこり笑った。俺の横で、きゃー素敵、と満ちるが歓声を上げ拍手をした。

最高に下品で最高にかっこよく見えた。自分と同じ顔だというのに見とれてしまうほどだった。

「兄貴も言えよ、ほら。坂下銀河はゴールデン・グラブ賞を取る、ってな」

流星に促され、俺は立ち上がった。やっぱり片手にコーラを持ち、言う。

「坂下銀河はゴールデン・グラブ賞を取る」

大声で言うと、なんだか身体の中がむずむずしてきた。すると、流星が俺の横に並んだ。新しく開けた缶を乱暴に俺の缶にぶつける。おかげで俺のコーラがすこしこぼれた。ガラの悪い乾杯だ。

「なあ、兄貴。俺たち、最強やな」

「ああ、そうや。銀河と流星、最強の双子や」

俺たちの後ろで花火が上がる。あの夜は、本当になんでもできそうな気がしたのだった。

それが満ちると観た最後の花火だった。

満ちるは夏の終わりに田舎へ帰っていった。親が倒れたので介護をしなければならないという。

俺たちはお別れパーティーを開いた。満ちるはずっと泣いていた。俺たちは代わる代わるキスをして、満ちるを慰めた。頑張って真っ直ぐにしたきれいな髪を何度も何度も撫でて誉めてやった。

「銀河、流星。あんたら絶対プロになりや。田舎から応援してるから」

言い終わると満ちるは号泣した。本当にいい女だった。

翌朝、車で淡路島に渡った。

田舎の年寄りを信用させるため、地味なグレーのスーツを着た。チンケな詐欺師になったようで気分が悪い。

芽衣の実家は淡路島のほぼ中央に位置する、寂れた集落にあった。あたりはひたすら山、山、山だ。淡路島がこんなにも山深いとは思っていなかった。車を走らせながら、俺はあちこちを興味深く眺めた。

埃っぽい農道は急な坂道になっている。ただの山と思っていたのが、近づくとミカン畑だった。もう青い実がついている。慶子なら喜ぶかもな、と思う。昔から酸っぱい果物が好きだった。家には夏も冬もミカンがあった。青いミカンを食べているのを見たことがある。よくあんなものが食えると思ったものだ。

つわりの時期には特に酸っぱい物を欲しがった。春やから青いミカンがないねん、と残念な顔をした。仕方ないので高いハウスミカンを買ってやった。すると嬉しそうに食べた。

かんかん照りの中、ミカン畑を進んでいくと、古い平屋の日本家屋が見えてきた。家の周りには庭だか畑だかわからないスペースがあり、崩れかけたブロック塀で仕切られていた。まずは外から家の様子をうかがった。物音一つしない。子供二人をかくまっているようには思えなかった。

「すみません」

一応は声を掛けて、玄関戸を開けた。田舎だから鍵など掛かっていない。三和土《たたき》を見たが、子供の靴はなかった。

奥から、作業着姿のいかにも頑固そうな老人が出て来た。真っ黒に日焼けして、腰が曲がっている。髪はほとんどなくて皺《しわ》だらけだったが、それでもどこか芽衣に似ていた。

「お一人暮らしですか?」下手に通報されても困る。スーツに似合う笑顔を作った。

「いきなりなんや? 年寄りを狙った詐欺か?」

鋭い声だ。振り込め詐欺には死んでも引っかからないように見えた。これが芽衣の父親か。

たしかに逃げ出したくなる気持ちはわかる。

「いえ、実はこのあたりで有料老人ホームの開発計画がありまして……」

「地上げ屋か？」

「いえいえ、そうではありません。建設前に皆様のご意見を、と」部屋に上がって確認したい。そうすれば、子供がいるかどうか、わかる。「申し訳ないですが、トイレを貸していただけませんか？」

俺が言うと、老人は渋々家に上げてくれた。

玄関を入ると、下駄箱の上には七福神の置物が並んでいた。その上には赤富士の絵が掛けてある。ぎしぎし鳴る廊下を進みながら、茶の間をのぞいた。八畳の部屋に座卓とテレビ、箪笥がごちゃごちゃと置かれている。

俺は顔をしかめた。箪笥の上に木彫りの熊とこけしが並んでいるのが見えた。くそ、ここにも熊かよ。年寄りというのは熊を飾るのが好きなのか？　勘弁してくれ。

畳は色褪《いろあ》せ、ささくれている。襖はところどころ破れていたし、どこもかしこも黴臭《かびくさ》かった。この家の時間は何十年も前から止まったままだ。壁に掛かった農協カレンダーの日付を確かめ、今年のものであるのが不思議に思えた。

カレンダーの下には電話台があって、黒電話が置いてあった。子供の頃、家にあったものと同じだ。俺はまた顔をしかめた。

水回りは家の一番奥だった。台所、風呂、洗面所、トイレが並んでいる。一応水洗だが、今どき珍しい和式だ。ざっと見たところ、子供がいる気配はなかった。

トイレを済ませ、俺は老人に話しかけた。

「すみません、水を一杯もらえませんか？　この辺、コンビニも自動販売機もなくて」

「町に出れば店がある」

「そこまで我慢できませんよ。喉がカラカラなんです。頼みます」

憐れっぽく言う。老人はやれやれというふうに台所へ消えた。

カレンダーに近づいた。年寄りに育てられたから知っている。スマホもスケジュール手帳も持たない老人は、カレンダーになにもかも書き込む。

七月を見る。ゴミの日、病院の日など特に変わったことはない。一枚めくってみた。八月。

八月の終わりの週に記された文字に、眼が釘付《くぎづ》けになった。

憂　十年池にて。

夢の中、川を飛び上がる。半月、包帯、双子の生まれるところ。

憂　十年池にて？

この老人と憂の関わりを見つけた。だが、俺の眼はその先の言葉に釘付けになっていた。

――双子の生まれるところ。

一体何のことだ？　更にカレンダーを調べた。だが、他に憂の名も双子という言葉もない。念のため、九月、十月とめくって見た。だが、そこにもなかった。

八月の最終週、一週間にわたって線が引かれ「憂　十年池にて」とある。この期間に憂と十年池で会う約束があるのか？　では、十年池とはどこだろう。

ぐるりと部屋を見渡す。壁には色褪せた写真が並んでいた。風景写真もあれば、人物が写っているものもある。若い男の写真に眼が留まった。

海を見下ろす展望所で、男がヘルメットを抱えてバイクの横に立っていた。笑ってピースサインをしている。顔は芽衣によく似ていた。兄弟か。ツーリングが趣味だったのだろう。海、山、滝、湖などいろいろな写真があったが、池の写真はなかった。

部屋の隅には飾りきれなかった写真パネルが何枚も立てかけてある。相当な写真マニアだ。

背後で物音がした。

「なにを見てる？」

憂は今、この家にいない。だが、この老人がつながっていることはたしかだ。振り返らずに、写真を眺めたまま言った。

「息子さんですか？」

「まあな」

「ツーリングがお好きやったようですね。海とか山とか……池とかいろいろ行かれたんでしょうね」

ゆっくりと振り向く。すると、老人の顔には隠しようのない不信感が浮かんでいた。

「おまえ、さっきからなんや？」

険しく厳しい声だった。俺はすこし驚いた。なんだ？　まさか「池」という言葉に反応したのか？

「いえ、別に」

憂を捜している、と話すべきか。だが、孫が行方不明と知ったら、年寄りのことだから大騒ぎするかもしれない。警察に相談に行かれたら厄介だ。

「ですから、介護施設建設の調査をしているコンサルティング会社の者です」にっこり笑って名刺を差し出した。「遅くなりまして申し訳ありません……」

昭和企画開発というなんにでも使える名刺だ。昔、佐野に言われて作った。世の中には、紙きれ一枚で人を信用する阿呆がいくらでもいる、と。だが、老人は受け取らずに声を荒らげた。

「おまえ、胡散臭すぎる。今すぐ帰らんと警察を呼ぶぞ」

老人が電話に近寄った。ここで通報されたら大変だ。もし、憂のこと、流星のこと、名簿のことを調べられたら困る。俺や慶子は絶対口を割らないが、芽衣は無理だ。引っ張られたらベラベラ喋るだろう。

「わかりました。それでは失礼します」玄関で革靴を履きながら、ふと思い出した。「青いミカンがなってますね。あれ、すこし売ってもらえませんか？」

すると、老人が露骨に呆れた顔をした。

「あんな青いの食えるわけないやろ。秋になって黄色くならんと無理や」

「でも、知り合いに青いミカンが好きな奴がいて、よく食べてましたよ」

「それは極早生《ごくわせ》や。そういう品種や。青いけど甘い」

「そうですか、では」

間抜けな会話を終え、再びハンドルを握った。二つ収穫があった。極早生のミカンは青いが甘い。そして、十年池だ。

十年池。これが今のところ、憂に関する唯一の手がかりだ。とりあえず調べてみるしかない。

アクセルを踏み込もうとしたとき、携帯が鳴った。

佐野だった。ぞくりと背中が震えた。震える手で出た。

「銀河か？」いつもだ。この男は名乗らない。

「はい。ご無沙汰しております」

「ウーちゃん、元気にしてるか？」

「はい。元気です」

「仕事のほう、どうや？」

「……はい、なんとか」

「ま、近いうちにこっちにも顔出せや」

「ありがとうございます。御挨拶にうかがわせていただきます」

「じゃあな」

電話は切れた。俺は携帯を握りしめたまま、呆然としていた。

佐野は無駄なことはしない。これは意味のない会話ではない。佐野はなにかに気付いた。だから、俺に電話してきたのだ。

くそ。俺は焼けたハンドルに突っ伏し、うめいた。

＊

昔、祖父母が経営していた頃は「ドライブインまほろば」は年中無休だった。祖父母やパートの人たちが交代で働き続けていた。だが、今は違う。一人で切り盛りしているので、どうしても休みが必要だ。だから、毎週水曜日を定休日にしている。

憂と来海が来てはじめての休みの日が来た。店のある日はご飯と味噌汁の朝定食だが、今日は休みなのでパンにした。

食パンにオムレツとコーンスープとサラダを付けた。オムレツにはケチャップでハートを描く。

「うわあ」

来海が眼を輝かせた。里桜と同じ反応だ。嬉しそうな来海の横で、憂はちらちらと横目でテレビを観ていた。

憂はニュースを気にしている。朝、昼、夜のニュースを必ずチェックし、ほっとしたような、不安そうな、なんとも言えない顔をした。

あの夜、憂はたしかにこう言った。

――僕は……人を殺したんです。人殺しなんです……バットで殴って殺したんです。

真っ暗な山の中の寂れたドライブインの駐車場で泣く子供の声はどれだけ痛ましかっただろう。

胸が抉られる。私の眼からも涙があふれた。

――生まれてきて……なんにもいいことなかった。なにひとつ……いいことなんてなかった……。

この子は一体どんな人生を送ってきたのだろう。周りの人はなにもしてあげなかったのか？

——九月になったら、警察に行きます。なにもかも話して……罪を償います。だから、それまでここに置いてください。お願いします。

あの夜、すぐにでも通報するべきだったのか。それとも、今すぐ自首するよう憂を説得するべきだったのか。だが、私にはどちらもできなかった。

私にできたのは、そのとき子供を抱きしめることだけだった。そして、なにも訊かず受け入れた。人を殺したという告白も含めて、憂をそのまま受け入れるしかなかった。

憂が殺したのは来海の実父だという。だが、新聞やテレビを見ているが、そのような事件は報道されていない。

なにかの間違いでは、と憂に言ったが、憂はきっぱりと首を振った。

——何度も確かめました。たしかに死んでました。

事件の報道がないのはなぜだろう。未成年の犯罪ということで規制がされているのか？　それともまだ発覚していないのか？

「ごちそうさま」

来海の声で我に返った。いつの間にか二人とも食べ終えている。私は険しい顔をしていたことに気付き、慌てて笑顔を作った。

「今日はお店はお休みだから、近くを案内するね。それから、憂くんと来海ちゃんのお仕事の説明も」

「はい」

来海が元気よく返事をした。憂は生真面目な顔でうなずいただけだった。

まず、駐車場の横に作った花壇に連れていった。ここでは手間の掛からない花を育てている。ホームセンターで買ってきた苗を植えているだけだが、日当たりがいいせいかよく育った。祖父母の頃とは比較にならないが、夏の花は鮮やかなのでそれなりに美しい。

「これ、なんてお花？」来海が訊ねる。

「それは百日草《ひゃくにちそう》。その奥が千日紅《せんにちこう》とオシロイバナ」

夏の花壇の定番だ。オシャレではないが育てやすい。私は言葉を続けた。

「背の高いのがグラジオラス。その下のキャンディーみたいなのがポーチュラカ」

「キャンディー？」

「いろんな色があるでしょ？　キャンディーみたいやと思わへん？」

背の低いマツバボタンに似た花で、赤、ピンク、黄色、白、オレンジと色が豊富だ。色を混ぜて植えると、カラフルなキャンディー詰め合わせのようになる。里桜のお気に入りだった花だ。

「すごい、かわいい」来海が振り向いて兄に同意を求める。「ねえ、お兄ちゃん、これ、かわいいよね」

「うん、かわいいな」

憂は喜ぶ来海を見てかすかに笑った。落ち着いているように見えた。

「ねえ、来海のお仕事は？」

「来海ちゃんのお仕事は、朝と夕方、お花に水をあげること。できる？」

「うん、できる」

「憂くんのお仕事は駐車場のお掃除。落葉を掃いて集めて、溝掃除も」

「わかりました」

仕事を与えると、憂がほっとしたように笑った。胸が痛くなる。

「じゃあ、来海ちゃん、百日草を切ってくれる？」

花バサミを渡すと、小さな手で懸命に握る。赤い百日草を一本引き寄せ、ハサミを当てた。

「根元のほうを切ってね、そうそう」

憂がはらはらしてのぞき込む。来海は真剣な表情で百日草を切った。

「できた」

「じゃあ、次は白いやつを」

「うん」

時間は掛かったが、来海は百日草を五本切った。切り終えると、ふうと一人前にため息をつく。私も憂も思わず笑った。

憂は口数は少ないが、いつも妹のことを気に掛けている。献身的ともいえるほどだ。憂自身がまだ子供だというのに、ここまで妹の世話をできるものだろうか、と疑問に思うこともある。

私は一人っ子だ。結婚して産んだのも里桜一人だ。だから、きょうだいというものを知らない。どこのきょうだいも、上の子は下の子の面倒を見るものなのだろうか。上の子が下の子に尽くすのは当たり前なのだろうか。

「ねえ、来海のお仕事これだけ？」

「今はね。慣れてきたらいろんなこと、お願いしようかな」

「でも来海のお仕事は……」

ふいに来海が悲鳴を上げた。慌てて振り返ると、来海が怯えた顔で後退《あとずさ》っている。

「どうしたん？」

「毛虫……」

見ると、憂がオニグルミの花房をつまみ上げ来海の顔の前でぶらぶらと振っていた。

「大《お》っきな毛虫」来海は今にも泣きだしそうだ。

「大丈夫。これ、オニグルミの花。毛虫やないの」

「クルミ？」

「そう。来海ちゃんと同じ名前の木やね」ほら、と私は駐車場横の大木を指さした。

オニグルミの雄花は緑色の房で巨大な海ブドウといった感じだ。雌花も同じ木に咲くが、こちらは赤くてかわいい花だが小さいのであまり目立たない。

「オニグルミ？　オニって、悪いオニのクルミ？」

「違う違う。悪いんじゃなくて強いクルミ。すごく殻が固くて、なかなか割れないの。このあたりには、たくさんオニグルミの木があるの。ほら、夜に、木が風で揺れてざわざわ音がするでしょ？　あれはオニグルミの木が揺れてる音」

へえ、と言いながら憂がまた花房を振った。すると、来海が泣き声を上げた。

「来海、怖くないよ。ほら」

「嫌だー」来海は怒ってオニグルミを払いのけた。

「ほらほら」

「いやいや、お兄ちゃん、嫌ー」

来海が半泣きで嫌がると、憂が慌てて謝った。

「ごめんごめん。ごめん、来海」

すこし意外だった。憂がこんな子供っぽいイタズラをするとは思わなかったからだ。だが、真面目で堅苦しい憂を見るよりもずっと嬉しかった。

そう、まるで普通の子供のようだ。人など殺したことのない、どこにでもいる男の子のようだ。

虚しいとは知りつつ、あの夜から私は何度も想像している。

にいいだろう。

――ねえ、憂くん。あなた、本当に人を殺したん？

――まさか、本気にしたんですか？　あれは冗談ですよ。

憂はそう言って礼儀正しく笑う。私も恥ずかしくなって笑ってごまかす。それならどんな

「このクルミ、食べられるんですか？」憂が訊ねた。

「食べられるよ。味はいいんやけど、とにかく固くて割るのが大変。苦労して割っても、中の実は小さいの」

「いつ頃実がなるんですか？」

「秋になったら」

「そうですか……」憂が眼を伏せた。

それ以上は言わなかった。私もなにも言えなかった。憂と来海は夏休みの間だけという約束だ。オニグルミの収穫の頃にはもういない。クルミのなる頃、憂は警察署にいるのだろうか。それでは、来海はどこにいるのだろう。

「来海、秋まで待つ」自分と同じ名の木がよほど気に入ったらしい。来海が大きな声で言う。

「早く秋になったらええのに」

来海は眼を輝かせてオニグルミの木を見上げている。里桜を思い出してまた胸が痛んだ。

里桜ははじめての子ではない。三人目だ。

私は一人目と二人目を流産している。一人目は妊娠がわかってすぐに流産した。二人目は安定期に入る直前に流産してしまった。二度続けての流産は辛かった。母はがっかりしながらも、私を慰めてくれた。そして、病院に通ってずっと面倒を見てくれた。

流産なんてよくあることだ、と軽く言い放つ人もいた。それでも、私のお腹の中で「人が死んだ」ことには違いない。私は毎日鬱々としていた。

——三回続けて流産したら、習慣流産の可能性があるんです。あと一回様子を見ましょう。今度流産したら、詳しい検査をしていきましょう。

医者の言葉は医学的には正しいのだろうが、到底納得できなかった。

あと一回流産するのを待てというの？　もう一度辛い思いをするまで待てというの？

自分より後に結婚した友達がどんどん妊娠して出産していった。「赤ちゃんが生まれました」と書かれた葉書を見るたび、腹が立って泣きたくなった。なぜ私だけ、とやりきれなくなった。

夫はそんな私を支えてくれた。毎日暗い顔をしていても、私を責めたりしなかった。

——誰が悪いんでもない。仕方のないことや。

夫はそれだけを言い続けた。励ましの言葉は言わなかった。最初、私はそれが不満だった。

だが、すこしずつ、夫の言葉の意味がわかってきた。

人の生き死には「仕方のないこと」なのだ。人の運命は人がどうこうできるものではない。思い上がってはいけないのだ。

やがて、私は三度目の妊娠をした。すると、夫は言った。

――念のため、お義母《かあ》さんにはしばらく黙っとこうな。心配すると悪いから。

――そうやね。

いつまた流産するかもしれない、と私はずっとびくびくしていた。だが、今度は大丈夫だった。お腹の中で赤ん坊はどんどん大きくなり、やがて女の子が生まれた。名前は私が子供の頃、大好きだった「まほろば」の入口にある桜の木を思って付けた。

里桜が生まれたとき、どれだけ嬉しかっただろう。生まれたばかりの赤ん坊を胸に抱き、私は静かに満たされていた。喜びを言葉で表現する必要などなかった。私はただ黙って微笑んでいた。

母は大喜びしてこう言った。これで比奈子も「お母さん」の苦労がわかるようになったんやね。あんたを育てるのにお母さんがどんなに苦労したか、と。私はうんざりした――。

来海は切ったばかりの花壇の花をしっかりと持っている。嬉しそうだ。

「じゃ、御供えに行きましょ」

私は二人を連れて駐車場を出た。道沿いにお地蔵様まで歩く。

「滅多に車は通らないけど、たまに飛ばしてくるから気を付けてね」

「はい」

憂はしっかりと来海の手を握っていた。本当に面倒見のいい兄だ。胸が痛くなった。

お地蔵様に花を供え、手を合わせる。憂は眼を閉じて、長い間じっとしていた。やがて顔を上げると、今度はしげしげと祠《ほこら》を見つめていた。

「ちょっと沢まで下りてみようか」

お地蔵様の裏から、沢へ下りる道がある。私は二人に足許に気を付けるよう促した。

「滑るからゆっくりね。ここから急やから」

来海は憂にしがみつきながら、ゆっくりと小道を下りはじめた。

「これ、どこへ続いているんですか？」憂が訊ねる。

「この下の川までね」

小道は急斜面をジグザグに下りながら、すこしずつ川へと近づいていく。

「そこで行き止まりですか？」

「ええ。川に下りるためだけの道やから」

「みんな、よく通る道なんですか？」憂があちこち、きょろきょろと見回しながら言う。

「ううん。今、この道を使うのは、おばさんとおばさんのお母さんくらいかな」

「他の人たちは通らないんですか？」

「ええ。たぶん」

「川に下りる道は他にもありますか？」

「そりゃ、下りようと思えば下りられる道はあるけど……」

春になれば、水のそばでフキノトウがいくらでも採れた。里桜は小さな手でフキノトウを摘んで、カゴに入れた。そして、私は母とフキノトウ味噌を造った。

夏は水遊びをした。石で流れを堰き止め、小さなプールを作った。里桜はフリルのついた水着を着てはしゃいだ。日焼けして、真っ赤になって、笑って、笑って――。

胸が抉られる。

涙を堪えながら、懸命に歩いた。いつまでこんなことが続くのだろう。いつまで？　自分が死ぬまでか？

人の生き死には本当に「仕方のないこと」なのか？　嘘だ。そんな言葉で人を忘れられるなら、誰も苦しみはしない。私は里桜を忘れられない。里桜が生きて成長していくはずだった時間を諦められない。ランドセルを背負った里桜。制服を着た里桜。振袖を着た里桜。ウエディングドレスを着た里桜。私は想像し続ける。ずっと、ずっとだ。

来海がなにか歌を歌っている。わけのわからない子供の歌。即興の歌だ。里桜も歌が好きだった。私は涙を拭った。いつまで？　いつまで堪えなければいけないのだろう。いつになったら、里桜を失った痛みが消えるのだろう。

無理だ、そんな日が来るわけない。一生だ。一生、苦しいままだ。里桜を忘れることなんてできない。死ぬまで苦しい——。

来海が里桜に見えてくる。あれは里桜のお気に入りのサマーワンピースだった。里桜のお気に入りの帽子だった。

小学校に入ったら、賃貸マンションを出て家を買おうと思っていた。そして、いずれは犬を飼うつもりだった。

——豆柴《まめしば》がいい。里桜がお散歩に連れてくの。

里桜はテレビで観た豆柴がお気に入りだった。犬を飼うなら絶対豆柴、と決めていた。

私はすこし不安だった。仕事があるのに、毎日、犬の散歩に行けるだろうか。里桜が大きくなれば任せられるが、散歩の必要のない猫にしたほうがよくはないか？

そんな心配は杞憂《きゆう》だった。家もない。犬もいない。今、私にあるのは「まほろば」だけだ。

「やった、着いた」

来海が歓声を上げた。川は夏なので水量が少ない。河原が広くなっている。

「憂くん、来海ちゃん。一つだけ約束して。川遊びは絶対に大人の人と一緒。子供だけで川に来たらだめ」

「わかりました」憂がうなずく。「来海、絶対に勝手に来たらあかん」

「うん」

来海は早速水に足を浸けて、きゃあきゃあ笑った。私も憂も川に入る。来海から眼を離さないようにした。

「お兄ちゃん、お兄ちゃん」

来海が小さな手で憂に水を掛ける。憂も笑いながら来海に水を掛けてやる。横で見ている
だけで、私もいつの間にかびしょ濡れだ。

「今度、水遊び用のサンダルを買わないとね。そうそう、あとで二人のお洋服を買いに行こ
うね。もっと着替えがあったほうがいいし」

「赤いのがいい」

来海が元気よくうなずく。子供のものを買うのは久しぶりだ。私はそれだけで舞い上がっ
てしまう。サンダルも、帽子も、ワンピースも、なんでも買ってあげたい。

ふと見ると、憂が川の中で立ち尽くしていた。上流を見ている。

「どうしたの？」

「この川の上流ってなにがあるんですか？」真っ直ぐに川の向こうを指さした。

「特になにもないけど」

「川を渡った反対側には？」

「行ったことないけど、ただの山やよ」そこではっと気付いた。「もしかしたら、十年池を
探してるの？」

「……いえ、なんとなく」

そこで憂は口を閉ざし、わざとらしくあたりを見回した。ちょうど河岸に生えている合歓《ねむ》の大木が満開だった。細かい房のような桃色の花が咲いている。

「ほら、来海。かわいいお花が咲いてる」

「かわいいお花、いっぱい」来海が両手を差し上げジャンプする。「来海、ピンクが大好き」

「ほんと、かわいいお花やね。これ、合歓の木って言うの」

「え?」憂が振り向いて私を見た。「……合歓の木?」

「そう。合歓の木。夜になると葉っぱが閉じるの。だから、眠ってるみたいやから合歓の木」

「夜、眠る……」

憂はじっと合歓の木を見ていたが、やがてあちこち見渡した。合歓の木がどうかしたのか、と訊ねようとしたとき、来海に話しかけられた。

「お花、一ついい?」

「そうやね、じゃあ、一つだけもらおうか」

私はピンクの花を一つ折り取り、来海の帽子のリボンに挿してやった。来海は帽子を胸の前に抱いて歓声を上げた。

「かわいい」

「よかったな、来海、すごくかわいい」

「うん。来海、合歓の木好き」

「お兄ちゃんもや」

来海は合歓の花を飾った帽子をかぶり、大きな口を開けて笑った。本当に嬉しそうだった。

瞬間、私は違和感に襲われた。

来海はここに来てから一度も「家に帰りたい」「お母さんに会いたい」と言っていない。この年齢の子供にしては珍しいことだ。

昔、里桜を一晩だけ、実家に預けたことがある。母が「里桜をお泊まりさせて」とうるさかったからだ。里桜は機嫌よく遊んでいたが、寝る時間が近づくと急に泣きだした。お母さん、お母さん、と家に帰りたがったという。結局、夜中に迎えに行くことになった。母は不満そうだった。

だが、来海はすこしも寂しがったりしない。あまりに不自然だ。家が恋しくないのは、家の居心地が良くないからか？　やはり、虐待か。

あの夜、泣きながら憂が叫んだ言葉を思い出す。

――我慢ができへんかったんです。二度とあんなことは嫌や、と思て……。

単純な暴力などではない。きっとそれは人間の尊厳を奪うようなことに違いない。この二人は親から一体どんな仕打ちを受けてきたのだろう。

ふと気付くと、憂はもう笑っていなかった。人を殺した子供は、殺された子供のような顔をしていた。

水遊びを終えて「まほろば」に戻ると、駐車場に見覚えのある車が一台駐まっていた。別れた夫、彰文《あきふみ》の車だ。

「携帯に掛けたんやけど、つながらなかったよ」

「ごめん、川にいたから。電波が悪いんやと思う」

「そうか。とにかく……久しぶり」緊張した顔で言う。すこし痩せたようだった。

「久しぶり。いきなりどうしたの？」

「仕事で近くまで来たんや。時間が空いたから、ちょっと寄ろうかと思て」

「そう、とにかく入って。コーヒー淹《い》れるから」

「ああ、ありがとう」

彰文は山が見える窓際の席に座った。来海はずっと憂の背中に隠れている。その様子を見て、彰文が苦しげな顔をした。憂はどうしたらいいのかわからず、困ったふうだ。私は二人に声を掛けた。

「川で遊んだから、シャワーを浴びてきて。憂くん、来海ちゃんをお願いね」

「わかりました」憂は来海を連れて離れに向かった。

コーヒーを持っていくと、彰文は私にも座るように言った。

「あの子たちは？」

「遠縁の子が遊びに来てるの」

「そうか。一瞬、君が再婚したのかと思た」

「まさか」

彰文は窓の外に眼をやった。懐かしい横顔だった。別れようと言ったのは私だ。彰文は反対したが、最後には折れた。

「里桜の三回忌のことやけど、悪いが今年も君のお母さんには遠慮してもらいたいんや」

「ええ。わかってる」

「御供えも線香代も無用だと伝えてほしい」彰文は遠慮がちに言った。「悪いが、母はまだ君のお母さんのことを許していない」

私のことでしょう、と言いたかったが呑み込んだ。そんな皮肉を言っても仕方がない。彰文とはもう他人だ。嫌みを言ったりケンカができる夫婦ではない。それなりの礼儀が必要だ。

「わかった」

話がそこで途切れた。気まずい顔で彰文がコーヒーを飲んだ。

「しかし、相変わらずとんでもない山の中やな。やってけるのか？」

「なんとかね。常連客もいるし、結構忙しいの」

「そうか。ならよかった」

また話が途切れる。

「なにか食べてく？」

「いや、いいよ。もう戻らないと」彰文は立ち上がった。「ごちそうさま」

彰文を見送るため、駐車場まで出た。

「……ありがとう」

「いや、じゃあ、また」彰文が帰っていった。

母に三回忌を遠慮するよう言わなければ。スマホを取り出したが、そこで身体が動かなくなった。母がどれだけ取り乱すか、どれだけ泣き喚《わめ》くか。想像しただけでうんざりした。私は思わずスマホの電源を切った。母とはしばらく話したくなかった。


母親失格。

育休一年で復帰した私に投げかけられた言葉だ。

――三歳までは母親の手で育てるべきや。

私の父も、彰文の両親もそう言った。だが、彰文は理解があった。ばかばかしい。子育ては夫婦二人でするものだ。君が仕事をやめることなんてない。今の時代、共稼ぎに文句を言うなんて時代錯誤もいいところや、と。その言葉を聞いてほっとした。周りがなにを言おうと、夫が理解者ならば大丈夫だ。

彰文は自分の親にこう説明した。

――時代が違うんや。共稼ぎなんか当たり前や。それに、僕の給料だけやったら正直厳しい。

夫は一応誰でも名を知っている大企業勤めだった。だが、ここ数年、さまざまな問題が明るみに出て、あっという間に業績が傾いた。会社は大規模な人員整理、給与賞与の大幅カットを行った。

――でも、苦しいのはわかるけど、そこを遣り繰りするのがお嫁さんの役目でしょ？

義父母は息子の説明に納得しきれないようだった。彰文は顔をしかめ首を横に振った。

――いい加減にしてや。僕たちが納得してるんやから口を出さんといてくれ。

彰文は私をかばってくれた。私は嬉しくてたまらなかった。なのに、そんな彰文の神経を逆なでしたのは、私の父だった。子供は母親が育てるべきで、保育園に預けるなど無責任や、と。そして、彰文に向かってこう言った。

――私は妻を外で働かせたことなどない。そんな甲斐性《かいしょう》のない男ではなかった。

そのときは黙っていたが、彰文は激怒していた。以来、顔を合わせても、ほとんど話をすることはなかった。

母は理解してくれた。母は私が働くことに大賛成だった。自分はずっと専業主婦で惨めな思いをしてきた。だから、絶対に仕事をやめるな、と言い、応援してくれた。

——比奈子、お母さんが助けてあげる。だから、絶対に仕事はやめたらあかんよ。

母は保育園の送り迎えをしてくれた。里桜が熱を出したときには病院に連れていってくれた。あらゆる面で、母は私の子育てと仕事をサポートしてくれた。私は母に甘え続けた。あの日まで。

信号のない交差点に、二台の車がほぼ同時に進入した。相手の車が、母の運転する車の側面に衝突した。双方のドライバーは軽傷で、後部座席に座っていた里桜だけが助からなかった。チャイルドシートに座ったまま押し潰されたのだ。ルール上は相手の車に優先権があったという。

あのとき母が一時停止していれば、と何度思っただろう。いや、せめて徐行していれば、里桜は死なずに済んだ。

母は泣いて謝罪した。

——ごめんなさい、ごめんなさい。

母は彰文に向かって土下座して詫びた。彰文が震えながら言った。

——お義母さん、やめてください。

だが、母は土下座をやめなかった。その横で父も頭を下げた。

——お母さん、もうやめて。

結局、私は母を抱き起こし、みなの前から下がらせた。

里桜をかわいがっていた彰文は憔悴《しょうすい》した。だが、母を責める言葉は決して口にしなかった。そのぶん鬱屈をため込んでいった。

母の謝罪にはきりがなかった。いつまでもいつまでも謝罪の言葉を口にし続けた。

――ごめんね。ごめんね、私が悪いの。お母さんを許して。

母が詫びるたび、私も彰文も赦《ゆる》しを与えなければいけなかった。それは、まるで繰り返される拷問のようだった。

四十九日が終わると、急いで引っ越した。里桜の思い出のある家にはもう住めなかった。

だが、夫婦の傷は癒えなかった。それどころか、日々、傷は深くなった。普通の事故なら加害者を怨めばいい。だが、身内が起こした事故なら？

事故の直後はただ悲しんでいた姑《しゅうとめ》は、時間が経つと次第に「里桜は誰のせいで死んだのか」という思いに囚《とら》われるようになった。

――比奈子さんが我が儘を言って働くから。保育園なんかに預けず、あなたがちゃんと里桜ちゃんの面倒を見ていたら、こんなことにはならなかった。かわいそうに……まだ五歳なのにかわいそうに。

――母さん、やめろ。比奈子が悪いんやない。里桜を預けて働くことは夫婦二人で決めたんや。責任は夫婦二人にある。

彰文はかばってくれたが、恨み言を繰り返す姑の耳には届かなかった。

一周忌には母は呼ばれなかった。母は狂ったように泣いた。

里桜の一周忌が終わった翌日、私は起きられなくなった。なにもする気が起きず、ただ天井を見つめたままぼんやりとしていた。彰文が声を掛けているのも聞こえていたが、どうしても返事ができなかった。

鬱だと診断された。休職し、療養することになった。そして、三ヶ月後に私は結論を出した。

――ごめんなさい。私は私のことで精一杯やの。あなたと夫婦でいても助け合うことはできない。支え合うことはできない。だから、離婚してください。

――君は今、病気なんや。治すことだけを考えてればいい。時間がかかってもかまわない。二人でやっていこう。だから、離婚なんて言うなよ。

――ありがとう。でも、もう無理。あなたに一方的に寄りかかって生きていくのは嫌。そんなの夫婦やない。そんな夫婦でいるほうが苦しいから。

話し合いは両家の親を交えて一ヶ月続いた。どちらの家も離婚に賛成した。離婚を一番望んでいたのは私だった。やがて、彰文も諦めた。

――わかった。でも、いつか、またやり直せたら、そのときは。

夫は夫婦で里桜の死を乗り越えることを望んでいた。だが、私はその期待に応える自信がなかった。だから、逃げたのだった。

離婚すると母はいっそう私の世話を焼きたがるようになった。このままではまた動けなくなる。恐ろしくなった私は再び逃げ出した。

その頃、「まほろば」は借り手が付かず放置されていた。所有者の母は店を持てあましていた。私は無理を言って買い取り、一人で「まほろば」の営業を再開した。望み通り、私は夫から逃げ、母から逃げ、一人になることができた。

彰文が来た翌々日、母が来た。いつものように突然だった。

「比奈子、携帯どうしたの？　全然つながらないから心配になって」

しまった、と思う。電源を切ったのは逆効果だった。だが、今さら後悔しても遅い。

「アップルパイ焼いたから持ってきたの。アイスクリームもあるから」

母が紙袋を差し出した。母はお菓子作りが得意で、アップルパイのアイス添えは、幼い頃から私の好物だった。アーモンドクリームたっぷり、レーズンたっぷり。リンゴもたっぷり。シナモンの効いたボリュームのあるパイだ。

「ありがとう」

声が震える。アップルパイは私の好物であると同時に、里桜の好物でもあった。このパイを食べるのは里桜が死んでからははじめてだ。もしかすると、母は三回忌の供養のために焼いたのだろうか。だが、逃げ出した私の許には仏壇どころか位牌すらない。

客は誰もいない。憂と来海が駐車場の落葉を掃いているだけだ。

「あの子たちは？」母が顔をしかめた。

「知り合いの子。夏の間、預かってるの。今、お手伝いしてくれる」

「知り合いって？」

「お母さんの知らない人」

「そんな簡単に人の子供を預かってなにかあったらどうするの？」

「大丈夫。しっかりした子だから」

根掘り葉掘り訊いてくる母が不快になった。もちろん母の心配はわかる。昔なら、「お節介で心配性なお母さん」で済んだ。だが、もうそんなふうに思えない。あの朝からすべて変わってしまった。

「でも、他人に子供を預けるなんて無責任な。一体親はなにしてるの？」

瞬間、二人でぎくりと顔を見合わせた。息ができなくなったように感じた。

——一体親はなにしてたの？

里桜の事故は「子供を自分の手で育てなかった」せいだと言われた。だが、親とは父親のことではない。夫や父は責められなかった。私と母だけが責められた。

「別にいいでしょ。私が納得してるんやから」

「ええ、そうね。それならいいけど……」

母が涙の溜《た》まった眼を伏せた。そして、か細い声で言う。

「……ごめんなさい」

やめて。私は心の中で叫ぶ。母が悔いているのは知っている。心から詫びているのも知っている。でも、里桜は還らない。母の謝罪は無意味で虚しくて、そして、厚顔無恥な凶器だ。私の心をあの日につなぎ止める。

「でもまあ、人それぞれ事情はあるやろうし、ね」

母が涙を拭きながら言うと、余計に苛立ちを感じた。そして、苛立った自分に更に苛立ちを感じた。母に悪意があるわけではない。そう、お節介で心配性なだけだ。母はなに一つ変わらない。変わってしまったのは私だ。

母は自殺を図ったことがある。狂言ではなく本気だった。だから、もうなにも言えない。母が苦しんでいるのは事実だ。私が苦しいのも事実だ。よりどちらが苦しんでいるか、など比べても意味がない。

「でもね、比奈子。やっぱりまずいんやない？　なにかあったときに困るのは比奈子やよ。親のところに帰したほうがいいんやない？」

蒸し返し。母の得意技だ。終わったと思った話題を延々繰り返す。

「比奈子のことを思って言うてるの。軽い気持ちで子供を預かったらあかんよ」

「お母さん、いい加減にして。私はあの子たちを好きで面倒見てるんやから」

「でもね、もしなにかあったら、あんたはお母さんみたいに周りから責められるんやよ」

かっと血が上った。怒りと憎しみで気が遠くなりかける。娘を心配しているふうを装いながら、責められる自分はかわいそうだと訴えているということか。

だめだ。落ち着かなければ。母との会話を兄妹に聞かれたくないので、店の中に入った。受け取ったパイを、中を確かめもせず冷蔵庫に入れる。母が不満そうな顔をしたが、気付かないふりをした。すると、母はまるで当てつけのように厨房を点検しはじめた。

「あら、もう笹寿司が残り少ないわね。どうする？　追加で作る？　それから梅酢があるけど使う？」

母が手を洗った。紙袋からエプロンを取り出し、身に着ける。手伝うつもりで準備をしてきたのだ。その姿にもう我慢ができなくなった。

いい加減にして、と思わず口に出しかけたとき、来海が店に入ってきた。知らない人がいるので、不安そうな顔だ。

子供を怯えさせてはいけない。私は一つ深呼吸をして明るく呼びかけた。

「来海ちゃん、アップルパイがあるから一緒に食べよ」

だが、来海はぱたぱたと逃げていってしまった。

「人見知りする子なの？」

母は来海の背中を見送って言った。不満そうな声に聞こえた。きっと、里桜と比べているのだろう。里桜は人懐こい子で、ほとんど人見知りしなかった。物怖《ものお》じせず、初対面の人にも笑いかける子だった。本当にかわいい子だった——。

どうして思い出させるのだろう。そんなに私を苦しめたいのだろうか。つまり、こう言いたいのだろうか。里桜の送迎を頼んだ私にも責任がある、私も同罪だと。

「初対面なんやから、あれくらい普通よ。里桜が特別やったの」

強い口調で言い返した。すると、母がはっと振り向いた。

「別に、里桜と比べたわけや……。比奈子、思い出させてごめんね」

母の怯えたような表情を見て、八つ当たりしてしまった自分に自己嫌悪を覚えた。

「ごめんね、比奈子」

母の声に堪えられなくなり、駆けるように歩きだした。巨大な泡立て器で頭も胸も腹もぐちゃぐちゃにかき回されているような気がする。血も内臓も骨もすり潰されるくらい、強く、強く、強く。

いつまでこんなことが続くのだろう。母が死ぬまでだろうか。それとも自分が死ぬまでだろうか。どんなに母を怨んでも、どんなに母を許しても、里桜は還ってこない。なに一つ変わらない。この世界に里桜がいないという事実は変わらない。

お母さんのせいで里桜は死んだ。お母さんが里桜を殺した。だが、それは絶対に口に出してはならない言葉だ。それは言ってはいけない。口にしてはいけない——。

「待って、比奈子。お母さんね……」

母が追いかけてくる。私は振り向いて言った。泣きそうな声になっているのが自分でもわかった。

「お願い、もう帰って。こんな話、あの子たちに聞かれたくない」

「でもね、比奈子。お母さん、比奈子のために来たのに」

「来てなんて頼んでない。それに……」思い切って言うことにした。「向こうのご両親に言われたの。お母さんは三回忌も遠慮してくれ、って」

するとと、母の顔色が変わった。

「比奈子、なんとかならへんの？　ほんのすこしでいいの。里桜に手を合わせたいだけやのよ」

「お母さん、いい加減にして。向こうはまだ気持ちの整理がついてはれへんの。お母さんに謝ってほしいんやないの。とにかく、そっとしておいてほしいだけやから」

「私は一度も謝らせてもらってへん。それに、里桜は向こうだけの孫やない。私の孫でもあるのに、お線香の一本も上げられへんなんて……」

「やったら、今までみたいに、向こうの家と会わんように日をずらしてお墓参りに行けばいいやん」

「どうしてこそこそせなあかんの？　私かて里桜のお祖母ちゃんや。一度も里桜の仏壇にお参りできへんなんておかしい。私はただ里桜に謝りたいだけやの。あちらに迷惑は掛けへん。すぐに帰るから」

「お母さん、どうしてわからへんの？　何回もしつこく言うから、向こうも余計に意地になるんやよ。とにかく、今回は遠慮して」

涙が出てきた。楽になりたい母の気持ちはわかる。だが、ここまでこじれてしまっては、もうどうすることもできない。

里桜の葬儀の後、母は分骨を要求した。このままだと向こうに里桜の骨が全部取られてしまう。分骨して、うちでも供養したい、と。毎日拝んで供養することで罪滅ぼしをしたい、と。

その申し出を聞いた夫の両親は怒った。里桜はこちらの孫。あんな小さな骨を分けろと？里桜が死んだのはあなたのせいだ。絶対に渡さない、と。

「ねえ、比奈子。頼むからもう一回頼んで。お線香を上げて手を合わせたら、すぐに帰るから。あちらの迷惑になることなんかせえへん。ね、比奈子、お願い」

「お母さん、何回言うても無理やの。どうしようもないくらい、こじれてるねん」

「私がこれだけ謝ってるのに？　酷すぎるやない」

「元から上手くいってなかったんやから、仕方ないやん」

はじめての孫に母は舞い上がった。女の孫だから女親が世話をして当然と考えていた。七五三も雛《ひな》まつりも、なにもかもお金を出し、夫の家には手を出させなかった。

——せめてランドセルだけでも、うちの親に用意させてくれないか。

夫に言われ、母に伝えた。だが、母はその翌日にデパートに出かけ、ランドセルと学習机をさっさと予約してしまった。

夫の実家にとっても里桜は初孫だった。それを「嫁の実家」に奪われたと感じ、両家の関係は悪くなった。私と彰文はなんとか調整しようとしたが、上手くいかなかった。

彰文の実家は遠く、頼ることはできなかった。私が仕事を続けるためには、母の協力が必要だった。彰文も自分の給料だけでは将来が厳しいことを理解していた。私たちは母への依存を断ち切る努力を積極的にしなかったのだ。

「里桜がかわいそうやと思わないの？　犬や猫の子やないんよ。里桜が死んだから、代わりの子供をかわいがって、それで満足できるん？　あんたにとって、里桜はその程度やったん？」

「違う。そんな言い方はやめてよ」

「じゃあ、天国から里桜はどんな思いであんたを見てると思うん？　あんたがよその子をかわいがってるのを見たら、悲しむとは思わへんの？」

「いい加減にして」

「里桜がかわいそう」

母が泣きだした。私は怒りとやりきれなさに身体が震えた。なんとか気を鎮めて言い返そうとしたとき、入口に憂の姿が見えた。

「すみません。僕たち、出ていきます。今までありがとうございました」青ざめて硬い表情だった。

「憂くん、待って。あなたたちが出ていくことないから」私はきっぱりと言い、母に向き直った。「お母さん、悪いけど帰って。お願い」

「でも、比奈子。お母さんはあんたのことが心配で」

「いいから帰って。私はこの夏、この子たちと暮らすって決めてん。だから、二度とここへは来んといて」

「比奈子、お母さんになんでそんな酷いこと言うん？」

ハンカチを眼に押し当て泣く母の姿を見ると、私は我慢ができなくなった。

「帰って。今すぐ帰って」母を押し出した。「ほら、早く。出ていって」

「比奈子、お母さんはあんたと仲直りしたいんやよ。前みたいに仲よくなりたいんやよ」

母が大声で泣いている。その泣き声がわざとらしく聞こえ、余計に血が上った。

「出ていって。出ていって」無理矢理に母を押し出す。

母は泣きながら車に乗ると、帰っていった。

母の車を見送りながら、私もボロボロ泣いていた。嗚咽が洩れないよう、両の手を当てて自分の口をふさいだ。でも、涙が止まらない。次から次へとあふれてくる。厨房に駆け込み、ガス台の前にしゃがみ込んだ。

いい大人が恥ずかしい。親とケンカしてヒステリーを起こして泣くなんて。しっかりしなければ。あれくらいで取り乱してどうする？　泣きやまなければ。客が来るかもしれない。しっかりしなければ。私は「まほろば」の経営者なのだから。

歯を食いしばって顔を上げると、カウンターの陰から来海がのぞいていた。自分も泣きだしそうな顔をしている。

「ごめんね、来海ちゃん。びっくりした？」懸命に笑顔を作った。「なんでもないの」

涙を拭いて立ち上がった。すると、店の入口に立っている憂と眼が合った。憂がじっとこちらを見ている。私は慌ててうつむいた。

憂が頭を下げた。

「ごめんなさい、僕たちのせいで。やっぱり出ていったほうが」

「違うの。これは私と母親の問題。ずっと前からいろいろあったから」

「でも……」

「聞いて、憂くん。あのね、私は憂くんと来海ちゃんにここにいてほしいんやよ。二人がいるとすごく楽しいから」

憂は驚いた顔で私を見ている。私は言葉を続けた。

「誤解せんといて。あなたたちは死んだ娘の代わりやない。私はあなたたちが大好きやし、この店のオーナーとしても感謝している。あなたたちは福の神。そして、仕事を手伝ってくれる。手放したくないの」

来海の顔はまだ強張っている。私は腹に力を入れ、できる限りの笑顔を浮かべた。

「来海ちゃんがいないと水遣りができないから、花壇のお花が枯れてしまうの。大変」

「……ほんと？」

「ええ」

私がうなずくと、来海がぱっと嬉しそうな顔になった。

憂はじっと私を見ている。信じていいのか迷っているようだった。やがて真面目な顔でうなずいた。

「わかりました」

本当に信じてもらえたかどうかはわからなかったが、とりあえず二人を引き留めることができた。気持ちを切り替え、明るい声で言う。

「さあ、おやつにしましょう」

紙袋からパイを取り出した。カットされていない丸のままだ。包丁を握った。

母の作ったアップルパイ。里桜が好きだったアップルパイ。里桜が歓声を上げる。

包丁が震えた。里桜がいない今、一体いくつにカットすればいいのだろう。わからない。

わからない——。

憂の声がした。

「あの、僕がやりましょうか？」

はっと顔を上げると、憂が私を見つめていた。子供の声がじわっと鳩尾《みぞおち》に染みた。胸のつかえが静かに流れていく。

「……うん。うん。大丈夫」

憂の横には来海が立っていた。やはり、怯えたような眼をしている。しっかりしなければ、と自分に言ったばかりではないか。私は「まほろば」の経営者で、今はこの子たちの保護者でもあるのだから。

瞬間、すうっと心が落ち着いた。腹に力を入れ、アップルパイに包丁を入れる。まずは半分に切り、その半分を更に三等分した。カットしたパイを温めて、コーヒーを淹れる。憂はカフェオレ、来海には牛乳だ。

皿に盛り付け、アイスを添える。窓際の席に運んだ。

「さあ、食べましょう」

二人は眼を輝かせて食べはじめた。聞こえるのは鳥の声と、来海が不器用に操るフォークとスプーンの音だけだった。

私はその様子を眺めていた。子供が無心でおやつを食べている。こんな幸せな光景があるだろうか。

胸が痛くなる。思わず眼を逸らしたとき、駐車場にバンが入ってきた。タキさんの美容室&巡回スーパーの車だった。

タキさんは席に着くなり言った。

「山菜そば一つ」

タキさんはちらと憂と来海を見て笑顔になった。遠縁の子が遊びに来ていると説明している。

「ねえ、あの子たちのケーキ美味しそう。デザートにあたしも一つ」

「すみません。あれ、売り物やないんです。素人《しろうと》の手作りで味の保証はないですけど、それでよかったら」

「充分、充分。じゃ、コーヒー付けてケーキセットということにしてよ。ちゃんとお金払ったほうが、気持ちよく食べられる。で、アイスはなしで。お腹が冷えるから」

「わかりました。じゃあ、五百円で」

「OK」

山菜そばを持っていくと、タキさんは一口食べてまた喋りだす。

「ここ、もったいないねえ。空気は美味しいし、眺めもいいのに。ずっと走ってきてさ、こんな山の中でやってる店があると、ほっとするんだよ」タキさんは客のいない店内を見渡し、すこし眉を寄せた。「昔はほんと繁盛してた。いつ来ても駐車場がいっぱいで、朝から晩までトラックが出入りしてさ。騒々しいけど、味が良くて安いから重宝してた」

「今はなかなか……」

言葉を濁すと、タキさんは顔をしかめながら笑った。面白い笑顔だった。

「バイパスができて便利になったのは事実だけどさ、いいことばっかりじゃないよね。観光客も増えたから渋滞は酷いし、道路はゴミだらけになるし」

タキさんの口調はかなりケンカ腰だったが、すこしも不快にならなかった。それどころか、こうやっておおっぴらに楯突《たてつ》く様子が格好良く見えた。

「道の駅で地域活性化なんて大嘘だよね。周りの小さな店がどんどん潰れてる。結局、地元の人が普段食べたり買い物したりするところがなくなってさ」タキさんは大きなため息をつく。「知ってる？　山菜は道の駅でも売ってるけど結構な値段してるのよね。ここなら格安で食べられるし。手作りはちゃんとえぐみが残ってるから美味しいね。スーパーの水煮なんか味も歯ごたえもないから」

山菜を作ったのは母だ。それでも、誉められると嬉しい。そんな自分がすこし嫌になる。話を変えることにした。

「そうそう、タキさん。十年池って知ってますか？　この辺にあるらしいんですけど」

「十年池？　ごめん、知らない。あたし、元々この辺の人間じゃないしね」

「え、そうなんですか？」

「一応、大都会東京の出身。ここにはお嫁に来ただけ」タキさんは珍しく照れたように笑った。「で、その池がどうかしたの？」

「いえ、ちょっと気になって」

「じゃあさ、お年寄りの家を回ったとき、訊いてみるよ」

「すみません」

そばの器を下げ、アップルパイとコーヒーを運んだ。

「ああ、これ、ほんと美味しい。リンゴたっぷりで。シナモン効いてて、レーズン入ってるのが好みだな」

タキさんはあっという間に食べ終えると、勢いよく立ち上がった。駐車場のバンのほうを見て、言う。

「どう、なんか見る？」

「そうですね。子供の喜ぶものってありますか？」

「あるよー。夏休みだからねー」タキさんがにやっと笑った。「お盆に孫が帰ってくるかも、ってお年寄りが買うからね。ちゃんと仕入れてるんだよ」

じゃあ、ちょっと見せてもらおうか、と言おうとしたら、先にタキさんが言った。

「そこの坊ちゃん、お嬢ちゃん、巡回スーパーって知ってる？　車一台でスーパーやってんの。見においでよ。面白いよ」

憂も来海も困った顔だ。私はせっかくのタキさんの好意を無下にしたくなかった。

「憂くん、来海ちゃん、タキさんの車、すごいんだから。なんでも売ってるの。お菓子もオモチャも」

オモチャと聞くと来海の眼が輝いた。憂もそれに気付いたのだろう。立ち上がった。

「来海、ちょっと見に行こう」

「……うん」

私たちは揃って店を出た。タキさんの巡回スーパー号を見せてもらう。両側面が開くようになっていて、冷蔵ケース、冷凍ケース、野菜、日用品などが隙間なく並んでいた。

「お嬢ちゃん、お名前は？」

来海は憂に促され、おずおずと答えた。

「来海」

「来海ちゃんね。じゃあ、これはおばさんからのプレゼント」

タキさんが来海にシャボン玉セットを渡した。来海の顔がぱっと輝く。

「すみません。ありがとうございます」憂が礼を言った。

「いや、いいよ。それで、君には……」

憂には虫かごを渡した。

「ありがとうございます」二人とももう一度揃って礼を言った。

「ごちそうさま。じゃ、また寄らせてもらうから」

じゃ、とタキさんは出ていった。そこへすぐにバイクの音が近づいてきた。通り過ぎずに、「まほろば」に入ってくる。中型のバイクが二台、駐車場に駐まった。初老の男と女だ。揃いのフルフェイスのヘルメットに揃いのジャケット。バイクこそ違うが、あとはなにもかもペアルックだった。

「天ぷらそば二つと笹寿司」カウンターの上のパイを見て言う。「それから、ケーキ二つとコーヒー」

二人はよほどお腹が空いていたのか、あっという間に料理を平らげた。パイを運ぶと、美味しい、と言いながら、またあっという間に平らげ、あっという間に出ていった。

こんなに続けて客が来るのは久しぶりだ。大きなアップルパイはたった一時間ほどでなくなった。

「すごい。来海ちゃんと憂くんが来てから、いっぱいお客さんが来るようになったね。二人は本当に福の神みたい。ありがとう」

「福の神って？」

「幸せの神様ってこと」

あまり意味はわかっていないようだが、来海が嬉しそうな顔をした。胸がじわりと温かくなった。

「でもね、福の神よりもね、どっちかって言うとヘンゼルとグレーテルみたい」

「ヘンゼルとグレーテル？　グリム童話のですか？」

「そう。おばさん思ったの。あなたたち、ヘンゼルとグレーテルみたいだな、って」

「来海も知ってる。保育園でビデオ観た。あのね、森にパンを撒いたらね、小鳥さんが食べてね……」

来海はすこしつっかえながら話した。子供の輝く眼を見ながら、私も憂も静かにお話を聞いた。憂の顔にはじめて見る穏やかな気配が感じられた。

「お兄ちゃんがヘンゼルで来海がグレーテル。おばさんは山の中にいるから魔女？　あれー」来海が困った顔になる。

「比奈子さんは魔女は魔女でもいい魔女やろ？」

「そう、それ」

来海がぱっと笑った。いい魔女か。私は嬉しくてたまらなくなる。やはり、子供は福の神だ。幸せをくれる。

「来海、ほら、顔も手もアイスクリームでベタベタや。洗ってこよう。ほら、ごちそうさまを言うて」

「ごちそうさまでした」

兄妹はきちんと手を合わせて頭を下げ、立ち上がった。

私は思い出した。この子たちは夏休みが終われば出ていく。そして、私はまた一人になってしまうのだ。

＊

――線が細いな。サッカーボールはあかん。芸術系で行こ。ほら、そこのピアノの楽譜、持ってみ？

言われるままにピアノの楽譜を持つ。最初はちゃんとシャツとズボンを穿いて、ポーズを取った。次に、シャツを脱ぐように言われた。また何枚か撮られる。その次はズボンを脱ぐように言われた。パンツと靴下、スニーカーだけになる。そんな恰好でも楽譜を持つように言われる。わけがわからない。わからないけど恥ずかしくてたまらない。

パンツを脱ぐように言われ、脱いだ。恥ずかしいので楽譜で股間を隠すようにしたら、男たちがどっと笑った。

靴下とスニーカーだけでポーズを取る。吐きそうだ。シャッター音がするたび、心臓が苦しくなる。

僕は考えている。大勢に囲まれて写真を撮られるのと、一対一でやられるのと、どっちが嫌だろうか。

はじめてのときの苦痛と屈辱を思い出す。痛くて、怖くて、気持ち悪くて、ただただ早く終わってほしいと思っていた。そして、終わったらほっとしたけど、今度は死にたくなった。

写真か？　一対一か？　どっちも嫌すぎて、どんなに考えてもわからない。

——おい、憂。続けてやってしまおか。

流星が面倒臭そうに言った。

——え？

流星の横にいるのは太った中年男だ。毛深い。相撲《すもう》取りか、と思うほどに腹が出ている。メタボリックシンドローム。ふっとそんな言葉が浮かんだ。

もう一人は筋肉質の男だ。肩や胸がガチガチに盛り上がっている。全身がキャラメルみたいな褐色《かっしょく》だ。どこにも白いところがない。きっと日焼けマシンで焼いている。

二人ともスキーのゴーグルをしていた。ミラーレンズだから眼が見えない。

僕は腕をつかまれ、無理矢理に押さえつけられる。

——ちょっと待って、話が違う。

僕は叫んだ。話が違う。写真だけだって言ったじゃないか。

でも、流星は返事をしない。ぞっとするような青ざめた顔で僕を見ているだけだ。

逃げられない。僕は泣いている。泣きながら一番嫌なのは、と思う。

一番嫌なのは、大勢に囲まれて写真を撮られることでもなく、一対一でやられることでもない。大勢に囲まれて、二対一でやられて、それをビデオに撮られることだ——。

……憂くん。憂くん。

触るな。気持ち悪い。揺らすのはやめろ。お願いやから——。

肩に触れる手を思い切り払いのけた。逃げよう、と起き上がったとき、眼が覚めた。比奈子さんの顔が見える。

「憂くん、どうしたの？」

「え？」

布団の中だ。「まほろば」の離れで寝ていた。今、自分を揺らしていたのは比奈子さんだった。

「どこか痛いの？　怖い夢でも見たん？」

心配げな表情で訊ねる。比奈子さんの後ろに泣きじゃくる来海が見えた。僕は口で息をしながら、動悸《どうき》が落ち着くのを待った。

「ずっと悲鳴を上げてて、あんまり凄い声やったから、心配で見に来たの」

「……そうですか。すみません」

喋ると、口の中が乾いてひりひりした。きっと叫び続けていたせいだ。

「具合が悪いんやったら無理したらあかんよ。なんでも遠慮せずに言うてね」

「いえ、大丈夫です。怖い夢を見て……それだけです。もうなんともありません」

それを聞くと、来海がわっと泣きだした。深夜、横の布団で兄が化物みたいに悲鳴を上げていたら、パニックになって当然だ。

「ごめん、来海。お兄ちゃん、びっくりさせたな」

謝ると、余計に激しく泣いた。比奈子さんがよしよし、と抱きよせる。来海は比奈子さんにしがみついてしゃくり上げた。

「憂くん、ほんとになんでも言ってね。おばさんにできることならなんでもするから」

「ありがとうございます」

泣き声が静かになったと思うと、いつの間にか来海は眠っていた。しっかりと比奈子さんに抱きついたままだ。来海を見下ろす比奈子さんの眼は驚くほどに優しかった。

僕も来海もあんなふうに母に抱かれたことはない。憶えていないだけじゃない。絶対にない。断言できる。

比奈子さんは来海をそっと布団に寝かせた。腹の上にタオルケットを掛けてやる。本物の母娘《おやこ》のように見えた。

ふいに堪えられなくなった。慌てて眼を逸らし、窓の外を見る。かすかに白みかけていた。

「なんか、もう眠れそうにないので起きます」

「まだ五時前やよ。もうすこし寝たら？」比奈子さんが心配げな顔をする。気を遣ってくれているのがわかって、申し訳なくなった。

「いえ。なんか完全に眼が覚めたから」

「そう？　起きるんやったら朝ご飯作ろか？」

「いえ、いいです」

「ねえ、憂くん。ちょっといい？」

「はい」

「あのこと、全然ニュースになれへんけど……あなたが義理のお父さんを殺したのは間違いないんやね」

「間違いありません」

「そう……」

比奈子さんの顔が曇る。事件が発覚しないのが、かえって不自然で怖いのだろう。僕もそうだ。

「あなたは十年池が見たいと言った。だから、私はなにがあってもあなたたちを守るつもり。警察が来てもかくまってあげる。でも、そのためにはもうすこし私を信用して。警察の前でボロを出さないためにも」

僕は迷った。比奈子さんの言うことはもっともだった。だが、話すには勇気が必要だった。かなりためらってから、ようやく口を開くことができた。

「僕にとっては義理の父親やけど、来海にとっては本当の父親なんです」

「一体なにがあったの？　虐待されてたの？」

「……そんなもんです」

もうこれ以上は言えない。絶対言えない。僕は勢いよく立ち上がった。

「ちょっと散歩してきます」比奈子さんを安心させるため、虫かごを持った。

「一人で？」比奈子さんが驚いた顔をする。

「はい。大丈夫です。山の奥には行かへんから」

「そう。でも気を付けてね」

「はい」

無理矢理笑顔を作って、手を振った。それでも比奈子さんの顔は曇っていた。

「まほろば」を出ると、真っ直ぐお地蔵様に向かって歩いた。夜明けの空気はひやりと湿って、肌にまとわりついてくる。遠くの山を見る。霧が掛かってかすんでいた。

この前、パソコンを祠の奥に隠した。比奈子さんは気付いていない。僕はお地蔵様に手を合わせてから、川への小道を下りていった。

草むらを歩くと朝露で足が濡れた。滑りそうになるので、気を付けながらゆっくりと足を進める。山は静かだ。川の音しかしない。

――夢の中、川を飛び上がる。半月、包帯、双子の生まれるところ。

河岸の合歓の木はまだ咲いている。これが、きっと「夢の中」だ。僕は対岸を眺めた。足を濡らさずに渡るルートを探すが、見当たらない。仕方なしに、浅瀬を選んで水に入る。ふくらはぎまで濡れた。流れに足を取られないように、一歩一歩確かめて歩く。途中、まるで飛び石のように石が並んでいるところがあった。なるほど、これが「川を飛び上がる」か。

対岸へ渡ると、上流に向かって歩きだした。道路側に比べて山が迫っているので、河原の部分が少ない。大きな石を回り込んだり、川に入ったり、山の斜面を歩いたりして進んでいく。

やがて、川が山側に大きくカーブしているところに来た。そこだけ河原が広く、半円形のぽっかりとした空間ができている。ここがきっと「半月」に違いない。

でも、あまり遅くなると、比奈子さんが心配する。今日はここまでにしよう。元来た道を戻りはじめた。再び川を下り、浅瀬を渡る。合歓の木の下まで戻ったところで、すこしだけ休憩することにした。木の根元に腰を下ろし、足を伸ばす。

僕は合歓の木を見上げた。ピンク色の花が咲いている。帽子に挿して喜んでいた来海の顔が浮かんだ。将来、来海は僕を怨むのだろうか。「人殺しの兄」を持った自分の不運を怨むのだろうか。僕のせいで来海が差別されたり嫌がらせをされたら？　どうやって来海を守ればいい？　どうやって来海に詫びればいい？

そのとき、僕はどこにいるのだろう。わからない。なにもかもわからない。

僕はしばらくぼんやりしていた。陽はずいぶん高くなった。あれほど静かだった山がざわめきはじめた。鳥の声、虫の声など雑多な気配が満ちている。静かなのに騒々しい。山は不思議だ。

僕は立ち上がった。今日は朝の掃除をしていない。きっと駐車場は落葉だらけだ。早く戻って掃除をしないと――。

ふっと家を思った。僕がいなければ片付ける人も掃除する人もおらず、家はゴミだらけだろう。ゴミを見て、母は僕を思い出してくれただろうか。憂、帰ってきて、と思っただろうか。僕にだって価値があると感じてくれただろうか。

――あんたさえおれへんかったら。

母の声が頭の奥に響いた。思わず立ち止まった。息が詰まる。まだ夢の続きを見ているような気がした。

――あんたのせいで、あたしは殴られた。みんなあんたのせいや。

僕は父に似ているという。母にとって僕は敵だった。暴力をふるう憎い男の仲間だ。母は僕を一生許さないだろう。でも、それはしかたがない。たとえ無自覚だったにせよ、僕が母の味方でなかったのはたしかだ。自分が殴られるのだから、母が殴られるのは当たり前だと思っていたからだ。

ふいに足に力が入らなくなった。転びそうになって合歓の木にすがった。ごつごつした幹にもたれる。薄いシャツを通して、木のコブが背中に食い込んだ。

瞬間、スイッチが入った。突然、涙があふれた。

母は僕を憎んでる。あの男を思い出すから、顔を見るのも嫌だと言う。僕は嫌われたままだ。一生、かわいがってもらえない。

一生、誰からも愛されない。一生、大切にしてもらえない。ゴミだと言われて、笑いものにされて――。

後から後から涙が出てくる。こんなに泣いたのは、はじめてだ。母のことはとっくに諦めたはずなのに、なぜ今頃になって悲しいのだろう。

母が僕を好きになってくれる可能性は完全になくなった。なぜなら、僕は人殺しだ。僕は母の大好きな人を殺してしまったのだから。

スポーツショップ「シルバースター」は野球用品専門だ。阪神電鉄野田駅の近くにあって、表は明るいガラス張りになっている。通りからはバットやグラブ、ユニフォームなどが見えた。

だが、明るい店の裏側には別の顔がある。

流星と銀河は「グラス」という援交クラブを経営していた。銀河の奥さんの慶子さんが経理やら事務作業をして、双子は街を遊び歩いて人脈作りをしていた。

「グラス」は素人の女子高生に「安心安全な」お仕事をさせて儲けていた。二人はヤクザとつながっているという。

店の裏には倉庫がある。商品の入った段ボール箱がごちゃごちゃと積んであった。隅に小さな机と椅子があって、在庫管理用のパソコンとプリンタが置いてあった。

だが、流星はそれとは別にノートパソコンを持っている。「グラス」の仕事をするときに使うものだ。

僕が倉庫に入っていくと、流星はノートパソコンに向かっていた。僕を見て驚いた顔をする。

――まだおったんか。さっさと家に帰れや。

僕は倉庫を出て、売り場に向かった。壁に掛かった金属バットを手に取る。テープを巻いてあるのに、グリップがひやりと冷たい。ぞくりとした。

倉庫に戻る。流星は僕に背を向け、スマホでゲームをしていた。だらしなく椅子に腰掛け、長い足を投げ出し、肩を丸めてガチャを回すのに夢中だ。片手で煙草を取りだし、口にくわえる。画面から眼を離さない。

僕は後頭部めがけてバットを振り下ろした。一回。ごきん、と音がする。二回。流星が椅子から転がり落ちる。床に倒れた流星の頭をめがけて僕はさらにバットを振った。

――このガキ、うっとうしいんや。

流星が起き上がってきて僕を捕まえ、殴りつけるような気がする。嫌だ。やめて。僕はパニックを起こして心の中で叫んだ。

嫌だ、やめて。お願いだからやめて。

助けて。

僕は流星がとっくに動かなくなっても、バットを振り下ろし続けた。何度も、何度も、何度も何度も。

後ろで悲鳴が聞こえた。振り向くと母が立っていた。しびれすぎてもう僕の手の感覚はなくなっていた。


ホホー、ホーホー。ホホー、ホーホー。

どこか近くで鳥が鳴きだした。家にいた頃もよく聞いた鳴き声だ。鳴き方に独特のメロディがある。

僕は涙を拭った。はは、と笑う。あの鳥、どこにでもいるんだ。町でも山でも。ありふれた鳥なんだ。

僕もありふれた鳥になれたらいいのに。あの間抜けなメロディでホホー、ホーホーと鳴いて、山でも町でも飛び回っていられたらいいのに。

でも、僕はもうありふれてない。だって、人殺しだ。小学生の人殺しは絶対にありふれた人間じゃない。

パソコンの中には証拠が入っている。流星と銀河の犯罪の証拠だ。それが明らかになると、僕のことも知られてしまう。僕がなにをさせられたか。

もし、ネットに出回ったら一生消えない。毎晩、世界中のどこかで、僕を再生する男がいるなど堪えられない——。

ホホー、ホーホー。

もし、あれをお祖父ちゃんが観たらどう思うだろう？　汚い、と軽蔑するだろうか。それとも、かわいそうに、と金色のミカンを手に載せてくれるだろうか。

——お祖父ちゃんと約束した。小学校六年生になったら、一緒に十年池を探しに行こうって。

僕がそう言うと、母は突然激昂した。

——は？　とっくに死んだわ。あんなジジイ。

母は持っていたペットボトルを僕に叩きつけると、背を向けた。僕は呆然とした。お祖父ちゃんは死んだ。もう二度と会えない。かわいい孫だ、と言ってもらえない。頭を撫でてもらえない。十年池を探しに行けない。もう誰もいない。僕をかわいがってくれる人は誰もいない——。

頭の中がぐちゃぐちゃだ。僕は泣きながら笑い続けた。

ホホー、ホーホー。

泣くだけ泣いてから顔を上げた。だが、このまま帰ると、きっと比奈子さんが心配するだろう。

この前、川に遊びに行った。来海が仕事の話をしようとしたので、僕はオニグルミで来海を怖がらせて、ふざけるふりをした。ちょっとわざとらしかったかと思ったが、比奈子さんはほっとした顔をして笑った。比奈子さんをだましたことに胸が痛んだが、仕方がなかった。

僕は虫を捕っていたことにしようと思った。しばらく歩き回って、カブトムシの雌と小さなクワガタを捕まえて虫かごに入れた。

すっかりあたりは明るくなっている。どれくらい時間が経ったかわからないが、急ぎ足で沢から戻った。

「まほろば」に戻ると、道路に回転灯が出ていなかった。あれ、と思って店を見る。店内に明かりが点いていない。ドアにも「営業中」の札が出ていない。開けようとしたが、鍵が掛かったままだ。

どきりとした。なにかあったのだろうか。まさか、僕を追って——？

慌てて裏へ回る。すると、裏口のドアは開いていた。中へ飛び込むと、厨房には比奈子さんと来海がいた。振り向いて、来海が笑う。

「お兄ちゃん、お帰り」

何事もないようだ。ほっとして、力が抜けた。

「お帰りなさい。あんまり遅いから心配してたんやよ」比奈子さんが言う。

「すみません。カブトムシを探してたら時間が掛かって」

虫かごに入れたカブトムシとクワガタを見せると、来海が歓声を上げた。顔をくっつけるようにして眺めている。比奈子さんも嬉しそうな顔をする。

「それより、お店、今日はやらないんですか？」

「うん。今日は臨時休業しようかと思って。買い出しにも行きたいし、あとは敵情視察とか」

「敵情視察？」

「そう。お客さまを増やしたいの。やから、流行ってるお店を見学に行こうかな、て。憂くんと来海ちゃんにも手伝ってもらいたいの。今日は外でお昼を食べましょ。ちょっと豪華なランチとデザートをね」

「ほんと、やった」と来海が嬉しそうに言った。

比奈子さんの車で出かけた。

ネットで検索して見つけた評判の店に行った。オシャレな南欧風の建物だ。駐車場はほとんど満車に近い。相当の人気店だ。

店内も人でいっぱいで、名前を書いて入口で順番を待った。来海は比奈子さんの手を握りしめ、待ちきれない様子だ。僕は顔を見られたらまずいと思い、懸命にうつむいていた。

「お兄ちゃん、どうしたん？」

来海が心配そうに訊ねてきた。しまった、と思う。僕は慌てて顔を上げた。キャップをかぶり直すふりをして、もっと深くかぶる。

「あんまりお腹が空いて倒れそうや」

「お兄ちゃん、あとちょっと我慢」

来海がお姉さんぶった口調でたしなめる。比奈子さんがちらっと僕を見た。そして、横にあったメニューを僕に手渡してくれた。僕はほっとした。メニューを見るのなら顔を伏せていて当然だ。

メニューは写真入りでカラフルだ。どの料理も美味しそうに撮れている。ランチコースは種類が豊富で、オムライス、ピザ、パスタ、それに炭火焼きハンバーグなどが選べるようになっていた。来海はピザとオムライスのどちらにするか悩んでいたが、結局オムライスにした。比奈子さんはパスタ、僕はハンバーグだ。

順番が来てようやく席に案内された。比奈子さんは僕を他のテーブルに背を向けるような向きで座らせてくれた。

オーダーした後も来海が迷っているのを見て、比奈子さんがピザを単品で一枚、追加してくれた。

「みんなで分けて食べましょ」

「うん」

来海が嬉しそうだ。すこし不安になった。比奈子さんは来海を甘やかしすぎではないか。

比奈子さんは否定したが、やっぱり来海を死んだ娘の代わりにしているように見える。だからあんなにかわいがる。じゃあ僕は？　僕はなんだろう。僕はかわいがられないから、食い扶持を自分で稼がないと追い出されてしまうのか？

僕の注文したハンバーグが運ばれてきた。食べるときはキャップを脱がなければ行儀が悪いだろうか。つばに手を掛け迷っていると、比奈子さんがにっこり笑った。

「脱がなくていいんじゃない？　似合っててカッコいいから」

比奈子さんは全部わかっている。僕が人を殺したことも、捕まらないかと怯えていることも。その上で気遣ってくれる。なんだか涙が出そうになって、僕は動けなくなってしまった。

「ほら、憂くん、冷めないうちに食べて」比奈子さんがカトラリーケースを僕に差し出した。

「でも……」

「いいから食べて。他の料理もすぐに来るから」

「じゃあ、いただきます」

僕はナイフとフォークを手に取り、ハンバーグを一切れ口に運んだ。口の中に肉汁があふれた。炭の香りの付いた肉は柔らかくて美味しい。僕は夢中で食べた。あの家では温かいご飯など食べたことがない。僕だけいつも冷たい残り物だった。母の復讐《ふくしゅう》だ。

残りの料理が一度に運ばれてきた。来海が眼を輝かせる。僕はピザを手に取り、口に運んだ。溶けたチーズが顎にくっつく。美味しい。あの家ではピザなんか食べられなかった。すごく美味しい。

比奈子さんが手を上げて、ピザの追加を頼んだ。そんなにがっついていたのか、と恥ずかしくなる。

あたりを見回して比奈子さんが悲しそうな顔をする。

「満席ね。うちとは大違い。どうすればいいのかしら」

なにもかもが違う。建物も、インテリアも、メニューもだ。比較しても意味がないくらいに違う。

はあ、とため息をついた比奈子さんに、来海が話しかけた。すこし得意気だ。

「お店をお菓子の家にする。そうしたら、お客さんがいっぱい来ると思う」

「お菓子の家かー。美味しそうやねえ」

「あ、でも、食べられたらお店がなくなる。屋根とか窓とか食べられたら大変」

焦る来海を見て、比奈子さんが思わず微笑む。

ヘンゼルとグレーテルか。

森に捨てられた兄妹は帰り道の目印にパンを撒いた。だが、鳥に食べられてしまって、家に帰ることができなかった。森の中で迷い、お腹を空かした兄妹はお菓子の家を見つけて食べはじめる。そして、魔女に捕まってしまうのだ。

ホホー、ホーホー。

朝の鳥を思い出した。パンを食べたのは、きっとあの鳥に違いない。ありふれた鳥だからどこの森にもいるはずだ。

僕はハンバーグの付け合わせのジャガイモを食べた。皮付きのまま焼いてある。バターが染みて美味しかった。

魔女は兄を閉じ込めて、食べ物をたくさん用意するよう妹に命じた。太らせて食べるためだ。だが、妹の機転で悪い魔女はかまどで焼き殺された。そして、兄妹は魔女の家の財宝を持って家に帰った――。

僕は来海を見た。もし僕が悪い魔女に捕まったなら、来海は助けてくれるだろうか。大真面目にそんなことを考えていると、比奈子さんがピザの最後の一切れを勧めてくれた。僕は喜んで食べた。

比奈子さんが来海に訊ねている。

「来海ちゃんはお菓子の家以外に、どんなお店がいい?」

「ピザのお店」来海が大きな声で言った。

「そうね。たしかに、ピザはみんな大好きね」

一瞬、比奈子さんが遠い目をした。きっと比奈子さんの死んだ娘もピザが好きだったのだろう。

子供を亡くして、比奈子さんは深く傷ついた。そのせいで正常な判断ができなくなったに違いない。普通だったら、身元のわからない子供二人が店に迷い込んできたら、警察に相談するだろう。なのに、比奈子さんはなにも訊かず、僕と来海をかくまってくれる。僕が人殺しだと知っているのに黙っていてくれる。

追加のピザが来た。

「ほら、憂くんもどんどん食べて」

ふっと思う。やっぱり比奈子さんは悪い魔女だ。僕も太らされて食べられてしまうのか。いや、そんなはずはない。くだらない想像を追い払った。比奈子さんはいい人だ。悪い魔女なんかじゃない。僕に優しくしてくれる。お店を休んだのも、僕に気分転換をさせたかったからだ。

お菓子の家。悪い魔女。かまど。

はっと思い出した。そうだ、かまどだ。石のかまど。

「テレビで観たことがあります。レンガとか石のかまどでピザを焼くと、すごく美味しいって」

「石窯《いしがま》ね。たしかに美味しいでしょうね。でも、うちにはないから……」

「テレビに出てた人は、自分の家の庭にかまどを作ってました。ホームセンターで材料を買ってきて。だから、手作りできるんやと思います」

「うーん、器用な人ならできるかもしれないけど、おばさんは日曜大工の経験なんかないし」

「あの、僕がやりましょうか？」

「憂くんが？」

「はい、やってみたいんです」

自分の食い扶持は自分で稼げ。あの男の口癖だ。嫌なことをさせられるくらいなら、石窯ピザで稼ぎたい。

「そうねえ……」比奈子さんはすこし考えていたが、やがて大きくうなずいた。僕をじっと見て言う。「じゃあ、お願い。石窯ピザを新しい『まほろば』の名物にしましょう」

食事を終えると、三人でホームセンターに行った。比奈子さんが店の人に相談すると、薄い冊子をくれた。「簡単DIY！　庭に石窯を作ろう」とある。

「手作り石窯は流行ってるんですよ」青い制服を着たホームセンターの男は慣れた口調で言

った。「簡単な構造のものなら、初心者にだって作れます」

工程を見ると、まずは土台を作る。それから、火床、窯の壁、窯口、天井、煙突という流れだった。冊子を見ながら、耐火レンガ、耐火コンクリート、ブロックなどを大きなカートに入れていく。

「お兄ちゃん、いいな」

来海が羨ましそうな顔をした。自分だけなにか買ってもらって、というところだ。

「来海、これはオモチャじゃない。お店で使うものなんだ」

だが、納得していない様子だ。見かねた比奈子さんが来海に言う。

「じゃあ、来海ちゃんもなにか買ってあげる。なにがいい？」

来海はぱっと眼を輝かせると、真っ直ぐ通路に置かれたワゴンへ向かった。夏休みの工作応援コーナーとある。粘土やら木製ブロックやら、さまざまな素材が置いてあった。

「これ」

来海が指さしたのはバスケットに山盛りになったマスキングテープだった。色とりどり、さまざまな模様のテープがあり、五個三百円とある。

「ああ、そう言えば一時期、保育園で流行ってたな。みんな連絡帳に貼ってた」

母があの男と遊び呆けてお迎えを忘れたときは、僕が保育園まで走った。来海は忘れられたことを知っていたが、文句一つ言わなかった。余計かわいそうだった。

来海はマスキングテープを欲しがっていたが、母が連絡帳自体を面倒臭がったので買ってやらなかった。来海は寂しそうだった。お小遣いがあれば買ってあげたかったが、僕には一円のお金も自由にならなかった。

「来海、これがいい」

「そう。じゃあ、好きなのを選んで」

比奈子さんの声がすこし震えていた。なにかを堪えているかのようだった。かわいそうに、と思う。

死んだ子供の代わりに来海をかわいがる。でも、そのせいで余計に死んだ子供を思い出してしまう。悪循環だ。

そのとき、ふっと思いついた。そうだ、石窯を「目標」にしよう。

「比奈子さん」

声を掛けた。比奈子さんがわずかに潤んだ眼で振り向く。

「……石窯を僕の夏休みの工作にしていいですか?」

「ええ、もちろん」比奈子さんが微笑んだ。「石窯を作ったら、きっと憂くんが一番」

本当は夏休みの工作ではなくて「目標」だ。でも、嘘をついて心にもない言葉を口にしたら、僕は自分がありふれた普通の男の子になれたような気がした。

夏休みが終わったら、僕は学校へ行くのだろうか。夏休みが終わったとき、僕はなにをしているのだろう。どこにいるのだろう。

夏休みが終わったとき、僕はちゃんと生きているのだろうか。

「あの、比奈子さん。朝にホーホーホーって鳴いてるのは、なんて鳥なんですか？」

「あれは山鳩。面白い鳴き方やよね」

「山鳩？　鳩なんですか。あの鳥、どこにでもいますよね。都会にも田舎にも」

「そうやね。珍しくはないね」

「ありふれた、普通の鳥ですよね」

「ええ。だと思うけど」

比奈子さんはすこし不思議そうな顔をしたが、それ以上なにも言わなかった。


オニグルミでふざけたのもカブトムシとクワガタを捕まえたのも、ただ比奈子さんを安心させるためだけじゃない。本当は自分のためだ。

学校で僕は成績優秀で品行方正。担任の評判もいい。でも、友達はいない。同じクラスの男子が幼稚に見える。つまらないことに夢中になって遊んで、笑って、怒って、とにかく騒々しくて――。

それでも、僕は普通の子供になってみたかった。一度でいいから、くだらないイタズラをして、ふざけて笑う、普通の子供になってみたかった。

でも、今は違う。僕は山鳩になりたい。もう普通の子供は無理だ。それなら、普通の山鳩になりたい。そして、みなに思われたい。あれはどこにでもいる、ありふれた鳥なんだ、と。

半年ほど前のことだった。僕のはじめての相手は流星の心酔する元プロ野球選手だった。女子高生も好きだが、小学生の男の子はもっと好きだと言った。

——すげえな。おまえが役に立つとはな。びっくりや。

その日、流星は僕にすこしだけ優しくしてくれた。僕のために、マクドでポテトとコーラとチーズバーガーを買ってきてくれた。僕は痛くて気持ちが悪くて吐きそうですこしも食べられなかったが、流星は怒らなかった。

——まあ、そりゃそやろな。

僕が手をつけなかったハンバーガーをたった二口で食べた。コーラで流し込んで言う。

——はじめてのフォローは兄貴が上手いんやけどな。俺は無理や。悪いな。

すこしも悪いと思っていないので、顔が笑っている。流星は今度はポテトをいっぺんに三本口に入れた。

——とりあえず次も頑張ってくれや。

吐きそうだ、と思った。

第三章　アリア

八月になった。今日は淀川花火の日だった。

昔は満ちると流星と三人で観た。五年前からは慶子と観ている。今年はそんな気になれない。いが、念のために訊いた。

「花火、どうするんや？」

「今年はやめとく。お腹張るし」

またソウザンケイコウか。うんざりして、俺は家を出て流星のマンションに向かった。

「おい、あいつら帰ってきたか？」

「全然」

芽衣はスマホから顔を上げずに言った。髪は乱れ、顔には化粧気がない。スウェット姿で背を丸めてゲームをする姿はひどく老けて見えた。

流星が死んで二週間。芽衣のマンションはゴミ屋敷になっていた。コンビニの袋、弁当、ペットボトル、菓子パンの袋などが部屋中に散乱している。エアコンは効いていたが、閉めきった部屋は饐《す》えた臭いがした。

エアコンを切って窓を開けようとリモコンを捜したが、見つからない。諦めて、俺はエアコンをつけたまま窓を開けた。熱気と川の臭いが押し寄せてくる。

「夏休みが終わったらどうすんねん。学校にバレたら面倒なことになる」

「うん。やばい」

「もうどっかで死んでるんと違うか？」

「うん」

それでも画面を見つめたままだ。俺はかっとして、スマホを取り上げた。

「おい、俺の話、聞いてるんか？」

「大きな声出さんといて。あたしかて辛いんやから」

「辛い？　どこが？　流星が死んでからゲームしかしてへんやろ。甘えんな」

「なんにもする気がせえへんねん。ご飯作る気も掃除する気もせえへん。流星がおれへんのに、そんなことしても意味ない」

「なに言うてんねん。元から全部憂にやらせてたくせに」

「流星のことやったら、あたしもしてたもん」

芽衣がぼろぼろと泣きだした。突然、空のペットボトルを投げつけてくる。俺には当たらず、テレビに当たった。

「もう、最悪。どうしていいかわからへん。流星が死んで、あたし一人。これからどうしたらええん？」

泣きじゃくる芽衣の迫力に気圧《けお》され、一瞬口ごもった。芽衣はまた手近の物を投げつけてきた。今度は壁に当たった。見ると、エアコンのリモコンだ。とりあえずリモコンが見つかったので、俺はエアコンを切った。

「あたしのこと、殴らへんかった男は流星だけやのに。優しくしてくれたんは流星だけやったのに」

「そのぶん、てめえらは憂を殴ってたやろ」

俺は顔をしかめた。ときどき、憂が顔を腫らしていることがあった。だが、躾だと流星は言った。

「あの子には悪いと思てるけど……でも、仕方ないやん。あの子は流星の子やないし。流星にかわいがれて言うのは無理」

「そりゃそうや」

自分の親を考えてみればわかる。血のつながった実の子でも捨てたのに、他人の子なんて無理だ。そう考えれば、流星はそこそこ良い親だったのかもしれない。捨てずに育てた。いや、どうだろう。虐待するくらいなら捨てたほうがマシか？

俺はしばらく考えた。だが、結論は出なかった。

「……生まれてはじめてやってん。デートしたその日のうちにやらせろ、って言わへんかった男は」芽衣がぼそりと呟いた。

「は？」

「SNSで流星と知り合って、会うことにしてん。これまで会うた人はみんなあたしとやることしか考えてなかった。でも、流星は違った。すごいイケメンで遊び慣れてるのに、あたしの前では緊張してるふうやった」

――なんでやろな。おまえと一緒にいたら、なんか俺はおかしくなる。緊張してるのにほっとして……。小学生に戻ったみたいな気がする。

「流星は丸一ヶ月、あたしに手を出せへんかった。流星はあたしにこう言ってくれた。そばにいてくれるだけで俺は幸せや、心が安らぐ、って。あたしもこう答えた。あたしも幸せや。生まれてはじめて幸せを感じてる、って」

芽衣がグスグスと鼻をすすり上げた。俺はうんざりしながらも、胸が苦しくなった。

流星と芽衣は愛し合っていた。だが、子供を愛することはできなかった。親に愛されなかった子供は、自分が大人になったとき子供を愛することができないのだろうか。

「まあ、いい。それより、十年池て知ってるか？」

「知らん。なにそれ」

「おまえの親父の家に行ったらな、カレンダーに書き込みがあった。八月の最終週に『憂十年池にて』て。いろいろ調べたけど、わからへん」

「あの男のカレンダーに書いてあったんやったら、あの男に訊いたらええやん」

「池て言うただけで警戒された。なんかヤバイことでもあるんか？」

「そう言えば……」芽衣が考え込んだ。

「なんやねん」

「どこかに一緒に行く約束をしてたんやて。たしか、それがどこかの池か山やったような気がする」

「それやな。あのガキは十年池に行った可能性がある」俺は煙草に火を点けた。「そう言えば、バイク乗りの写真があったな。あれ、おまえの兄貴やないのか？」

「兄貴。とっくの昔に死んだけど。ツーリングが趣味で、どっかの峠で事故った」

芽衣は他人事のように言う。仕方ない。舌打ちした。もう一度、あの老人に訊きに行くしかない。また淡路島行きか。

「なんでそんなに親父のこと、嫌いやねん」

「兄貴ばっかりかわいがったから」

「そんだけかよ」

芽衣が顔を上げ、俺をにらんだ。

「悪い？　いつもいつも兄貴優先で、あたしがどんだけ惨めな思いしたかわかる？　兄貴はミカン農家継ぐって言って、バイクまで買ってもらったのに。あたしはなんにもしてもらわれへんかった。お母さんが病気で死んでから、あたしは一人で家のことをしてた。毎日毎日、掃除して洗濯してご飯作って」

「しゃあないやろ。誰かがやらなあかんのやから」

「でも、兄貴は将来ミカン農家を継ぐから今は遊ぶ、って開き直ってたんや。父親はミカン畑のことしか頭にないし」

ふっと芽衣の前夫の船山が言っていたことを思い出した。芽衣は中学高校と女子に虐められていた。あだ名は乳牛。胸の大きさを嫉妬されたというところか。

「親がおるだけマシやろ」

「おらんほうがマシな親かておる」

「たしかに。憂にとってはおまえらなんか、おらんほうがマシな親やろ」

うっさい、と芽衣が別のペットボトルを投げてきた。俺は黙って避《よ》けた。芽衣の手の届くところには投げる物がいくらでもある。勘弁してくれ、と思った。

「あんたは恵まれてる」芽衣が再び泣きだした。

「俺がか？」

「そう。だって、あんたらは双子やったやん。兄貴と弟で助け合って暮らしてたやん。でも、あたしには誰もおれへんかった。親父も兄貴も敵やった。結婚した相手も最低やった。流星があたしを助けてくれたんや」

「……三分と一センチ」

「え？」

芽衣が訊き返したが、返事をせずに背を向けた。ゴミだらけの部屋にいると自分までゴミになったような気がする。さっさと帰ろうとすると、呼び止められた。

「そう言えば、昨日、佐野いう人が香典持ってきた」

「佐野が？」

「うん。五十万も入ってたけど、あれ、誰なん？　眼がちょっとヤバめの感じやったけど……」

佐野には流星が殺されたことを報告していない。どこから知った？　医者か？　葬儀屋か？　佐野ならどこからだって情報を仕入れるだろう。

「なにか言うてたか？」

「あんたのこと心配してた。――弟さんを亡くされてさぞ気落ちされてることでしょう、て。また挨拶に来ます、て」

「いつ来るとか言うてたか？」

「ううん。それはなにも。香典のお返しとかせんでええの？」

「いらん」

佐野はどこまで知っている？　憂が流星を殺したことを知っているのか？　パソコンを盗まれたことは？　背中を汗がだらだら流れていくのがわかる。

「とにかく、おまえはなにも言うな。なにも知らんで通せ」

「わかってるよ」

くそ。舌打ちしながら芽衣の部屋を出た。

「グラス」の顧客情報は俺と流星が管理していた。厳選した商品と顧客には自信があった。女の子は俺が直接スカウトするか、信頼できる人間の紹介で集めた。いかにも「遊ぶ金欲しさ」の女は断ることも多かった。

慶子はこんなふうに言っていた。

――なんかね、銀河は特殊やねん。不幸な女の子が寄ってくる。

――おまえみたいにか？

――そう。寂しい女の子はね、自分も寂しいんやけど、寂しい男の人を見たら放って置かれへんねん。つい、引き寄せられて、その人のためになんかしてあげたくなる。

――不幸な女を食い物にしてるみたいな言い方はやめてくれ。

――違うよ。その反対。銀河は女の子を助けてる。

──アホか。

廊下に出ると、すさまじい陽射しが照りつけてきた。背中の汗が一瞬で乾いて、ぞくりと鳥肌が立つ。

あのガキを見つけてパソコンを取り返さないと佐野に殺される。佐野に殺されたら、きっと葬式も出してもらえない。死体など見つからない。どこかに消えて終わりだ。

俺が突然消えたら慶子はどうなる？　ソウザンケイコウの腹を抱えて、あいつはどうする？

炎天下を息を切らせながら歩き、野田阪神駅まで戻ってきた。このまま家に帰る気がしない。駅の向こう側のスーパーに行った。青いミカンを探したがなかったので、夏ミカンをカゴに入れた。それから、ピーマンも放り込んだ。

カゴの中の夏ミカンとピーマンを見ると、すこしだけ落ち着いた。代わりに、別の不快が疼《うず》いてきた。

あんたは恵まれてる、という芽衣の言葉が腹の底でじくじくと膿《う》んでいる。

たしかに俺たちは助け合って生きてきた。だが、その結果、俺は流星の人生を潰してしまった。

高校三年生の夏休みだった。部活を引退した俺は野田阪神の駅前をぶらぶら歩いていた。

駅前の藤棚は青々と茂って石畳の上に濃い影を落としている。そのまま行きすぎようとしたら、影の中から女が現れた。

——坂下銀河くん。ちょっといい？

中学校のとき同じクラスだった広田《ひろた》慶子だった。俺はすこし驚いた。自分から声を掛けてくるなど意外だった。クラスでも地味で陰気なグループにいた。男と話しているのを見たことがない。たしか、学区トップの高校に進学したはずだった。

喋るのはこれがはじめてだった。

——なんや？

——ちょっと話があるんやけど。

——告白か？

うぬぼれではない。俺や流星に知らない女の子が声を掛けてきたときには、十中八九告白だったからだ。

——違う。

慶子はきっぱりと言い切った。すこし傷ついたが、気にしないことにした。所詮、広田慶子だ。

所詮と言ったのには理由がある。広田慶子は、はっきり言ってかわいくなかったからだ。

小柄でガリガリに痩せていて背が低い。俺の肩くらいまでしかないから、たぶん一五〇センチもない。度の強い眼鏡を掛けているので、マンガに出てくる口うるさいガリ勉女みたいな外見だった。実際、成績はクラスで一番だった。

――じゃあ、なんや？

――坂下銀河くんは顔が広いんやよね。大人の人とも付き合いがある、て。

――まあな。

――あたしに誰か大人の男の人、紹介してくれへん？

――彼氏、欲しいんか？

驚いた。まさか広田慶子がこんなことを言うとは思わなかった。途端に興味が湧いてきた。一歩近寄ると、広田慶子は怯えたように、慌てて一歩下がった。なんだ？　男が怖いのか？

――違う。彼氏が欲しいんやない。

――じゃあ、なんや？

すると、広田慶子はしばらく口ごもっていたが、思い切ったように言った。

――彼氏や恋人が欲しいんやないねん。お金をくれる人が欲しいねん。

――は？

思わずぽかんとして広田慶子の顔を見つめた。広田慶子は大真面目だった。

――坂下銀河くんやったら、いい人紹介してくれると思て。

――ちょっと待てや。おまえ、自分がなに言うてるかわかってるんか？

——わかってるよ。

——おまえ、ウリの経験あるんか？

——まさか。男の人と手、つないだこともない。でも、お金が欲しいねん。

——なに買うんや？　服か？　化粧品か？

——違う。高校を卒業したら家を出る。そのためのお金。

慶子がふっと視線を空に向けた。なにもない空中をほんの一瞬にらみつける。分厚い眼鏡がきらりと光った。空が壊れそうなほど強い眼差しだった。

——おまえ、本気か？

慶子は無言でうなずいた。

——わかった。じゃ、二、三日くれ。心当たりがあるから。

家を出たい理由は訊かなかった。あのとき眼鏡のレンズがきらりと光って、俺の眼が一瞬眩んだ。それだけで納得できた。

人にはいろいろな事情がある。俺たちだってとっくに家を出ているようなものだ。だが、それができるのはいろいろな小遣い稼ぎをしたり、金をくれる女がいるからだ。金がなければなにもできない。男は怖いが、身体を売ってまで金が欲しいという慶子の気持ちは至極まっとうなものに思えた。

引退祝いで満ちるに連れていってもらったクラブで、柴田《しばた》という男と知り合った。いつも酒臭い息で、顔色が悪い。イベント企画と人材派遣をやっているという。太り気味の、どこにでもいる中年男だったが、金だけは持っていた。

俺と流星に言った。女の子を連れてこいよ、と。つまり女子高生を紹介しろということだ。

早速、柴田に持ちかけた。

――お小遣いが欲しい言うてる女子高生がいるねん。そのへんのヤンキーとかギャルやない。真面目で地味な女の子や。どないしよかと思てる。

――真面目で地味？　ほんまか？

遊び慣れている柴田だ。他の男が喜ばないポイントに興味を示してきた。

――ほんまや。メチャクチャ奥手で男と手えつないだこともない。

――そらええな。で、顔は？

――顔は正直微妙や。

――身体は？

正直に言うかどうか迷った。顔は化粧させたらごまかせるが、身体はどうしようもない。

後でトラブルになるのは御免だ。正直に言うことにした。

――身体もあかん。胸、全然あらへん。背も低いし中学生みたいや。

――中学生みたい？　ほんまか？

柴田は生唾《なまつば》を呑み込んで、眼を輝かせた。

なんや、こいつ。ロリコンか。知識としては知っていたが、改めて現実にいるんだと理解した。若い女が好きなのではなく、若すぎる女、もっと言うと幼い女が好きな男が存在する。そういった男が女を評価する基準は、一に年齢、二に年齢、三に年齢だ。とにかく若ければ若いほどいい。未経験だったらなおさらだ。

よし、それなら思いっ切り吹っ掛けてやる。

——でも、その子、おとなしい子やから、踏ん切りがつけへんねん。お小遣いは欲しいけど、迷てるんや。

——お小遣いはずむから、なんとか紹介してくれへんか？

——うーん、親も厳しいらしいしなあ。バレたらえらいことや。

——大丈夫、無茶はせえへん。一回こっきりでもええ。だから、紹介してくれ。

——わかった。交渉してみるけど、お小遣い、いくら出す？

——十万。

——十万、そらあかんわ。そんな金額やったら踏ん切りつけへんやろ。

——そうか。やったら、二十万でどうや。

——とにかく堅い子やねん。その辺のユルユルと一緒にしたらあかん。

俺が首を縦に振らないので、柴田が意地になった。

——一体、いくら出したらええねん。

――見た目はほとんど中学生や。それで、なにもかも完璧にはじめて。こんな子、滅多におれへんやろ。おまけに、その子、ちょっと男性恐怖症みたいやねん。そやから、もうちょっと色つけんと。

それを聞くと、柴田の眼の色が変わった。

――わかった。三十万出そ。それで文句は言わせん。

心底呆れた。この男はなにを期待しているのだろう。男性恐怖症の女の子に「男を教える」楽しみか。それとも、たんに怯える様子を見たいのか？　その両方か？

とにかく交渉は成立した。

慶子に報告した。すると、慶子は俺の取り分は半分だと言った。だが、まさかそんなにもらうわけにはいかない。断ったが慶子は引かなかった。

――坂下銀河くんにも権利があるから。

――いや、権利なんかいらん。

三十万円は慶子の「はじめて代」だ。金を受け取ると、自分まで柴田のような汚い男になったような気がする。もっと言えば、慶子の「はじめて」を柴田と半分こしたようで気持ちが悪い。受け取りたくなかった。

――じゃあ、ちょっとでええから受け取って。あたしの気が済めへん。お願いやから。

慶子は必死だった。なんとかして俺にも金を渡そうとした。眼鏡の奥の小さな眼が痛々しい。いたたまれなくなった。

——わかった。でも、半分はもらいすぎや。俺の取り分は一割。それでええな。

——ありがとう。坂下銀河くん。

途端に慶子の顔に安堵《あんど》の色が浮かんだ。嬉しそうに笑う。意外とかわいく見えた。

——なあ、なんでいちいち「坂下銀河くん」てフルネームで呼ぶんや？「坂下くん」とか「銀河くん」でええやろ。

——「坂下くん」だけやったら流星くんがいるから区別がつけへん。それに、下の名前で呼ぶのは親しい人のときだけやし。

つまり、慶子は「俺とは親しくない」と思っているということだ。すこし傷ついた。おまえの「はじめて」の一割は俺がもらうのに、という考えが浮かんで急に恥ずかしくなった。

これでは本当に柴田と変わらない。

一週間後、慶子を連れていった。場所は鷺洲《さぎす》にある柴田のマンションだった。慶子は柴田のリクエスト通り制服を着ていた。

——緊張してるんか？

——うん。

——そやな、はじめてやもんな。でも、俺、ドアの外にずっといてるから。

——うん。

——もし、変態みたいなことされたら、裸でも気にせんと外に逃げてこいよ。

——うん。

——眼鏡は外しとけ。

——でも、外したら全然見えへんし。

——あんなん見えんほうがええ。

——わかった。

慶子が眼鏡を外した。外したからといって、マンガのように美少女になるわけではなかった。

急に慶子がかわいそうになった。慶子の手をぎゅっと握ってやった。慶子が驚いた顔をする。

——これで、もうはじめてちゃうやろ？

——ありがとう。

慶子は柴田の部屋に入っていった。眼の前でドアが閉まると、自分の手をじっと見つめた。

おっさん、悪いな。俺がはじめてや、と思った。

やがて、柴田から聞いた、という男が俺のところに来るようになった。

そのへんの援交女子高生は不安だという。安全安心な「はじめて」の女子高生を紹介してくれ、と言われた。

広田慶子の一件で思った。世の中には本当にお金が必要な女の子がいる。それなら、きっかけを作ってやればいい。俺は女の子に安全な男を紹介するネットワークを作ることにした。

俺は街で「かわいそうな女」に声を掛けた。どんな女がかわいそうかというと、影が湿った女だ。どんなかんかん照りの日でも、地面に落ちる影が湿って濡れている女だ。

――おい、おまえ、生きてて楽しいか？

ほとんどの女がぎくりとする。動揺して返事ができない子が多い。ときにはそれだけで泣きだす女もいる。

――今の場所から逃げ出したいと思えへんか？

ここで女の表情が変わったらＯＫが出たのとほぼ同じだ。

――逃げるなら金が要るやろ？　自分の力で稼いでみいへんか？

俺は「グラス」とだけ書かれた名刺を渡す。そして、女の子の眼を見る。最終確認だ。女の子の眼が光れば、名刺を取り返して裏に携帯の番号を書き入れる。もし、名刺を受け取った女の子の眼が死んだままなら、それでサヨナラだ。

その気になって見れば、街のあちこちに影の湿った女がいた。彼女らは遊んだりしない。友達も少ない。制服を着て、ひとりで街を歩いている。あまりナンパされない。たぶん、塾へ行くところだと思われている。男性経験も少ない。

ある日、難波《なんば》で声を掛けた女は「グラス」の名刺を見つめながら、ぼそっと呟いた。

——そやな。逃げたもん勝ちや。

逃げてなにが悪い。彼女は真面目に高校に通いながら「グラス」で稼いだ。そして、親の反対を押し切って遠くの大学に行った。家族とは絶縁したという。

——ほんまにありがとう。あのとき、あたしに声を掛けてくれへんかったら、あたし、今頃死んでたと思う。

涙を流して俺に感謝した。

この子も逃げたいねん、と友達を連れてくる場合もあった。女を幸せにして、しかも稼げる。いい商売だった。

無論、そんなふうに上手くいく場合だけではない。「グラス」で稼いだ金を生かせない女もいる。逃げ出す勇気もなく、稼いだ金を使う勇気もない。湿った影がどんどん濁っていく。そんな女は愚かだと思う。

俺は昔満ちるに紹介してもらったイベント会社のバイトに潜り込み、金を持っていそうな男に声を掛けた。「はじめて」にならら金を出す連中が山のようにいて、金を落としていった。女を売って稼ぐことに罪悪感を持ったことはなかった。無理矢理にやらせているのではない。非難される筋合いはないはずだ。俺は男たちの希望に応えるために、会員制の組織を作ることにした。それが「グラス」のはじまりだった。

影の湿った女を変えるのは面白い。幽霊だった女が自分の力で金を稼ぎ、そうしてむくむくと甦っていく。自信がつくと、まるで顔つきが変わる。影の色だって変わる。

なあ、身体で稼ぐことのどこが悪い？　女が納得しているならありだろう？　無論、女を食い物にするような腐った男だっている。でも、そんな男から守るために「グラス」がある。安心して女が稼ぐための手助けをしているだけだ。

広田慶子は柴田と半月に一度のペースで会うようになった。俺が仲介したのは一回目だけだ。あとは二人で勝手にやってくれたらいい。二度目からは仲介料はいいと言ったのに、慶子は「一割」を支払い続けた。だが、その金に手を付ける気がせず、封筒の中身を確かめずに放置していた。

――なあ、結構貯まったんやないか？　家、出られそうか？

だが、慶子は浮かない顔をした。どうした、と訊くと柴田が信じられない「値切り」をしていた。

――あんまり。

――三十万ずつもろてるんやろ？　軽く百万超えてるはずや。

――なに言うてるん。二回目は十五万。三回目は五万やよ。

――え？　それ、ほんまか？

——そっから一万ずつ減って、四回目は四万、五回目は三万。今は一万。

——一万？　そんなん安すぎや。

すると、広田慶子が俺を見て、はっきりと怒りの表情になった。

——坂下銀河くんも承知してるんやと思てた。だって、あたし、「一割」払うて言うたやん。金額、確かめへんかったん？

——いや、なんとなく……なあ。

すると、慶子の眼に涙がふくれあがった。ガラスの眼鏡の向こうから俺をにらむ。

——後ろめたいお金みたいに言うんはやめて。あたしは全然恥ずかしない。あの男は最低の嫌な奴やけど、自分が家を出て自由になるためのお金やから納得してる。そやから、坂下銀河くんも堂々と受け取ってや。

すげえ、と内心思った。こんなガリ勉女みたいな外見やのに、ウリのプロみたいなことを平然と言う。くそ、俺は負けてる。こんな凄さは俺にはない。

思わず、負け惜しみを言った。

——おまえ、いちいち大げさなんや。ちょっと稼いだくらいで偉そうにすんな。

すると、突然、慶子がしゅんとした。

——偉そうにしてるつもりはないんやけど……。

堂々と身体を売るくせに、こんな言葉で傷つくのか。俺には慶子の考えていることはよくわからない。たぶん、あいつ自身にもわかっていないない。割り切って金をもらっているのか。それともやっぱり傷ついているのか。きっと誰にもわからない。

——とにかく、あいつと話つけてくる。これは俺の問題や。紹介した俺が舐められてるいうことや。

——うん。お願い。

お願い、か。いい言葉だ。今まで俺にそんなことを言ったのは流星だけだった。俺はその足で柴田のマンションに乗り込んだ。

——柴田さん、あんまり酷いやないか。一万なんてケチりすぎや。

——そんなこと言うても、女なんか使えば使うほど価値がなくなっていくもんやろ。あんなん「はじめて」やなくなったら、なんの価値もない。今やったら五千円でもいいくらいや。

——五千円？　は？　おっさん舐めとんのか。

——あの子な、脱いだら傷だらけやで？　服で隠れるとこばっかりな。知ってたか？　野菜でも果物でも傷物は安いやろ？　そういうことや。

かっと頭に血が上った。俺は思いきり柴田を殴った。

——値切ったぶん、払え。

——アホか。

柴田が渋ったので、更に殴った。柴田が泣きながら土下座するまで殴った。そして、足で柴田の頭を踏みつけながら言った。

——払え。

柴田の財布には三十万入っていた。財布から金を抜いた。

——全然足らん。まだあるやろ。

柴田を殴ったり蹴ったりして、自宅の金庫を開けさせて更に百二十万ほど回収した。それから、慶子に会いに行った。

——これが正規の料金や。

慶子は一瞬驚いて眼を見開いたが、すぐに大真面目な顔で礼を言った。

——ありがとう、坂下銀河くん。

やっぱりフルネームで呼ばれ、すこしむっとした。水くさすぎる、と思った。

一週間後、俺は闇討ちに遭った。深夜、コンビニへ行く途中、ミニバイク三台に囲まれた。三人ともハーフヘルメットにゴーグルをしていたが、クラブで二、三度見かけたことのある連中に間違いなかった。男たちにバイクで追い回されて、懸命に逃げた。だが、とうとう捕まって雑居ビルに連れ込まれた。エレベーターに乗せられ、最上階の五階まで連れていかれる。まさか突き落とされるのか。俺は暴れた。だが、両側から腕をつかまれ、非常階段まで引きずられた。

なんだ、下りるのか、とほっとした瞬間、思い切り背中を突き飛ばされた。俺は踊り場まで転げ落ちた。うめきながら立ち上がろうとすると、階段を下りてきた男に腹を蹴られた。再び転がり落ちる。

――四階到着。

頭の上で声がした。再び腹を蹴られる。俺はまた階段を転がった。懸命に頭をかばう。腕に激痛が走った。踊り場で止まる。そして、また腹を蹴られて落とされる。

――三階到着。

そこから先は憶えていない。気がつくと、病院にいた。

――兄貴、よかった。

流星が泣いていた。泣き虫の弟だが、あんなに泣くのは久しぶりだった。

怪我は脳しんとう、全身打撲、鎖骨、肋骨、左手首の骨折だった。警察が来て事情を訊かれた。だが、慶子のことがバレては困る。今、補導されたら家から逃げられなくなってしまう。それに、進路に影響する。流星は大事な時期だ。大学とプロのスカウトが来て話をしている。身内の不祥事など絶対に避けたい。

俺はこう答えた。

――道歩いてたらヤンキーに因縁つけられて、ボコボコにされた。全員、知らん顔やった。

もちろん、警察は信じてくれなかった。だが、俺はひたすら知らないと言い続けた。やがて、警察も諦めた。

——兄貴、誰にやられた？　俺にはほんとのこと言うてくれ。

流星が血相を変えて迫った。黙っていようかと思ったが、双子だから同じ顔だ。流星が俺と間違われて、再び狙われる可能性もある。事情を話して用心させるべきだ、と思った。

俺は流星に柴田との一件を説明した。慶子の名は出さず、女絡みのトラブルがあってその報復だろう、と言った。

——おまえ、当分大人しくしとけよ。それから絶対に仕返しなんかするな。将来が懸かってるんやからな。

——兄貴やられたのに泣き寝入りしろってか？　そんなん俺はできへん。

——流星。我慢や。絶対に手を出すな。おまえにはプロになるっていう夢があるんやから。

流星は仕返しを諦め、渋々引き下がった。だが、俺が入院している間、流星は夜道でひったくりに遭った。肩に掛けていたスポーツバッグをつかまれ、引きずられたのだ。野球の道具しか入っていないバッグをわざわざ狙うはずがない。柴田の差し金に違いなかった。

流星の怪我は重かった。右肩関節脱臼。投手としては致命的ともいえる怪我だった。手術をしてリハビリをしても、以前のパフォーマンスが取り戻せるかは疑問だという。

自棄になった流星は柴田のマンションを調べ上げ、バットを持って殴り込んだ。左手一本で柴田を襲い、全治三ヶ月の重傷を負わせた。

——兄貴、俺、もう死んだほうがマシや。俺の人生はもう終わりや。

流星は泣きながら俺の病室に現れた。

——阿呆。なに言うてるんや。大丈夫や。絶対におまえの肩は治る。ちゃんと投げられるようになる。それに、柴田の件も心配いらん。警察沙汰になって困るんはあいつかて同じや。

——俺は生きてても意味がないんや。もう死にたい。

——流星。頼むからそんなこと言わんといてくれ。

プロ入りして有名になり、母と再会する。それを目標にして野球に打ち込んできた。なのに、その夢が潰《つい》えようとしている。流星は大きな身体を震わせ慟哭《どうこく》した。俺は懸命に流星を慰めたが、流星は絶望しきって、ただ泣くだけだった。

俺たちの暴力行為は警察沙汰にならなかった。だが、柴田は俺と流星の暴力行為を学校にちくった。学校は慌てた。なにせ引退しているとはいえ、有名野球部の元高校球児の一人が「援交クラブ」で荒稼ぎしていたなど、とんでもない事件だ。公式戦出場辞退は免れない。

——こちらも脛《すね》に傷持つ身。警察には言いません。でも、あんたとこの生徒二人、このままやと問題があるでしょう。

学校側の対応は早かった。俺と流星は高校三年生の冬、卒業を前にあっさりと退学処分になった。そして、大学の推薦の話も消え、スカウトもいなくなった。

野球の夢が絶たれ、俺たちは絶望した。特に流星は死んだようになった。俺は懸命に慰めた。大学、ドラフトだけがプロへの道じゃない。テスト生から活躍した奴もいる、と。流星は一度は自主練習を再開した。だが、すぐにまた脱臼した。流星の肩には脱臼癖がついていた。

流星は荒れた。怒り狂って家の中の物を壊したかと思うと、突然泣きだし、兄貴、兄貴、と俺にすがりついた。死のうとしたことだってある。俺は懸命に止めた。辛い日々だった。

俺たちは自分たちがクズだとわかっている。勉強もできないし、行儀も悪い。子供の頃は躾のされない猿で、大きくなったらガラの悪いヤンキーだ。でも、野球をしているときだけはちゃんとした人間になれた。お日様の光の下で汗を流す爽やかな高校球児になれた。

でも、もう俺たちはまともになれない。野球ができないからだ。

流星は女遊びとケンカに明け暮れるようになった。そして、酒を飲んで毎晩泣いた。自分と同じ顔をした人間が壊れていく。俺は鏡を見ているような気がした。流星の痛み、苦しみ、哀しみはまったく自分のものだった。

俺は満ちるのマンションを思い出した。ベランダからガラス窓の向こうの流星と満ちるを眺めている。二人が遠い。流星が遠い。自分も遠い。俺もすこしずつ壊れていったような気がする。

だが、事件はそれで収束したわけではなかった。ある日突然、柴田が消えたという噂《うわさ》を聞いた。

しばらくして、夜、一人で福島のあたりをぶらついていたときのことだ。いきなり車が停まって、声を掛けられた。ごく普通の白のクラウンだった。すこし油断した。

話があるから乗れ、と言われた。男の声はなぜか恐ろしかった。背を向けようとしたとき、男が落ち着いた口調で言った。

——おまえが逃げるんやったら、弟のとこ行こか。

仕方ない。俺は覚悟を決めて車に乗った。連れていかれたのは、男の自宅だった。オートロックの高級マンションで、地下の駐車場には外車がずらりと並んでいた。

男は一人暮らしのようだった。壁一面には水槽が並んでいた。中には黒っぽい気持ちの悪いトカゲと魚の混ざったような生き物がいた。

——サンショウウオや。かわいいやろ？

男は佐野と名乗った。地味なスーツを着て、真面目くさった顔で俺を見ていた。一見、ごく普通の男に見えた。でも、眼が違う。あれは普通の人間の眼じゃない。針のように鋭くて、機械的に人を見ている。この男は本職だ。俺は震え上がった。

——あんたが有名な坂下兄弟か。たしかに男前やな。芸能界でもいけるやろ、その顔。紙やすりみたいな声だった。俺は黙って震えていた。

——野球続けてたら人気出たやろうなあ。大学、社会人、プロ。どこ行ってもスターになれたやろうに。ほんまにもったいない。

——なんの用や？

ようやく言えたのはそれだけだ。

——その年齢でえらい楽しそうなことやってるらしいな。

——だから、なんの用や？

——うちも人材派遣をやっててな、いろいろノウハウがあるんや。客とのトラブルを収めるのには慣れてる。警察沙汰になるような下手はせえへん。

柴田とのことか。俺は無言で男を見返した。

——ルールを守らん客はきっちりシメる。若いのにその姿勢は立派や。感心してる。そやから、あんたのサポートをさせてもらおうと思てな。もちろん、その分、月々会費を納めてもらわなあかんが。

——わかった。

サポートと会費の意味はわかった。断れば次に消えるのは俺だ。

——お願いします、やろ？

——お願いします。

——さすが。あんたは賢い。じゃあ、これからの話をしよか。

佐野はにこりともせずに言った。きっと慣れた作業なのだろう。

——一番怖いのは税務署や。今までみたいにそのまま銀行に突っ込むのはやめてくれ。もし、こっちに迷惑が掛かるようなことがあったら……わかるやろ？

――わかります。

ほんのすこし前まで、俺は未来を信じていた。流星がプロ入りして活躍する夢を見ていた。でも、あっという間にすべてがひっくり返った。

会費という名の上納金は「グラス」の売り上げの三割だった。良心的やろ、と佐野は言った。だが、俺には判断がつかなかった。

流星に佐野の話をした。流星は佐野の下になることに反対しなかった。疲れきった眼で俺を見ただけだ。

――兄貴、行くところまで行くしかないな。

――そやな。俺ら二人で行くところまで行こうや。

佐野のあだ名はホッチキスらしい。後になってそれを聞いたとき、俺たちは爆笑した。涙を流して笑った。恐ろしさのあまり、笑いが止まらなくなってしまったからだ。

なあ、流星。なんでこんなことになったんだろうな。

柴田の相手をして金を稼いだ慶子は高校卒業と同時に家を出た。家には一枚書き置きを残しただけだ。

――探さないでください。慶子

書かないほうがマシな手紙だった。とりあえず東京に行く、と言って俺の前から消えた。

再会したのは五年後だった。

俺と流星はスポーツショップ「シルバースター」を経営していた。野球用品専門店として地道な商売をする裏で「グラス」の運営を続けていた。

ある年の冬、ふらりと喪服姿の慶子が現れた。化粧をして眼鏡をコンタクトに替えていたが、すぐにわかった。相変わらず小柄だった。これから葬式を出すつもり、と誇らしげに言った。

慶子が帰ってきたのは両親と妹の葬儀を出すためだった。慶子が家を出た後、生け贄のなくなった家庭はゆっくりと崩壊した。両親が相次いで病気になると、甘やかされていた妹はなにもできなかったそうだ。困窮した三人は一家心中を図った。

――最後まで、あたしは家族に入ってなかったってことやね。

俺はなんの気まぐれか、会ったこともない慶子の家族の葬式に出ることにした。ブラックスーツに着替えると、本物のヤクザみたいだと誉めてくれた。

慶子は高級ブランドのブラックフォーマルとバッグ、真珠を一揃い身に着けていた。背はあれからほとんど伸びず、一五一センチだという。だが、三つの柩をにらみつける姿は凄味があった。その眼は駅前の藤棚の前ではじめて話をしたとき、きらりと眼鏡が光ったときと同じだった。ほんの一瞬だが、やっぱり慶子が美人に見えた。

佃斎場の帰り、俺は慶子を車で送った。後部座席には骨壺が三つ、遺影が三枚、位牌が三基置いてあった。慶子は助手席で背筋を伸ばして座っていた。

髪はきれいに巻いてあった。色を抑えた化粧はすこしも崩れていなかった。もともとの地味な顔立ちは喪服にぴったりで、どこから見ても完璧に不幸せな女だった。俺は慶子の脚を見た。深く腰掛けているせいでスカートがすこしめくれて、黒いストッキングを穿いた膝が見えていた。

俺は知っている一番近いラブホテルに向かった。黙って地下の駐車場に突っ込んだが、慶子はなにも言わなかった。後部座席に骨を置いたまま、俺たちはやはり黙ってエレベーターに乗った。そして、一言も口を利かず、互いに喪服を着たまま抱き合った。相変わらず胸はなかった。肉の薄い抱き心地の悪い身体だったが、俺は自分でも驚くほど興奮した。

終わった後、俺はしばらくそのままでいた。俺の下で慶子が泣いていた。

――なんで今頃泣くねん。

――これがほんまのはじめてみたいな気がする。

俺もや。

そう言いそうになって、でも言えなかった。だが、俺の返事は慶子にも伝わったはずだ。

俺は再び動きはじめた。慶子は泣きながら俺にしがみついた。三五センチの身長差がもどかしかった。

俺と流星は相変わらずそっくりだったが、すこしずつ道が違ってきた。流星の心には、プロになれなかったという傷が開いたままだった。

そんなとき、流星はとある引退したプロ野球選手と知り合った。流星はその男に心酔した。すぐに男は「グラス」の会員になった。彼が流星に持ちかけたのは「撮影会」だった。

その話を聞いて、俺は反対した。

——後に残るもんはやめとけや。女の子がかわいそうや。

——でもな、兄貴。カメラ好きを集めた、ただの撮影会や。脱いでも水着まで。それやったらええやろ？

——あかん。絶対やめとけ。

俺は強く言った。すると、流星は不服そうだったが諦めた。

あの野球選手と付き合うな、と俺は言いたかった。だが、言えなかった。俺の負い目のせいだ。俺のせいで流星は野球の道を閉ざされた。それがわかっているから、元野球選手を崇拝する流星に遠慮ができた。

マンションに戻ると、慶子が出迎えてくれた。スーパーの袋を押しつけ、まずシャワーを浴びる。

「なにか食べる？」

「いらん。それより、あれ、かけてくれ。『アリア』」

俺はベッドにもぐりこみ、身を丸めた。

くそガキが。殴られたくらいで文句を言うな。甘えるな、くそガキ。

かわいそうに、流星。俺のせいで野球を諦めた。挙げ句、ガキに殺された――。

「もっとボリューム上げてくれ」

部屋中に「アリア」が響き渡る。頭から布団をかぶっているのに鼓膜がびりびり震えるようだ。きっと「ウーちゃん」はびっくりしている。近所から苦情が来るかもしれないが、構うものか。

俺は懸命に嗚咽を呑み込んだ。それでも身体が震える。怒りと哀しみの塊が、腹の底から次から次へと突きあげてくる。くそ、今日は「アリア」も効かない。

流星、すまん。俺のせいですまん。

慶子が横に来て、そっと俺の手を握った。ただ黙って俺の手を握ってくれた。俺は歯を食いしばり、闇の中で涙を流し続けた。

再び明石海峡《あかしかいきょう》大橋を渡った。

夏休みだから淡路サービスエリアは家族連れでうんざりするほど混雑していた。当たり前のような顔でベビーカーを押した男がうじゃうじゃいて、俺は無性に苛々した。

うんざりするような陽射しの下、青い実のなるミカン畑を進む。ほんのすこし実が大きくなった気がした。

インターホンを押さずに、勝手に家に上がると、老人は一人でそうめんを食べていた。俺の顔を見ると驚き、露骨に警戒の色を浮かべた。

「おまえ、いきなりなんや」

まだるっこしいことはやめだ。俺は挨拶も抜きで、老人に迫った。

「坂下憂の居場所を知ってるか？」

「憂の？　なんでそれを訊く？　あの子になにかあったんか？」老人が箸を置いた。訳がわからないといったふうだ。

「あのガキ、妹を連れて家出した。行方を捜してるんや」

「家出？　あの子が？」老人が探るように俺を見た。「おまえは何者や？　なんで憂を捜してる？　芽衣はどうした？」

老人の矢継ぎ早の質問を無視し、質問を続けた。

「十年池ってのはどこにある？」

「知らん」

壁のカレンダーに近寄り、八月最終週の書き込みを示す。

「じゃあ、ここに書いてあるのはなんや？」

「さあ、知らん。それより、おまえは何者や？　憂とどういう関係や？」

白を切られて、かっとした。おまえの孫が流星を殺した、と言いたい。だが、その言葉を呑み込み、もう一度訊ねた。

「大事な用や。ええから憂と十年池について教えろ」

「知らん。たとえ知っててもおまえみたいな奴には言わん」

老人は電話台に近寄った。受話器に手を掛ける。節くれ立った人差し指を1の穴に入れた。慌てて老人の肩に手を掛け引き戻した。そのまま胸ぐらをつかもうとしたが、振り払われた。のろのろとした動きからは想像もつかない力だった。俺は思いきり突き飛ばされ、簞笥にぶつかった。上から木彫りの熊が降ってくる。ごん、と音がして頭のてっぺんに当たった。一瞬、眼の前が暗くなる。足許がふらついて膝を突いた。

くそ。

北海道土産。銀河・流星の滝。母の土産。俺たちを捨てた親の土産。

なぜ祖父はあんなものを家に飾っていた？　俺たちが親を思い出すとは思わなかったのか？　思い出すたびに傷つくとは思わなかったのか？

あの熊を見るたび俺たちは思った。

――お母さんはいつ迎えに来てくれるんやろう。

あんな物があるから、流星が泣き言を言い続けた。俺は懸命に流星をなだめた。俺だって泣きたかったのに。

俺は足許に転がっていた木彫りの熊を持ち上げた。老人の後頭部に振り下ろす。ごん、と鈍い音がした。老人はそのまま崩れ落ち、眼を見開いたまま動かなくなった。

俺は呆然と立ち尽くしていた。

人を殺した。殺してしまった――。

身体が震えてきた。血の気が引いて倒れそうだ。喉がからからだ。耳鳴りがする。

俺は熊を抱えたまま懸命に深呼吸をした。落ち着かなければ。落ち着いて、ここから逃げなければ。証拠を残してはいけない。そうだ、指紋を拭かなければ。

凶器の熊を車に積んだ。これはどこかで処分しよう。それから触れた箇所をタオルで拭いて回った。

車に戻ろうとして、カレンダーに触れたことを思い出した。「憂　十年池にて」という書き込みから、調べられたら困る。慌てて引き返してカレンダーを壁から外した。カレンダーがなくなった空間はぽっかりと空いて不自然だ。壁の色が違う。このままでは怪しまれてしまう。

部屋の隅に眼をやった。飾り切れない写真パネルが何枚も立て掛けてある。これでごまかそう。適当な大きさのパネルを選ぼうとしたとき、気付いた。一番下に一枚だけ風呂敷で包まれたパネルがある。なぜこれだけ？　と俺は包みを解いた。

「……これは……」

池の写真だった。どこかの森の中だ。だが、池というよりは、木立に水が溜まっているといった感じだ。川が増水して氾濫し、川岸の森が水に浸かったというところか。そのわりには水が澄んでいる。川からあふれたなら濁っているはずだ。不思議だ。

パネルを裏返す。すると、「十年池にて」の文字があった。

俺は思わず声を上げそうになった。とうとう見つけた。これが十年池だ。唯一の手がかりを置いていくわけにはいかない。カレンダーと写真を車に積んだ。壁の空いたところには、ありきたりの夕陽の写真パネルを掛けておいた。

運転席のドアを開ける。炎天下に駐めた車の中は火傷しそうなほど暑かった。あたりには青ミカンの匂いが満ちている。むせそうだ。眼の奥がズキズキする。

俺は生唾を呑み込みながら、車を出した。ハンドルが熱い。シートもダッシュボードも熱い。なにもかもが俺を焼く。

ピーピーと警告音が鳴っている。ディスプレイを見る。シートベルト未装着のサインだ。くそ。車を停めて、慌ててベルトをする。うっかり金具に触れて、あまりの熱さにうめく。くそ。安全運転だ。もしここで事故を起こしたら、人を殺したことがバレる。制限速度を守れ。

くそ。俺は人を殺した。震えが止まらない。たった一瞬、あの熊を振り下ろした瞬間に、すべてが変わった。暑い。車の中が暑くてたまらない。なのに寒い。こんなに外がまぶしいのに、薄暗いような気がする。

ミカン。青いミカンの匂い。頭が割れそうに痛む。

怖くてたまらないのに、涙は出ない。心と身体がぶった斬られて、勝手に震えている。俺は今どっちにいる？　俺の本体はどっちだ？　心か？　身体か？　それすらわからない。なあ、人を殺すってのはこういうことなのか？

なあ、憂。おまえもこんな気持ちを味わったのか。おまえも心と身体がぶった斬られて、震えているのか――。

携帯が鳴った。心臓が止まるかと思った。一体なんだろう。まさかもうバレたのか。怖くて出られない。恐る恐る番号を見る。市外局番は大阪だが、未登録だ。そのまま無視していると、また鳴った。それも無視した。

電話は三回掛かってきたが、俺は出なかった。

しばらく車を走らせる。神戸《こうべ》淡路鳴門《なると》自動車道の入口が見えてきたとき、また携帯が鳴った。今度はＬＩＮＥ通話だ。誰だろう、と見ると芽衣だ。まさかあのガキが見つかったのか？　車を停めて出た。

「銀河？　あんた今どこ？　慶子さんの病院から電話あってんけど」

面倒臭そうに言う。

「慶子の病院？」

「産婦人科。銀河と連絡つけへんからこっちに連絡してきた。慶子さん、陣痛はじまって、もう生まれそうなんやって」

俺はぞくりとした。

「早すぎるやろ。予定日は九月の末やったはずやが」

ソウザンケイコウ、という言葉を思い出した。

「だからヤバイんやん。とにかくさっさと病院行って」

赤ん坊が生まれる？　俺が本当に父親になるのか？

俺はスマホを握ったまま、呆然としていた。子供の誕生日は父親が人を殺した日ということだ。俺の子供は誕生日が来るたび、自分の父親が人を殺したことを思い出す。俺たちが木彫りの熊を見て親を思い出すどころの話ではない。

やはり、俺は親になるべき人間ではなかった。堕ろさせるべきだった。絶対に俺は父親になるべきではなかった。

くそ。俺は人殺しなのに。

＊

里桜の三回忌の日になった。

「まほろば」は臨時休業の札を出した。憂と来海はお留守番だ。危険なことはしない、勝手に山に入らない、川へは絶対に行かない、とあれこれ言い聞かせる。憂がついているなら安心だが、それでも不安は消えない。

「お土産を買ってくるから、いい子にしててね」

できるだけ早く帰る、と言い聞かせて朝早くに店を出た。

三回忌は岡山にある彰文の実家で行われる。彰文、彰文の両親、それに私だけのこぢんまりとした三回忌だった。

奈良から車で四時間。新大阪に車を置いて新幹線で来ればよかった、と今さらながらに思う。

玄関まで迎えに出てくれたのは彰文だった。

「車で来たんか。運転、疲れたやろ？」

「それほどでもないよ、ありがとう」

「店は？」

「今日は臨時休業。明日からまた営業するから」

「大変やな」

当たり障りのない会話を続けながら、座敷に通る。すると、喪服姿の義父母が声を掛けてきた。

「ご無沙汰しております」

「比奈子さん、里桜のために遠いところをわざわざすみません」

他人行儀な挨拶だった。もちろん、彰文と離婚した以上、私は他人だ。だが、今日は里桜の三回忌で、私は里桜の母親だ。なのに、礼を言われる。ただの参列者扱いということだ。

それでも黙って、彰文の両親に頭を下げた。離婚を申し出たのは私だ。私が彰文と里桜の骨を捨てたのだ。

義父母との仲は悪くなかった。もちろん、いろいろな価値観の違いや不満はあった。私が働くことに関しては、かなり揉めた。それでも、なんとかやっていたつもりだった。だが、里桜が死ぬとすべてだめになった。

里桜の位牌に手を合わせる。小さな写真を見ると、胸が締め付けられた。涙があふれて、慌ててハンカチで眼を押さえた。

里桜。五歳で死んでしまった娘。かわいそうに。生きていれば七歳。ランドセルを背負って小学校に行っていたはずだ。里桜さえ生きていれば、なにもかも上手くいったのに――。

私は中堅の旅行代理店で働いていた。

仕事は旅行パンフレットの制作だ。季節ごと、地域ごと、テーマごとにパンフレットを作り、各支店に配布する。

年に二回、忙しい時期があった。夏休み前と正月前には大量の企画パンフが出る。たとえば夏なら、「海水浴ができて、魚の美味しい漁師宿」特集が人気だ。正月前なら「温泉に浸かって料亭おせちと初詣」が売れる。また、日帰りバス旅行パンフは納期が短いことが多いので大変だ。

あの日、いつものように里桜を連れて家を出た。夏旅のパンフレットのことで頭がいっぱいだった。料金表に誤植が見つかり、シール対応しなければならなくなったからだ。

一旦実家に寄って里桜を預ける。母が保育園まで車で連れていくことになっていた。

エレベーターで一階まで下りて、マンションを出ようとしたとき、突然、パンプスのヒールが壊れた。里桜を一人で残すわけにはいかない。里桜を連れて部屋に戻った。二台あるエレベーターはどちらもちょうど行ったところだった。朝はかなり待たされる。運が悪いと思った。

ようやく下りてきたエレベーターに乗り込み、十二階の部屋まで戻る。パンプスを履き替えて、再び出ようとしたとき、今度は里桜がトイレに行きたいと言いだした。里桜をトイレに連れていき、それから家を出た。この時点でいつもより十分ほど遅れていた。このままではギリギリで、会社に遅れそうだ。

——うわ、お母さん、遅刻しそうや。里桜、ちょっと急ごね。

母に迎えに来てもらおう、と電話を掛けた。だが、出なかった。仕方ない。里桜を急がせて歩いた。実家までは歩いて十分。いつもなら貴重なふれあいの時間だが、今日はそんなことを言っていられない。早く、早くと里桜を急《せ》かした。

もっと近くの保育園ならよかったが、入れたのは自宅からは車でないと行けない距離だった。でも、評判のいい保育園なので、入れただけマシだ。

最初は、母に自宅マンションまで里桜を迎えに来てもらっていた。だが、それをすると娘との会話がほとんどなくなってしまうことに気付いた。また、保育園での様子もまったくわからない。これではいけないと思い、せめて家から実家までの十分だけでも娘と一緒に歩くことにした。

たった十分。でも、それは私にとって大切な十分だった。暑い日、寒い日、大雨の日も大雪の日もあった。だが、娘と手をつないで歩くことで、家では見えない娘の成長が見えてきた。

——ちこく、ちこく。お母さん、ちこく。

里桜が歌うように言った。

里桜はいつの間にかたくさんの言葉を憶えていた。桜、チューリップ、ハナミズキ、流しそうめん、お月見団子、ハロウィンのカボチャ。大雨の日には「げりらごーう」と言いだして、私を驚かせた。

——ごめんなさい、お母さん。ちょっと遅くなって。じゃあ。

里桜を預けると、すぐさま実家を出た。いつもなら、里桜を抱きしめ声掛けをするのだが、その時間すらなかった。すぐに背を向けたから、里桜がどんな顔をしていたのかもわからない。

それが最後になった。

着信とメールに気付いたのは会社に着いてからだった。

母の車が事故を起こしたという。

その先はもう頭がぼんやりとしている。病院での出来事も憶えていない。自分がなにをしたか、なにを言ったか思い出せない。気がつくと、里桜は小さな柩で眠っていた。

半狂乱だったらしい。ずいぶん後になって、そんなふうに教えられた。

あの朝、里桜はなにを話していただろう。里桜はどんな顔をしていただろう。会社に遅れそうだ、とそればかりが気になって、生返事をしてろくに顔を見なかった。なにも思い出せない。

里桜のことを思い出せない。私は酷い母親だ。私自身が酷い母親だ。だから、母のことを責める資格はない。

そろそろ二人目を、と周りから言われていた。特に双方の両親がうるさかった。「二人目不妊」なんじゃない？ と言われたこともある。里桜も兄か妹が欲しいと言っていた。

だが、なかなか二人目はできず私はすこし焦りを感じていた。そんなときに事故が起こった。結局、離婚することになったとき、親戚にこう言われた。

――せめて、あと一人子供がいればね。二人目を産んでいれば。

そのとおりだ。二人目がいれば離婚はなかった。子煩悩《こぼんのう》の彰文が子供を捨てて離婚などするわけがない。もしかしたら、私も逃げなかったかもしれない。子をかすがいにして、彰文と生きていけたかもしれない。彰文と助け合って哀しみを乗り越えていけたかもしれない。

二人目さえいれば――。

読経の声が響いている。

リビングでインターホンが鳴った。彰文が立ち上がって応対しに行った。来客か、宅配便か。彰文が玄関へ出ていく足音がした。だが、なかなか戻ってこない。なんだろう、と義父母も不思議に思っているようだ。

しばらくすると、険しい顔をした彰文が戻ってきた。無言で手招きする。リビングに行くと、彰文が低い抑えた声で言った。

「……君のお母さんが来た。帰るように言うても聞いてくれへん。玄関の外で動かない。君から言うてくれ」

「ごめんなさい」

かああ、っと頭に血が上った。怒りと恥ずかしさで身体が震えた。義父母に気付かれる前に帰ってもらわねば。慌ててドアを開けて外へ出た。すると、喪服を着た母が立っていた。

「ああ、比奈子、お詫びに来たの。ねえ。ほんのちょっとでいいから、私も里桜に手を合わせたいの。お願い、向こうのご両親に頼んで」

「何回言うたらわかるの？　帰って。お願いだから、そっとしておいて」

「お詫びしたいの。ねえ、お願い。彰文さんにも頼んだけど断られて……。比奈子だけが頼みやの。ね、お母さんの気持ちもわかるでしょ？　里桜の供養をさせて。お願い」

「いい加減にしてよ。頼むから帰って」

すると、ふいに母の表情が変わった。懇願をやめ、開き直って口を尖らせる。

「もういいわよ」

叫ぶように言うと、母が私を押しのけドアを開けた。

「失礼します」

大声で叫んで奥へ通ろうとする。

「待って、お母さん、やめて」私は慌てて母を追った。

読経が続いている。母は真っ直ぐ廊下を進み、座敷の入口の前で土下座した。驚いた彰文が母を連れ出そうと腕をつかんだ。すると、母がまた叫んだ。

「お願いです。私にも里桜の供養をさせてください」

義父母が愕然とした顔で母を見ている。お坊様はちらとこちらを見たが、読経を続けた。

母の腕をつかんで無理矢理に引っ張った。

「私にお詫びをさせてください。それに、私だって里桜のお祖母ちゃんなんです。私にだって、法事に出る権利があるんです」

読経中なので義父母はなにも言えない。顔を真っ赤にして母と私をにらんでいる。

「里桜に謝りたいんです」

母が叫んだ瞬間、堪えられなくなった。母の腕をつかみ乱暴に玄関まで引きずると、そのまま外へ連れ出した。

母の気持ちもわかる。だが、それ以上に、母を許せない義父母、彰文の気持ちがよくわかる。なぜなら、私だって母を許せないからだ。母の謝罪を押しつけがましいと、身勝手だと思って嫌悪感を覚えてしまうからだ。

母は道路に座り込んで泣きじゃくった。私も情けなくて涙がにじんだ。

しばらくして、彰文が出てきた。

「すまない。今日はこのまま二人で帰ってくれ」

「ごめんなさい」

彰文は私の眼を見ずに、大きなため息をついた。

「……残念や。悔しいよ」

「ごめんなさい」

彰文の後ろ姿を見ながら、心の中で思った。彰文にしてみれば、私も母も同類なのだろうな、と。

大阪まで母と二人きりになるのは嫌だった。私は母を岡山駅まで連れていった。車を駐車場に駐めると、ホームまで同行して無理矢理に新幹線に乗せた。それから、父に連絡した。

「……もう、いい加減にしてくれ」

父の疲れきった声が聞こえた。誰に向かって言った言葉なのか。母か。それとも私か。

「お父さん、悪いけどお母さんにちゃんと言い聞かせて。向こうの家は本当に怒ってるんやから」

「何回も止めた。でも、聞かないんや。これ以上どうしろと？」突然、父が声を荒らげた。

「どんなに諭しても怒っても言うことを聞かない。話をするだけ時間の無駄や」

「お父さん、でも……」

「まともな会話なんか長い間してない。もう、お母さんには付き合いきれん。無理や」

父の声の後半はほとんど泣き声だった。

「ごめん、お父さん」

「お母さんのこと、相手にするな。本気で心配したら、こっちまで気が変になる。身が保《も》たん」

「でも、一番辛いのはお母さんやから……」

「そうやって周りが甘やかすのが悪い。とにかく、もう勘弁してくれ。もう、お母さんの相手は御免や。離婚したいくらいなんや」

父は吐き捨てるように言うと、通話を切った。私は携帯を握りしめながら、涙を拭いた。

父とは同意見だ。もう勘弁してくれ——。

なのに、一番辛いのは母だ、とかばってしまった。なぜかばってしまったのだろう。一番母を甘やかしているのは私か？　私が母をだめにしているのだろうか。

夫婦は離婚すれば他人になれる。だが、親子は無理だ。血のつながった親と赤の他人になることはできない。唯一できることは絶縁だ。

絶縁を考えたことはあるが、実行する勇気がない。たしかに、母と絶縁してしまえば楽になれる。もう苦しくならなくて済む。だが、それは正しいことなのか？

里桜が生まれてから、私はずっと母に手伝ってもらってきた。里桜の送迎を頼んだのは私だ。母に甘えて、利用するだけして、挙げ句に絶縁するのか？　それはあまりに勝手ではないか。

もしかしたら父は本当に母と離婚するかもしれない。一人になったら母はどうするだろう。

まさか「まほろば」に転がり込んできたら？　独りぼっちになった母を見捨てることなんてできない。

ため息をついて額《ひたい》の汗を拭った。母からどうやったら逃げられる？　いや、そもそも逃げようということが間違いなのか。

じっと立ち尽くしていたが、ようやく我に返った。ハンカチを握りしめて、駐車場に戻る。気持ちを切り替え、あの子たちのことを考えた。お土産を買って帰らなければ。一体なにがいいだろう。アニメのキャラクターグッズ、かわいい服、細々したオモチャの類《たぐい》だ。

来海の喜ぶ物は想像がつく。里桜と同じで「女の子」っぽいものが好きに違いない。

だが、憂はさっぱりわからない。オモチャを喜ぶ子でもなさそうだし、かといってゲームもわからない。本？　服？　それともスポーツの道具？

野球？　サッカー？　それともバスケのゴールポストでも？

いつの間にか笑っていたことに気付いた。母との絶縁を考えたすぐ後に笑っている。私はなんて単純なのだろう。

「まだ間に合う！　夏休みの家族旅行」

眼の前の旅行代理店のポスターが眼に入った。まだ間に合う、か。あの子たちは「夏休みが終わるまで」と言った。夏休みが終われば帰ってしまう。だが、憂と来海に行くあてがあるのだろうか。「人を殺した」憂はこれからどうするつもりなのだろう。

憂は今、石窯作りに夢中だ。ホームセンターでもらってきた冊子を見ながら、毎日、一人で黙々と作業をしていた。土台を作り、その上に一つ一つ正確にレンガを積んで耐火コンクリートで接着する。その集中力に私は感心した。同時に、すこし怯えも感じている。憂はただ「夏休みの工作」に夢中になっているのではない。どこか取り憑かれたようにも見えたからだ。

憂に訊きたい。なぜ殺したのか、どんな事情があったのか。夏休みが終わったらどうするつもりなのか。ここを出てどこへ行くつもりなのか。

でも、怖くて訊けない。今、迂闊に憂を問い詰めたら、すぐにでも出ていってしまいそうな気がする。そんなのは嫌だ。あの子たちが出ていくなんて堪えられない。独りぼっちの寂しい生活に戻るなんて堪えられない。

私はもう一度汗を拭いた。問題を先送りにして、見ないふりをしているのは私だ。夫と向き合わず、母からも、憂の抱えた問題からも逃げている。私はずっと逃げている。逃げた先にはなにがある？　それだけはわかっている。たった一言で言える。後悔だ。

＊

「お兄ちゃん、ほら、見てて」

来海がホッピングで遊びはじめた。この前、比奈子さんが買ってきてくれたものだ。最初は上手く跳ねることができず、すぐに足を着いてしまった。でも今は見違えるようだ。大喜びで、駐車場を跳ね回っている。

「これは来海のホッピングやから目印を付けるねん」

来海はホッピングをマスキングテープで飾った。長い棒の部分にぐるぐる巻いて、カラフルにした。すっかりお気に入りだ。

僕へのお土産は新しいスニーカーだった。嬉しくて思わず歓声を上げてしまった。

アディダスのスタンスミス、白。

シンプルなデザインが気に入って、あれからずっと履いている。真っ白だから汚さないように気を遣っていると、比奈子さんが笑った。そんなん気にせんと、どんどん遊んで汚さなあかんよ、と。なんだか涙が出そうだった。

お土産をもらうなんて人生で二回目だ。一度目はミカン。お祖父ちゃんがくれた。来海の三歳の誕生日に会いに来た。そのときに袋に一杯のミカンをくれた。家の畑で穫れたのだという。金色の丸い実がきらきら輝いて見えた。

ミカン。お祖父ちゃんが死んで、ミカン畑はどうなったのだろう。誰かが水を遣っているのだろうか？　それとも、水を遣る人がいなくなって枯れてしまったのだろうか。

いつかミカンに水遣りをしたいと思っていた。お祖父ちゃんと一緒にしたいと思っていた。

でも、もうできない。お祖父ちゃんは死んでしまった——。

石窯の最後の仕上げをしていると、美容室&巡回スーパーと書かれた車が駐車場に入ってくるのが見えた。タキさんだ。気さくな人で僕や来海にいつも声を掛けてくれる。すっかり来海もなついて、タキさんが来ると自分から話しかけに行くほどだ。

「いらっしゃいませ」

僕が挨拶すると、来海も続いた。舌足らずないらっしゃいませに、タキさんが眼を細める。

来海のホッピングに眼を留めて言った。

「あら、いいねえ。新品だ。きれい」

「うん、ほら、見て見て」

来海がまたホッピングに足を掛けた。得意気に跳ねる。

「あら、上手」

タキさんに誉められると、来海は笑った。飾りのマスキングテープを指さして言う。

「これ、来海がテープ貼ってん」

「本当？　すごくオシャレだねー」

来海は嬉しそうにぐるぐる駐車場を飛び跳ねて回った。

来海はここに来てからずいぶん日焼けした。家ではじっとテレビばかり観ていたが、今はいつでも飛んだり跳ねたりしている。表情も明るくなって、おずおずと人の顔をうかがうようなことをしなくなった。

「最初に見たときは大人しい都会のお嬢ちゃんだったのに、あっという間にすっかり田舎の子だねえ」

「別人みたいですか？」僕は訊いてみた。

「うん、完璧に別人だね」

タキさんはしばらく来海を眺めていたが、次に石窯に眼を向けた。

「石窯、いつの間にかできてるなあ。もう完成？」

「あとは火入れをしたら完成です」

「楽しみにしてるよー。ピザがあるなら若い人が来るかもねえ」

「はい、比奈子さんも期待してます」

タキさんは店に向かったが、足を止めて振り返って言う。

「あんたは仕事が丁寧だねえ。将来、なにをやってもきっと上手になるわ」

ははは、と笑ってごまかした。将来か。僕の将来とはなんだろう。そもそも将来があるんだろうか。

いや。将来なんて必要か？　無理して生きる必要があるか？

僕は立ち上がって石窯を見下ろした。思ったよりも上手にできた。もちろん、プロが見たらお粗末な出来だろうが、それでも、僕には充分立派に見えた。

石窯ができてしまったら、今度は次の「目標」を探さなければならない。今度はなににしよう？

僕には生きる意味がわからない。生きる必要がわからない。生き続けるために、これまでだってずっと理由を探してきた。でも、どれだけ考えても理由がわからないから、とりあえずの「目標」でごまかすことにした。

学校に行っているときは「勉強」があったからよかった。すべてのテストで百点を取り続けるという具体的な「目標」があったからなんとか生きていくことができた。

今は「まほろば」にいる。石窯はもうすぐ完成してしまう。次はなんにしよう。早く「目標」を見つけないと、僕は生きていけなくなる。

朝ご飯を食べた後、タキさんが僕たちの髪を切ってくれた。来海の前髪が眼に掛かってうっとうしくなっていたのを、きれいに切り揃えてくれた。

「編み込みして」

「いいよ」

タキさんは太い指で器用に来海の髪を編み込んだ。両サイドの耳の上から、ぐるっと頭の上までつながる模様だ。鏡をのぞき込んだ来海は嬉しそうにポーズを取っている。

「さあ、憂くんはどうする？　今はかなり伸びてるけど」

「僕は丸刈りにしてください」

「丸刈り？　本気？　いいの？」

「いいです」すこし迷って付け足す。「そっちのほうが楽だから」

今は常連しか来ない寂れた店だが、もし石窯ピザの人気が出たらお客がたくさん来るかもしれない。そのときのために、すこしでも外見を変えておこうと思った。

「まあ、楽は楽だけどさ。ほんとにいいの？」

「いいです。お願いします」

タキさんは電動のバリカンを握った。気持ちいいわあ、と言いながら僕の髪をバリバリ刈っていく。

「普段はお年寄りの残り少ない髪をちまちま切ってるからね。あんまり面白くないのよ」

仕上がって鏡を見ると知らない男の子がいた。念のため、タキさんに訊ねる。

「僕も別人ですか？」

「ああ、別人も別人。あんたも立派な田舎の男の子だね」

「よかった」

比奈子さんと来海はびっくりしていたが、僕は別人になれてほっとした。

どうせなら、と思う。完全な別人になりたい。顔も名前も、生まれてからこれまでの日々も全部捨てたい。新しい別の人間になりたい。

「そうそう、十年池だけどさ」

タキさんがいきなり話しだして、僕はぎくりとした。

「あれから、あちこちのお年寄りに訊いてみたんだよね。みんな知らん、て言うんだけど、一人だけ聞いたことがあるって言って」

「ほんとですか？」比奈子さんが僕の顔をちらと見ながら言った。

「なんかさ、十年に一度現れる幻の池なんだってさ」

「十年に一度？」

「そう。この辺のどっかの山の中に突然現れて、すぐに消えてしまうそうだよ。要するに日本昔話っていうかさ、ホラ話っていうか……ただの古い言い伝えで、はっきりしたことはなにもわからないってさ」

「そうですか。ありがとうございます」

「いやいや。でも、その十年池がなにか？」

「いえ、別になにもないんです」比奈子さんは笑ってごまかし、立ち上がった。「さあ、仕事仕事」

「そうそう、仕事仕事」

タキさんはバンに乗っていってしまった。僕はすこしの間ぼんやりしていた。

やはり十年池などないのだろうか。ただのホラ話なのだろうか。

結局、また僕の望みは叶わないのか。

生まれてから一度も、僕の望みが叶えられたことはなかった。十年池は絶対に叶えなければならないはじめての望みだ。

お祖父ちゃんの息子、死んだ僕の伯父さんも十年池に行って「一夜明かして生まれ変わった」と言っていたと聞いたではないか。もしかしたら、僕だって生まれ変われるかもしれない。

そうしたら、僕もちゃんとした人間になれるかもしれない。

生まれてから、なに一ついいことなんてなかった。十年池は生まれてはじめての「いいこと」になるはずだったのに。

僕はどうしていいかわからない。十年池を見るまでは生きようと思っていた。いざ、八月の最終週が近づいてきて、僕は混乱している。

十年池を見た後はどうしよう？　警察に行くのか？　人を殺しても生まれ変われるのだろうか？　わからない。僕はどうすればいいのだろうか。

タキさんが帰ったあと、僕はこっそり山に向かった。祠に隠したパソコンを確認する。

――夢の中、川を飛び上がる。半月、包帯、双子の生まれるところ。

お地蔵様の横の小道を下りて沢へ出た。浅瀬を伝って向こう岸に渡る。そして、川を遡《さかのぼ》り、半円形の河原にたどり着いた。

河原の奥には細い川があった。これが「包帯」だろうか？　流れに沿って斜面を上った。

しばらく上ると、水の音が急に大きくなった。暗い木立の中を歩いていくと、ふいに開けた。

滝があった。途中の岩で二つに分かれている。これが「双子」滝か。ぞくぞくした。道は正しかった。いよいよ十年池に近づいてきている。

だが、これをどうやって越えていけばいい？　あたりを見回した。十年池に行ったという伯父さんはただのバイク乗りだ。登山家じゃない。きっと素人にも上っていける場所があるはずだ。

滝の周りをぐるぐると歩き回って道を探した。すると、滝からすこし離れたところに、幾分斜面が緩やかになっている場所があった。ここからなら上に行けるかもしれない。苦労して上った。すると、滝の上に出ることができた。滑らないように気を付けながら川に沿って進む。川はどんどん細くなっていく。僕は不安になった。でも進むしかない。ひたすら川の流れに沿って歩き続けた。やがて川は細いちょろちょろとした流れになり、とうとう消えてしまった。

あたりを見回した。森の中だ。立木がまばらなので、光が差し込んで明るい。だが、どこにも池などなかった。池の痕跡も見当たらなかった。

途方にくれた。やはり幻なのか？　現れるまで誰にもわからない池なのか？

泥だらけになって店に帰ると、比奈子さんが心配した顔で待っていた。

「……秘密基地を作ってたんです」

嘘をつくと、比奈子さんは怒ったように、でもほっとしたように言った。

「山は危ないから気を付けてね。絶対、一人で奥まで入ったらあかんよ」

「はい。すみません」

比奈子さんには知られてはいけない。本気で心配してくれる人に嘘をついたことに胸が痛んだ。


その日の夕食の後、三人でメニュー会議をした。

比奈子さんに求められて、ピザについて意見を言った。

「トッピングはいっぱいあったら嬉しいけど、あんまり多くても大変やと思います」

「そうね。最初は三種類くらいで様子を見ることにしましょう。オーソドックスなやつがいいわね」

「来海はソーセージのやつがいい」来海が身を乗り出した。「それとポテト」

「フライドポテトか。たしかにピザには付きものやね」

「うん。来海、ポテト大好き」

僕はしばらく考えて言った。

「石窯は外にあるから、ピザの注文が入ったら、お店と外を往復する必要がある。フライドポテトは油を使うから、眼を離すと危ないです。ポテトはやめたほうがいい」

「たしかにそうやね」比奈子さんが驚いた顔をして、それからにっこり笑った。「すごいね、憂くん。そんなところまで考えてるなんて」

「いえ、別に、たいしたことやないです」

「そんなことない。そんな手順とか動線まで考えられる小学生はおれへんよ。憂くんはとっても優秀」

ははは、と笑ってごまかした。話についていけない来海がすこし拗ねている。僕は来海に話しかけた。

「来海はソーセージが好きなんやろ？　お兄ちゃんも好きや。ねえ、比奈子さん。ソーセージたっぷりのピザもいいと思います」

「ソーセージたっぷりか。ボリュームがあってよさそうやね」

「お肉のメニューが一つあったほうがいいと思います。オシャレやなくて、がっつり食べられるやつ。それから、あとはオリジナルのピザ。ここの名物になるようなものがあればいいと思います」

「看板メニューってことやね。絶対に必要やと思うけど、なにがいいか悩んでるんよ」

「ちょっと考えたんですけど、山菜ってどうですか？」

「山菜？　ピザに？　地味やない？」

「地味やけど『まほろば』らしくていいと思います。タキさんもここの山菜、すごく誉めてました。僕も美味しいと思います」

　すると、比奈子さんが驚いたような顔でこちらを見た。

「……憂くん。あなた、もしかしたら、お店のことずっと考えてた？」

「ちょっとだけ。暇なときに、どうやったらこの店が流行るかな、て……」

「ありがとう。『まほろば』にはすごい経営コンサルタントがついてるんやね。これからはもっと本格的に経営に参加してもらおうかな」

　比奈子さんは本当に嬉しそうだった。すこし眼が潤んでいるような気がした。

「ねえ、ポテトは？」

　来海が袖を引っ張った。僕は頭を撫でてやった。

「ごめん、来海。今のところポテトは無理。でも、いつかきっと出せるようにするから」

「ほんと？　ちゃんとポテトのセット、作ってくれる？」

「うん。絶対作る。ねえ、比奈子さん」

「ええ。約束するから。だから、もうすこし待っててね」

　なぜ僕はこんな会話をしているのだろう。比奈子さんは赤の他人なのに。こんな会話、母とは決してできない。一生できない会話なのに。

「あの、それから……クルミってトッピングには無理ですか？」

「クルミ？　食べるクルミ？　どうかなあ。ちょっと想像が付かへんけど」

「このあたり、オニグルミの木がたくさん生えてるから、実を使ってなんかできたらいいなて」

「そうやね。じゃ、とにかく、明日からいろいろ試してみましょう」

その夜、布団に入ってもなかなか寝つけなかった。興奮して胸がドキドキする。早く明日にならないか、と朝が待ち遠しかった。明日が楽しみなのは生まれてはじめてだった。


翌朝、眼が覚めると一番に石窯が気になった。様子を見に行こうと外へ出ようとして、はっとした。

あの白いスニーカーがない。昨日、山へ行って汚してしまった。寝る前に洗っておこうと思ったが、メニュー会議と山歩きをした疲れですっかり忘れていた。

まさか捨てられたのでは？　僕が汚してしまったから比奈子さんが怒って捨てたのでは？

慌てて古いスニーカーで外へ出ると、駐車場に洗ったスニーカーが干してあった。

僕はしばらくスニーカーを見つめていた。すると、突然涙が出てきた。自分でもわけがわからなかった。靴を洗ってもらったくらいで泣くなんて。人殺しがこんなことで泣くなんて。

比奈子さんは厨房にいた。仕込みをやっている。

「スニーカー、洗ってくれたんですね。すみませんでした」

比奈子さんが怒って捨てたりするわけがない。勝手に人を疑って、勝手に泣いて。僕はバカだ。

「気にしないで。どんどん遊んで汚してね」

比奈子さんが笑う。嬉しそうだ。胸が痛くなる。

「今日は火入れをしようと思います」

できあがった石窯はすぐには使えない。突然に高温で熱すると窯が壊れてしまう。だから、レンガやモルタルをゆっくりと乾かすために、何度かに分けて低い温度で火を入れなければならない。

朝ご飯を済ませると、来海に声を掛けた。

「来海、松ぼっくりを集めに行こう」

「松ぼっくり？」

「うん。火を点けるときに使うんだ」

市販の着火剤を使うと、窯に薬品の臭いが付くという。変な臭いのするピザなんて最低だ。

「山の奥までは入らないようにね。迷ったら大変だから」

比奈子さんに見送られ、僕は来海を連れて山に入った。

「さ、拾うぞー。来海も頑張れ」

「うん」

二人で松ぼっくりを拾って、どんどんカゴに入れていく。できれば、一週間分は拾いたい。

「……ねえ、来海はお仕事行かんでええの？」

来海が手を止めた。真面目な顔で僕を見る。まだこんなことを言うのか。僕はすこしむっとした。

「いいよ。二度と行かんでええ」

「でも、来海、お仕事好きやのに。行かへんかったら、ママもパパも怒るかも」

「二度と行ったらあかん。お母さんが怒っても、絶対行ったらあかん」

「なんで？」

「とにかくあかん」

きつく叱ると、来海がぐすぐすと泣きだした。しまったと思うが、これだけは譲れない。

「来海、あのお仕事は悪いことなんや。今はいいけど、そのうちに絶対に来海がイヤな目に遭う」

「なんで悪いん？　来海はすごく楽しいのに」

「お兄ちゃんもあの仕事をしたことがあるんや。それで、すごく嫌な目に遭った」

「ほんと？」

来海が涙を溜めた眼を見開き、驚いた表情をした。

「ああ、ほんとや。だから、来海はこれ以上絶対やったらあかん」

「嫌な目ってどんな目？」

「それは……」一瞬で血の気が引いた。手足が痺れる。吐き気がした。「それは……」

「それは？」来海が見上げた。なにも知らない眼だ。

吐き気が抑えられなくなった。僕は来海に背を向け、草むらに吐いた。涙が出てきた。

「お兄ちゃん……」

背後で来海の泣きそうな声が聞こえる。汚れた口を拭いて、向き直って笑った。

「大丈夫、たいしたことない。さ、もうちょっとだけ拾おう」

まだ手足が痺れている。泣いたせいで鼻水まで出てきた。背中に冷たい汗をかいているのがわかる。

「さあ、来海、拾うぞ」

大きな声で言って、手近の松ぼっくりをつかんだ。力が入らないので落としそうになったが、なんとかカゴに放り込んだ。それを見て、来海も再び松ぼっくり拾いをはじめた。ほっとして、生唾を呑み込みながら次の松ぼっくりに手を伸ばした。

カゴがいっぱいになると、店に戻って火入れをはじめた。

松ぼっくりを着火剤にして、薪《まき》に火を点ける。だが、くすぶってばかりで、なかなか燃えない。薪の置き場所を変えたり、組み方を変えたり、いろいろ試した。慣れるまでは温度調節が難しそうだ。

自分の意志で努力して工夫するということは、こんなにも楽しい。なにも考えず頭も心も空っぽにして、人の言いなりになる毎日よりずっとずっと楽しい。

背後から砂利を踏む音がした。ぎくりとして振り返った。

「……あっ……」

比奈子さんの顔が強張った。その場で立ちすくんでいる。怯えたような顔で僕を見つめていた。

「ごめんなさい。びっくりさせるつもりはなかったんやけど……」

「いえ、僕こそすみません」

心臓がまだどきどきしている。誰かが自分を捕まえに来たのかと思った。警察か、母か、それともあの男の双子の兄か――。

警察は僕を捕まえたらどうするだろう。少年法があれば無罪になるのだろうか。それとも、やっぱり少年院に行くのだろうか。自分が捕まれば来海はどうなる？　母が引き取ることだけは阻止したい。母の許で暮らすくらいなら、どこか施設に入ったほうが絶対いい。

比奈子さんがじっと僕を見ていた。しばらく黙っていたが、やがてにっこり笑った。

「ねえ、憂くん。私は本当にあなたに感謝してるの。だから、安心してここにいてちょうだい」

「はい」

僕が人を殺したことを知っているのに、なにも言わない。訊ねてこない。それどころか、安心してここにいてちょうだい、と言ってくれる。涙が出るほど嬉しい。でも、安心はできない。ごめん、比奈子さん。僕は二度と安心できない。きっと死ぬまで安心できないんだ。

「憂くんは本当にいいお兄ちゃんね。来海ちゃんの面倒を見て、すごく大事にしてる」

「……全然」

「そんなことないよ。しっかりしてると思う」

「しっかりしてない」

比奈子さんの言葉に無性に腹が立った。なにも知らないのだから仕方ない。でも、責められているような気がする。

すると、比奈子さんの顔が曇った。

「憂くんはすごくよくやってる。でも、これからは、私も手伝える。力になれる」

比奈子さんはいい人だ。わかっている。でも、僕たちは「代わり」で、おまけに僕は人殺しだ。それを忘れて甘えたら、絶対に嫌われて捨てられる。

「比奈子さんは……子供がいたんですよね」

「ええ。女の子がね。一人。保育園に通ってた。でも、五歳のときに交通事故で死んじゃったの」

「ごめんなさい」

「気にせんといて」比奈子さんが笑って見せた。

「親は子供が死んだら悲しいんですか？」

「当たり前。悲しまない親なんていない」

比奈子さんの返事に僕は腹が立った。言い返したいが、なんと言えばいいのかわからない。黙っていると、比奈子さんがはっと驚いた顔をした。

「ごめんね。自分の思い込みで勝手なことを言って。そう、いろんな親がいるね」

「うん。いろんな親といろんな子供がいる」

いろんな親、という言葉にほっとした。いい親と悪い親だけがいるんじゃない。いろんな親がいるんだ。そして、いろんな子供も。

この人は気付いてすぐに謝った。大人なのに子供の僕に謝ってくれた。それだけで、比奈子さんがもっと信じられるような気がした。


三日掛けて火入れをした窯で、はじめてピザを焼くことになった。

すこし黒ずんだ石窯を眺めていると、比奈子さんがやってきた。

「すごいね、憂くん。感想は？」

「……うん、なかなかの出来やと思います」

朝からそわそわしている。こんな大きな物を完成させたのは、これがはじめてだ。テストで百点を取るよりも、ずっとずっと嬉しい。

本当はもっと自慢したい。ほら、すごいだろ、と言いたいけれど、我慢している。得意気な顔はみっともないし、かっこ悪い。比奈子さんがずっと誉めてくれるし、来海もすごいと言ってくれる。素直に喜べばいいのかもしれないが、その勇気が出ない。

厨房で、比奈子さんが小麦粉を捏《こ》ねて台になる生地を作っている。その横に来海が張り付いていた。捏ねるのを手伝わせてもらったのか、手にも頬にも粉が付いている。

「ねえ、あれやって。くるくるって回すの」来海が比奈子さんに頼んだ。

「あー、ごめん、来海ちゃん。おばさん、あんな難しいこと無理やわ」

「えー、やってやって」来海は駄々を捏ねる。

「来海、おばさんを困らせるなよ。あんなの無理や」

「じゃあ、お兄ちゃんがやって」

「いきなり無理やよ」

「えー」

来海が途端にがっかりしたので、慌てて言う。

「お兄ちゃん、練習しとくから」

「ほんと？」

「できるようになったら、見せてやるから」

「うん、わかった」

なんとか納得してくれた。今日のところは、麺棒で生地を延ばしてピザを作った。まずはマルゲリータ。パーラーという平らなスコップのような道具で、石窯に入れた。

だが、温度が低いのか、なかなか焼けない。チーズが焦げてきたので取り出したが、台は生焼けのようだった。

「温度が低いみたいですね。正直酷い味だった。調節が難しい」

「トマトソースをもっと煮詰めないとだめやね。水分が多いと生地が生焼けになる」

改善点はいろいろありそうだ。次にソーセージのピザを焼いた。今度は温度が上がっていたので、そこそこ食べられる味になった。

「今度は美味しい」来海は正直だ。

三枚目は山菜とクルミのピザだった。オニグルミの収穫は秋だ。今は市販のクルミを使うことにした。

生地の上にトマトソースを塗って、粗く砕いたクルミを撒いた。その上に山菜を載せ、オリーブオイルをたっぷりかける。最後にモッツァレラチーズを千切って載せた。窯に入れると、温度が上がりすぎていたらしく一瞬で焦げた。慌てて取り出したが、山菜はほとんど炭だった。比奈子さんは呆然としていた。だが、ふいに来海が笑いだした。

「真っ黒、真っ黒焦げー」

釣られて、比奈子さんと僕も笑った。

「ほんと、真っ黒焦げ。大失敗やねー」

比奈子さんは大笑いしている。眼の端に涙がにじんでいた。僕は気付かないふりをして、笑い続けた。

いつまでもこんなふうに笑っていられたらいいのに。死んだ子供の代わりでかまわない。人を殺したことなんか忘れて、比奈子さんと来海と三人で笑っていられたらいいのに。

八月最終週が近づいてきたせいか、僕は不安定になっている。自分で自分の心がわからない。僕は一体どうしたいのだろう。頭の中がまとまらない。

僕の次の「目標」はピザ生地を回すことだ。これでとりあえずしばらく生きていける。

比奈子さんのスマホを借りて動画を見て、プロのやり方を研究した。指先で生地を回すのは想像以上に難しい。そもそも回らない。だらりと垂れ下がって、指の穴が開いてしまう。だが、上手く回ったときは、勝手に生地が円く広がっていく。ぴたりといい厚さになったときは気持ちがいい。

来海はぴったり付いて応援してくれる。上手くいったときには拍手してくれた。

「お兄ちゃん、あれもやって。ほら、上に投げて、またキャッチするの」

来海の要求がどんどんエスカレートしてくる。我が儘だとも思う。でも、期待されることは嬉しい。

来海が勝手に係を決めた。

「お兄ちゃんは石窯燃やす係とピザ回す係」

「わかった。じゃあ、来海は？」

「来海はソーセージのせる係」

「来海の係は一つだけ？」

「うーん」すこし考え込んで言う。「じゃあ、松ぼっくり拾う係も」

「おばさんはなに係？」比奈子さんが訊ねる。

「おばさんは笹寿司作る係」

「え、おばさんだけピザに関係ないの？」比奈子さんが噴き出した。

「でも、笹寿司美味しいから」

「ありがと」比奈子さんが笑いながら言った。

でも、美味しいだけでは客は来ない。どんなに笹寿司やピザが美味しくできても、お店のことを知ってもらわないとだめだ。

かといって、広告宣伝をするお金はない。だから、インスタグラムをはじめることにした。

比奈子さんがスマホで写真を撮った。「まほろば」の建物外観、店内の様子、石窯、ピザ、笹寿司、それから、深い山々の風景などだ。加工してアップすると、実物よりもずっと見栄えがよかった。

「これ、ちょっと詐欺やよね。実際と違いすぎるから」

比奈子さんはすこし申し訳なさそうだ。

「明らかに詐欺ですよね」笑いながら言う。「でも、ピザの味は詐欺やないから」

比奈子さんの顔がぱっと輝いた。僕はいいことをした気持ちになった。
#ドライブインまほろば　#レストラン　#石窯ピザ　#山菜
ハッシュタグを見た。当たり前すぎる。インパクトがない。しばらく考えて、はっと思いついた。

「比奈子さん、酷道ってタグを入れましょう」

「こくどう？」

「道幅が狭かったり、崖ぞいだったり、走りにくくて、整備もされてない酷い道路のことです。最近流行ってると聞きました。マニアがいて、わざわざ遠くから走りにくるそうです」

「ここも酷道になると思う？」

「雰囲気は充分あると思います」

「そうね、じゃあ」比奈子さんが酷道というハッシュタグを追加した。

酷道。残酷な道路。僕は憂鬱の憂。なんだか仲間のような気がした。

その夜、客席に置くメニュー表を作った。カラーコピーをビニールケースに挟むだけの手作りだ。「大人気　石窯ピザ」と大きな字で書かれている。

「比奈子さん、大人気なんて書いていいんですか？　まだ売ってないのに」

「いいのいいの。大人気とか大好評とか、売るためにに大げさに言ってるだけやから」比奈子さんがくすっと笑った。「世の中の宣伝ってそんなものやの」

「嘘ってことですか」

「残念ながら」

大人は汚いなどと言いたくないが、やっぱり汚い。比奈子さんのこういう一面を見たこと
はショックだった。黙って作業をしていると、比奈子さんが小さな声で謝った。

「……ごめんね。大人は嘘つきみたいで」

比奈子さんに勝手に失望したことに気付かれた。気まずくなって、言い訳をした。

「いえ、そんなこと思ってないです。それに……子供かて嘘つきやから」

子供だって嘘はつく。僕のように。だから、大人を責めることはできない。いろいろな大
人がいて、いろいろな子供がいる。ただそれだけのことだ。

気まずく作業を続けていると、来海がやってきた。

「ねえ、これ、使って」

マスキングテープの小箱を差し出した。

「いいの？　来海ちゃん」

「うん」

「ありがとう、じゃあ、一緒にやりましょう」

来海と比奈子さんはマスキングテープを強調したい言葉の下に貼って、メニューを飾り付けていった。

僕はトイレに行くふりをして一人、外に出た。

夏でも、山の夜は思わず身震いするほど寒い。でも、昼間使った石窯は夜になってもまだ温かかった。そばに立っているだけで身体が温まる。

石窯ピザが売れてほしい。お店に行列ができてほしい。

生まれてからいいことなんて何一つなかった。だから、最後に一つくらい、上手くいってほしかった。

＊

赤ん坊はＮＩＣＵにいた。

保育器の中でいろいろな管につながれていた。体重は一五〇〇グラムだという。

俺は遠くから見た。あれが本当に人間の赤ん坊なのか。ニュースで見たパンダの赤ん坊を思い出した。赤黒くて、ところどころピンク色のなにか。虫なのか、魚なのか、ほ乳類なのかわからない。小さくて、ぐにゃぐにゃした気持ちの悪い生き物だ。

「男の子やねん。名前、考えなあかんね」

病室のベッドで慶子が微笑んだ。途端に逃げ出したくなった。慶子は母だ。とっくに母になっている。

「……あの様子やったら考えても無駄になるかもな」

途端に慶子の表情が変わった。愕然として俺を見つめる。

「銀河、あんた本気でそんなこと言うてんの？」

怒りや憎しみだけなら堪えられた。だが、そのぞっとするような眼差しには、軽蔑と憐れみがはっきりと見えた。

「ああ。そうや。あんな小さかったら、ちゃんと育つかどうかわからへん。考えてもしゃあない」

売り言葉に買い言葉だ。慶子の眼を見ながら、わざと軽い口調で言う。

「そんな、あの子がかわいそうや……」慶子の眼に涙が浮かんだ。

「だから言うたはずや。俺の子供はかわいそうや。生まれる前からわかってたことや」声が震えたが、嘲るように笑うことができた。「だから産むな、て言うたんや。それを勝手に産んだんはおまえや」

慶子が顔を覆った。号泣する。俺は病室を飛び出した。廊下を大股で歩いて、エレベーターに飛び乗る。面会に来た家族連れと一緒になった。みな、慌てて俺から眼を逸らした。

やはり堕ろさせるべきだった。そうすればこんなことにはならなかった。

これまで、慶子には三度、堕ろさせた。産みたいと言ったが、許さなかった。産むくらいなら殺すとまで言って、諦めさせた。

――なんで？　銀河には迷惑かけへん。あたしが一人で育てるから。

――迷惑の問題やない。何回言うたらわかる？　俺は父親になりたくない。自分が親やなんて、考えただけでぞっとする。鳥肌が立つんや。

腕にすがる慶子を突き放し怒鳴った。

――頼むからやめてくれ。俺は父親にはなりたない。いや、なったらあかん人間や。

それでも慶子は子供を欲しがった。四回目の妊娠がわかったとき、慶子は俺に包丁を押しつけて言った。

――産むくらいやったら殺すんやろ？　やったら殺したらええやん。ほら、さっさと殺し。あたしとお腹の赤ちゃん、殺しいや。

慶子の眼鏡のレンズがギラギラ光った。俺はなにも言えなくなった。でも、やはり言うべきだった。

逃げるように病院を出て、駐車場へ向かう。車に乗り込み、顔を覆う。車内は蒸し風呂だ。汗と涙が同時に噴きだす。くそ、くそ、くそ――。

慶子。諦めてくれ。俺は父親になんかなれない。ならないほうがいい。俺は親になれるような人間やない。おまけに……。

身体がぶるっと震えた。俺はもう人殺しや。子供の父親が人殺しなんて、最悪やないか。

俺と流星は金を貯めてスポーツショップを開いた。店の名は「シルバースター」にした。銀河と流星から一文字ずつ取った。

オープンの日、流星は嬉しそうだった。きらきら輝くウィンドウ。壁に並んだバット、グラブ、靴。真新しい革の匂いが店の中に満ちている。

——兄貴、俺たち、やっとここまで来たな。

——ああ、やっとや。

流星は壁から新品のグラブを取ると、言った。

——兄貴、な、久しぶりにキャッチボールをしよか。

——売り物はヤバイやろ。

——ええやろ。ちょっとだけや。

店の前で、俺は流星と久しぶりにキャッチボールをした。夏の暑い日だった。空がバカみたいに青くて、太陽がまぶしくて、甲子園では高校生が戦っている最中だった。

——兄貴、やっぱり野球はええなあ。

——ああ、そやな。

それ以上、流星はなにも言わなかった。

胸が痛くなった。そして、自分は取り返しの付かないことをした、ということに改めて気付いた。

流星は本当に野球が好きだった。なのに、流星から野球を奪ったのは俺だ。俺が流星の人生をだめにした――。

俺と流星は物心ついてからずっと二人三脚でやってきた。なのに、今、俺は一人だ。俺と流星はどこが違ったのだろう。流星はなにも考えず父親になった。だが、俺は無理だ。自分が父親になることが堪えられない。

たったひとつわかることがある。親にならなければ、子供を捨てることもない。子供を虐待することもない。俺にとってはそれが正しい選択だ。

マンションに戻って「ウーちゃん」の水替えをして、餌をやった。

慶子、わかるだろ？　俺にできるのはウーパールーパーの世話が精一杯。人間の赤ん坊なんて絶対無理だ。

「ウーちゃん」を見ていると、ふっと佐野の顔が浮かんだ。パソコンを取り返すことができなければ、きっと佐野は俺を殺すだろう。あの男にとっては人を一人殺すことくらい日常茶飯事だ。

「大丈夫、ウーちゃんは心配せんでええ」俺は水槽に話しかけた。「佐野は絶対におまえを殺したりせえへん」

返事をしない「ウーちゃん」に背を向け、俺は「アリア」のCDを持って部屋を出た。

＊

「新メニュー登場！　石窯ピザ」

憂と二人で書いたポスターを貼って、いよいよ石窯運用開始の日が来た。

タキさんが昼に食べに行く、と言ってくれていたので、たぶんそれが初注文になるだろうと思っていた。だが、予想は外れた。

昼前、見覚えのあるカップルが来た。先月、道を間違えて「まほろば」に迷い込んだ男女だ。今日は二人ともTシャツとデニム姿だ。やっぱりペアのスニーカーだった。

「え？　ピザあるん？　石窯やて。オシャレになってる」

貼り紙を見た女が驚きの声を上げた。

「石窯ピザ？　まあ、ありがちやな」

男が苦笑した。二人はこの前と同じ、窓側の席に座る。

水を運んだ。女は新しくなったメニューを見ながら悩んでいる。

「山菜とクルミ？　え、どうしよ。迷うー」

「山菜そば食べたい言うて、わざわざ来たんやろ？　今さらなに言うてんねん」男が呆れた顔で言う。

「そりゃそうやけど……」女はメニューを見ながら悩んでいる。やがて、顔を上げると男に訊ねた。「ねえ、どうする？」

「俺はソーセージのピザ」

「なんなん？　文句言うといて結局ピザ？　じゃあ、あたしは山菜とクルミのやつにする」

この二人は一応リピーターということになるのだろうか。嬉しい言葉だ。厨房に戻って、注文を通す。

憂が客席から見えない厨房のすみっこで、ピザを回した。きれいに広がった。来海が歓声を上げ、お兄ちゃんすごい、と拍手をした。

「子供が作ってるのが見えたら、お客さまはがっかりすると思う。おままごとにお金を払わされるのか、て。たとえ味がよくても納得してもらえないと思います」

憂は当たり前のように言うと、二枚目のピザを回して広げた。

私は憂の冷静さに舌を巻いた。だが、あまりに自分で自分を突き放しているような気がした。客観的に見ているというよりは、自分自身のことなのに他人事のように感じているようで見ていて辛い。

憂の延ばした台に、来海と二人で具材を載せた。外の窯に運ぶと、憂が温度を確認していた。

「いい感じだと思います」

パーラーでピザを滑らせるようにして石窯に移す。一分ほどでチーズが溶けて、焼き色がついた。皿に移し、大急ぎで客席に運ぶ。

「美味しそー」

女が早速スマホで写真を撮りはじめた。厨房に戻って、二人の反応をうかがう。

……結構美味い、と男の声が聞こえた。女の声もする。やっぱここの山菜好き、と言っている。私はほっとした。

「好評みたいですね。よかった」

「ええ」

石窯の前にいたせいか、憂の頬は赤かった。口数は少なかったが、初仕事に興奮しているように見えた。

カップルが帰ると、来海がハイタッチを求めてきた。小さな子供と手を合わせると、じんと胸がしびれた。憂は困った顔をしていたので、構わず強引にハイタッチをした。すると、憂は恥ずかしそうに笑った。

「ありがとう、憂くん、来海ちゃん。ピザが売れたのは二人のおかげ」

「いえ、そんなことは」憂は謙遜し、恥ずかしそうだった。

昼にタキさんが来た。そして、山菜ピザを食べていった。初日、結局、ピザは三枚売れた。

タキさんは巡回する先々で「まほろば」の宣伝をしてくれた。すると、地区の老人たちが物珍しさに立ち寄ってくれるようになった。

そして、ちらほらだが酷道目当ての客が来るようになった。駐車場にバイクやSUVが入ってきては、写真を撮りまくった。彼らは古びた「まほろば」の建物を見て満足そうだった。信じられないことだが、すこしずつ客が増えてきた。憂も来海も嬉しそうだった。

ピザをはじめて一週間後のことだった。突然、母が来た。

「インスタ見たよ。石窯ピザはじめたの？　美味しそうやね」

三回忌のことなどまるでなかったかのようだ。いつもの調子で話しかけてくる。思わずぞっとした。私は絶望的な気持ちになる。

母にはなにを言っても無駄なのか？　絶縁するしかないのか？

「お母さんもね、自分のアカウントを作ってインスタに投稿してみたのよ。この店の宣伝せなと思て」母は嬉しそうだ。「ほら、カルチャーセンターで一緒だった木下《きのした》さん。あの人がいろいろ教えてくれてね」

店の外観、料理、それに深い山々の景色、森の中の池などだ。どの画像も思ったよりもきれいに撮れていた。ほとんどがカラーだが、中には古いモノクロの画像もある。

「家のアルバムから探してきたの。お祖父ちゃんとお祖母ちゃんの時代よ。こういう古臭いのが若い人には人気なんやって」

駐車場には古い車が並んでいる。店が繁盛していた頃だ。懐かしい。思わず写真に見入った。母の投稿を読む。

「ドライブインまほろば」は山の中に佇《たたず》む、昭和レトロな隠れ家レストランです。近くには見所もたくさん。
#ドライブインまほろば　#昭和レトロ　#隠れ家レストラン　#酷道　#十年池
「前に撮った写真をいろいろ加工してあるのよ。結構、手間が掛かってね」

母が得意気に喋り続けるが、耳に入らない。一つのハッシュタグに釘付けになっていた。#十年池。これは憂が探している池ではないか？

「お母さん、十年池って？」

「ほら、この池。これが十年池」母が池の画像を指さした。「なかなかきれいでしょ？　ちょっと神秘的で」

森の木立の中に池がある。驚くほどに澄んだ水がなんとも非現実的な雰囲気を漂わせていた。

「この池、どこにあるの？」

「実はよく知らへんのよ」

「知らへんてどういうこと？」

「たぶんこの辺にあると思うんやけどね」

「ちょっと待って。どういうこと？　ちゃんと説明して」

勢い込んで訊ねる。母はすこし驚いたようだが、すぐに得意気に説明をはじめた。

「インスタグラムに上げようと思って、あんたのお祖父ちゃんのアルバムを見てたんよ。そしたら、この池の写真があって」

――十年池　お客さまが撮影。

「でも、それだけやったら、十年池がこのあたりにあるかどうかわからへんでしょ？」

「いや、それがね、どうやら写真好きのお客さまがいたみたいで、アルバムのそのページは全部その人が撮った写真でね、しかもこの近くの写真ばっかり。トンネルとか、お店とか、川とか合歓の木とかオニグルミとか。だから、この十年池もこの近くにあるのは間違いないと思う」

母の言うことはもっともだ。この近くにある可能性は高い。

だが、なぜ憂はこの池のことを知っていたのだろう。

「こんなのアップして、十年池について、お客さまに訊かれたらどうするのよ」

「誰にもわからないんです、て言えばいいんよ。そのほうが謎めいてて素敵でしょ？」

「そんないい加減な……」

「それくらいせえへんと宣伝にならへんから。それより、なかなかオシャレに撮れてるでしょ？　苦労したんやから。これを見てお客が増えたら比奈子も喜ぶんやないかと思ってね。お母さん、ちょっとでも比奈子の役に立ちたいから……」

「宣伝してくれるのはありがたいけど、憂くんと来海ちゃんの写真は絶対にネットに上げないで」

「わかってるよ、そんなこと。プライバシー保護でしょ？」母が心外そうに言い返した。

「お母さんのこと、バカにせんといて」

「ごめん。そんなつもりやなかった」

母に対するいつもの罪悪感が胸を責める。いい加減にやめようと思うのに。そんな自分にうんざりしながら、もう一度、スマホを見た。

母の写真は本当によく撮れていた。インスタグラムをはじめたばかりの主婦の写真には見えない。

そう、母はなんでもできる。手先が器用で、料理が得意で、写真のセンスもある。あのアップルパイなど、素人主婦の域を超えて売り物になるレベルだ。

「お母さんね、すこしでも比奈子の役に立とうと思って。比奈子には幸せになってもらいたいのよ」

だが、母はなにをしても満たされない。そして、私に言う。

──お母さんみたいになったらあかんよ。いえ、お母さんみたいになってね。

母はその矛盾に気付かない。だから、母は私がどうなっても納得しない。問題は母自身にあるからだ。

ここまではわかっている。私はため息をついた。わかっているのに対処できない。そう、やはり私自身の問題なのだ。

母は静電気のようなものだ。不快と激痛という二つのやり方で私を責める。不快はスカートの裏地だ。足にまとわりついて歩みを妨げる。そして、激痛はドアノブだ。不意打ちで、びりっと手に激痛を走らせる。

だが、今日はその静電気に感謝だ。激痛が心を決めてくれた。

「お母さん、もうここには来ないで、って言うたでしょう？」

思い切って口を開いた。今度は泣かずに、落ち着いて言う。

「私のことを気遣ってくれるのはありがたいけど、お互い大人になりましょう。私はお母さんの娘やけど、もう小さい子供やない。一人でやっていかなければいけないから」

「比奈子、そういう堅苦しい言い方はやめてよ。ね」

「冷静な付き合いができないなら、絶縁しましょう。会うたびに感情的になって、お互いに不愉快になる関係なら、ないほうがマシやから」

冷静な口調に母がうろたえた。ああ、と今さら感動する。こんな風に言えばよかったのか。いつもなら、感情的に支離滅裂に泣いていた。母の起こした事故で死んだ里桜のことを思い出して混乱し、自制ができなくなっていた。でも、もうそれではいけない。こんな当たり前のことに気付くのに、一体何年かかったのだろう。

「私はずっとお母さんに甘えてきた。……責任は私にある」

「ずっと甘えたらいいのよ。お母さん、誰かの役に立てるのが嬉しいの。ね、ほら、ケーキを焼いたり、山菜を漬けたり、比奈子に喜んでもらえるのが嬉しいの。だから、喜んで甘えてくれたらいいのよ、ね」

母は私にとって悪性の腫瘍のようなものだ。切除しなければ、増殖して正常な細胞まで蝕《むしば》んでいく。

「お母さん、お互い、いい加減に親離れ、子離れをしましょう」

「でもね、比奈子。お母さんはね、あんたのことが心配やから」

「店の仕事があるから、帰ってください」

母のバッグを持つと、そのまま店を出た。車のドアは施錠されていたので、屋根に置く。

「帰ってください」

「あんたがそんなに冷たい娘だなんて……」母が眼に涙を浮かべ、悔しそうに言った。「あんなに一所懸命育てたのに、子育てを間違えた。私の人生は失敗やった……」

あはは、とふいに笑いがこみ上げてきた。母は動揺している。こんなにもあからさまに「罪悪感を覚えさせる」発言をするのははじめてだ。いつもはもっと上手くやる。

「帰ってください」

それだけを繰り返した。母は泣き落としを繰り返したが、私は堪えた。長い間、母は泣いていたが、やがて諦めて帰っていった。

疲れきって店に入ると、憂がテレビの前に立ち尽くしていた。

画面は定時のニュースだ。淡路島の民家で死体が発見されたそうだ。死後一週間から半月と考えられる。事件とみて捜査が行われている、と。

亡くなったのは独居老人だった。憂の事件とは無関係のはずだ。だが、憂は食い入るように画面を見つめていた。その顔にはまるで血の気がない。

「これ、憂くんの事件と関係ないよね？」

「僕がやったんじゃありません。でも……これは僕のお祖父ちゃんです」

「あれは憂くんと来海ちゃんのお祖父ちゃんなの？」

「はい。お祖父ちゃんです。とっくに死んだ、ってお母さんは言うてたのに、なんで……」

悲鳴のような声を上げ、ぶるぶる震えだした。軽いパニック状態に見えた。

「憂くん。とにかく座って」

今にも倒れそうなので、見かねて言った。憂は素直に指示に従い、テレビの前の席に腰を下ろした。

しばらくじっとしていたが、やがて静かに泣きだした。

「……母から、お祖父ちゃんは死んだ、って聞かされてたんです。嘘やったなんて……」

「お母さんが言ったの？」

「はい。僕はお祖父ちゃんが大好きやった。だから、母に何度も頼みました。お祖父ちゃんに会いたい、て。でも、母はこう言いました。あんなジジイ、とっくに死んだ、て」

「お母さんはなぜそんな嘘を？」

「母は自分の父親のことを嫌ってました。理由は知りません」

そこで憂はうつむいた。ぽたぽたと涙がテーブルに落ちた。

「……僕がお母さんになにか頼んだのは……それだけやったんです。たった一つだけ、お祖父ちゃんに会いたい、それだけやったのに……嘘ついてまで、僕の願いを聞きたくなかったんですね。そんなに僕が嫌いやったんですね……」

「憂くん」

それ以上声が掛けられない。黙って厨房に入ると、ミルクとシロップをたっぷり入れたアイスコーヒーを作ってやった。

「ありがとうございます」

喉が渇いていたのか、憂は一気に半分ほど飲んだ。

「よかったら話してくれる？　お祖父ちゃんのこと」

「お祖父ちゃんは、お母さんのお父さんです。でも、お母さんはお祖父ちゃんと仲がすごく悪くて、僕は一度しか会ったことがありません。そのときは、ちょっと頑固そうだけど、優しい人だと思いました。そのときに約束したんです。十年池に行こう、って」

「十年池ってこれ？」

母のインスタグラムの池の写真を見せる。すると、憂は首を振った。

「僕は見たことがないんです。お祖父ちゃんの説明だけです」

「お祖父ちゃんはどんなふうに説明したの？」

「山の中にあって、十年に一度、八月の最終週くらいに突然現れるそうです。水が澄んでてものすごくきれいや、と」

「十年に一度、て本当にそんな池があるの？」

すると、憂が軽くうなずいて話しはじめた。

「以前、お祖父ちゃんから聞いて、いろいろ調べました。突然現れる池は日本で他にもあるそうです。静岡の池《いけ》の平《だいら》というところには、七年に一度現れる幻の池があって、それは有名みたいです。その池は現れるとき、大きな音がするそうです。地元ではいくつか伝説があって、諏訪《すわ》湖へ行く途中の龍神が休憩したとか言われてるそうです」

「へえ、ほんとにあるの？　すごい。でも、なぜ突然現れるの？」

「それがいまだにわからないそうです」

「不思議やね。でも、十年池のこと、なぜあなたのお祖父さんが知ってたの？」

「母の兄……僕の伯父さんにあたる人がバイク好きで、日本中をツーリングしてたそうです。そのときに『まほろば』で十年池の言い伝えを聞いたそうです。でも、誰も正確な場所を知りませんでした。だから、みんなただのおとぎ話だと思ってたそうです。でも、伯父さんは十年池に興味を持って、山の中を探し回ったそうです。そして、とうとう見つけて写真を撮ったんです。伯父さんはすごく感動して、十年後、必ずまた行く、と言うてたそうです。伯父さんは家に帰って、池の話を父親……つまり僕のお祖父ちゃんに話して聞かせたんです」

「その伯父さんは、今、どうしてるの？」

「伯父さんは事故で亡くなりました。伯父さんは『まほろば』が気に入って、ときどきツーリングに来たそうです。でも、霧の深い日にトラックと衝突したそうです。そのまま川へ放り出されて……」

「じゃあ、祖父がお地蔵様を建てたのは、憂くんの伯父さんの事故がきっかけかも？」

「かもしれません。小学三年生のとき、お祖父ちゃんに一度聞いただけやから、よくわからないんです」

「そう。それで、十年池の場所はわかるの？」

するると、憂は一つ深呼吸をして歌うように言った。

「……夢の中、川を飛び上がる。半月、包帯、双子の生まれるところ」

「へえ、まるで暗号みたいやね」

「わざと暗号にしたんやと思います。たぶん伯父さんは十年池を自分だけの秘密にしておきたかったんです。だから、誰にも正確な場所を言わへんかった」

「それほど大切な場所ってこと？」

「有名になって観光客が押し寄せたりするのが嫌やったんでしょうね。僕は忘れないように、歌みたいにメロディを付けて憶えたんです。……夢の中って」憂はすこしはにかんだ。

「……夢の中、てどういう意味なんやろうね。川を飛び上がる、ってどこの川？　あのお地蔵様の小道から下りる川かな？」

さっぱりわからない。首をかしげていると、憂が大真面目な顔で言った。

「夢の中、っていうのはあの合歓の木のことやないかと思うんです」

「合歓の木？　あの川の？　合歓の木……眠りの木……」私はようやくわかった。「ああ、なるほど。だから、夢の中、か」

「きっとそうです。あの川を遡ったところに十年池があるはずです」

「探してみたの？」

「途中までは。でも、十年池は山の中に突然現れるんです。現れるまではまったくわからないそうです」

「じゃあ、今、行っても無駄なのね」

「お祖父ちゃんの話によると、十年池は八月の終わりくらいに現れるそうです。そのくらいになったら、毎日、探しにいこうと思います」

「お祖父ちゃんとの約束を果たすために？」

「そうです」

私は一つ息をした。

先程、母と対決した。そして、長年の問題にケリを付ける宣言をした。次は憂の問題だ。これ以上、逃げてはいけない。私が憂から逃げ続けることで、かえって憂の未来を損なうことになる。

だが、訊いたら出ていってしまうかもしれない。私はまた、独りぼっちになってしまうかもしれない。それでも、このままではいけない。今を逃したら訊ねる勇気が消えてしまうかもしれない。

「……なぜ殺したの？」

憂がはっと顔を上げた。一瞬、わけがわからないといったようだった。

「あなたみたいに優しい子が人を殺すなんて、よほどの事情があったんでしょ？」

憂が慌てて眼を逸らした。うつむいて、なにも言わない。

殺人事件の多くは家族や顔見知りの間で起きると聞いたことがある。きっと、親殺しもありふれた犯罪だ。

私は憂の言葉を思い出した。

――いろんな親といろんな子供がいる。

あのとき、憂はその言葉をどんな思いで口にしたのか。もし本当に憂が人殺しだとしても、そこには絶対になにかやむを得ない事情があったに違いない。

「あなたが殺したのはお母さんの再婚相手ね」

すると、憂が顔を上げ、私を真っ直ぐに見た。

「……僕は優しくありません。ちっとも優しくありません」

その眼に気圧され、私は息を呑んだ。丸刈りの少年の眼は嘘をついてなどいなかった。優しくない、は本当だ。

「ずっとずっと殺したいと思ってたんです。僕はあの男を殺したいと真剣に思ってました。でも、殺したいと思ったのは一人だけじゃありません。本当の父親もです。僕は父親を二人とも殺したいと思ってたんです」

私は絶句した。

「じゃあ、あなたは本当のお父さんからも、再婚したお父さんからも、虐待されてたの？」

「そうです。僕は息子としてくそらしいです」

「そんなことを言ってはだめ」

私は大声で憂を叱った。だが、憂は表情一つ変えなかった。

「僕は毎日考えてました。なんで生まれてきたんだろう。なんで生きてるんだろう。なんで生きなきゃいけないんだろう、って。あいつらに殴られて、蹴られて、酷いことをされるたびに、あいつらを殺すところを想像しました。でも、いつも途中で頭がごちゃごちゃになってしまって……」

「ごちゃごちゃになるってどういうこと？」

「殺してやるっていう気持ちと、どうでもいいっていう気持ちが両方あって、わけがわからなくなるんです。腹が立って悔しくて憎くてたまらないのに、自分はなんで生きてるかわからなくて、なにもかもどうでもよくなって……」

私はいつの間にか泣いていた。憂は無表情で話を続けた。

「殴ったり蹴られたり、正座させられたりするのは……痛いけど慣れたんです。最初は怖くて辛かったけど、なんだかどうでもよくなってきて……」

「学校の先生は気付いてくれなかったの？　殴られて痣《あざ》ができたりしなかったの？」

「ときどき頬を叩かれることがありましたが、すこし顔が腫れる程度でした。痣は……服で見えないところに」

「他には？」

「他に……」そこで憂が口をつぐんだ。歯を食いしばり、拳を握りしめる。

「他に、なに？」

促したが、憂は黙ったきりだ。震えている。

今、これ以上、追い詰めてはいけない。私は涙を拭いて言った。

「ありがとう、話してくれて」

「ありがとうなんて言わないでください」憂がふいに声を荒らげた。「比奈子さんは人殺しのことをどう思いますか？　人を殺した人間のことをどう思うんですか？」

「どう思うか……？」

憂の眼が私を抉った。私は答えられなかった。

「すみません」

軽く一礼し、憂は店を出ていった。このまま帰ってこないつもりだろうか。私は恐ろしくなって叫んだ。

「憂くん、どこ行くの？」

すると、憂は振り向いてぞっとするような顔で微笑んだ。

「……心配ありがとうございます。でも、僕は来海を置いてどこにも行きません。十年池を見るんです」

私の間抜けな心配などお見通しというわけか。私は崩れるように椅子に腰を下ろした。憂の質問は濡れた衣服のようだった。肌に貼り付き体温を奪う。

——人を殺した人間のことをどう思うんですか？

どう思えばいい？　憂のことなら無条件で守ってあげたいと思う。でも、母のことなら？　里桜を殺した母のことはどう思っていいかわからない。たしかなのは無条件での感情などないということだ。無条件で守ってあげたいとも、憎みたいとも、怨みたいとも思わない。母は母という条件だ。私にはそれしか言えない。

いろんな親がいて、いろんな子供がいて、と憂は言った。普通なんてものが有り得ないということだ。なのに、あの子は普通でいたがっている。

憂はなにが知りたい？　人殺しに対する無条件の感情か？　それとも人殺しの絶対的な価値か？

どう言えば、憂は満足するのだろう。「人を殺した人間」である憂が本当に求めているものは、なんなのだろうか。

＊

俺はホテルを転々としている。マンションに帰るのは一日一回、「ウーちゃん」の世話をするときだけだった。

こんなときに俺は何をしているんだろうと思う。だが、きちんと「ウーちゃん」の世話をしていれば、すこしくらいは佐野の心証が良くなるかもしれない。

そんな打算もあるが、やはり長く飼ってきたペットだ。「ウーちゃん」に死なれては寝覚めが悪い。

慶子からＬＩＮＥが来る。退院の日が決まったが、赤ん坊は当分ＮＩＣＵだという。まだ生きているらしい。

ふっと疑問に思った。名前が付く前に死んだ赤ん坊はどうなるのだろう。出生届を出してから、死亡届を出すのだろうか。別々に出すのか？　それとも同時に出すのか？　どちらにせよ書類を書かなければならないのなら、名前が必要だ。

放っておいても慶子が勝手に名づけるだろう。俺には関係ない。俺に名づける資格なんてない。

老人を殺してから、まともに眠れない。ホテルのベッドで汗をかき、寝返りばかり打っている。廊下で外国人観光客が騒いでいる。怒鳴りつけてやりたい。

俺は死んだ人間の夢ばかり見る。自分が殺した老人の夢も見る。そして、保育器の中で死にかけている赤ん坊の夢も見る。赤黒くてピンク色の虫のようななにか、だ。うなされて、汗びっしょりになって眼が覚める。だが、それはただの悪夢だ。まだマシだ。流星の夢も見る。殺された弟は夢の中で笑っている。子供の頃の姿で、中学、高校の頃の姿で現れ、兄貴、と俺に向かって呼びかける。

眼が覚めると泣いている。俺は一人でバカみたいに泣きじゃくる。涙が止められない。

俺は起き上がって「アリア」を聴く。バッハの「管弦楽組曲」第三番第二曲の「アリア」、カール・リヒターの演奏だ。俺は涙が止まるまで繰り返し聴く。

たった三分違いで生まれただけなのに、祖父も祖母も俺を兄として扱った。兄だから弟の世話をしろ、面倒を見ろ、弟のために働け、と。

俺は懸命に兄になった。双子の俺が一人の人間として認められるには、弟よりも大人にならなくてはいけなかったからだ。俺は兄になることで、自分自身を納得させていた。

だが、流星は無自覚に弟だった。いつも、俺を「兄ちゃん」と呼んで頼った。そして、いつも俺は「兄ちゃん」だから我慢してきた。流星に物を譲ることなど慣れっこだったから、なんとも思わなかった。

女もそうだ。たいてい共有だった。だった、というより共有になった。流星が俺の女を欲しがったからだ。例外は慶子だけだ。

――悪い、兄貴。あんまりいい女やったから。

そう言われると仕方ない。黙って女を譲った。腹は立たなかった。女に未練を感じることもなかった。

その逆もあった。流星が誘ってきた。兄貴、俺の女と一緒に遊ぼうや、と。女たちは双子の流星と俺を見て、眼を丸くした。

――流星、勘弁しろや。

俺は呆れて背を向けた。兄貴、遠慮するなよ、と流星が止めたが、到底そんな気分にはなれなかった。

だが、そんな遊びも流星が芽衣と知り合うまでだった。流星はすぐに芽衣に夢中になった。俺はあまり芽衣が好きになれなかった。顔と胸は一級品だったが、どこか不快で嫌悪感があった。

だが、芽衣は流星を救ってくれた。芽衣と知り合って流星は変わった。女と酒と金に溺《おぼ》れる荒《すさ》んだ生活をやめ、方法はどうあれ結婚を考えるようになった。

俺は安堵した。流星は最悪の時期を脱した。芽衣がどういう女であれ、流星にとっては必要で正しい存在なのだろう。すこしばかり連れ子に辛く当たろうと、生まれた娘にあまり関心がなくても、以前の荒れ狂った流星よりはずっとマシだ。そもそも、俺たちはもっと酷い家で育った。親が二人揃って、食べる物と着る物があるなら充分恵まれているだろう？

芽衣は慶子をバカにしていた。慶子もそれを当然のように受け入れていた。そんな慶子が歯がゆかった。俺は慶子とケンカするようになった。あの二人が結婚してから、何度も別れ話が出た。

あのとき、別れるべきだったのか？　それなら子供なんて生まれずに済んだのか？　俺は自分に子供がいるなんて堪えられない。うっとうしくて、不快で、気持ち悪くてたまらない。流星。おまえは偉いよ。連れ子を引き取って、娘も作った。俺には無理だ。

慶子からは毎日ＬＩＮＥがきた。だが、俺は病院には寄りつかなかった。その代わりに芽衣のマンションには顔を出した。

憂と来海の行方は一向にわからない。手がかりを芽衣に訊ねるが、ろくな返事はなかった。もともと無関心な母親だったので、子供の立ち寄りそうな場所ひとつ思い当たらない。

「なんかないのか？」

苛々と俺は芽衣に訊ねた。佐野の動向が気になる。その気になれば、俺なんて簡単に殺される。

「何回も言うたやん。子供のことなんて知らんし」

スマホから顔を上げない。俺はかっとした。自分の産んだ子の心配もせず、一日中スマホのゲームをしている。最低だ。

「いい加減にせえや」

俺は芽衣からスマホを取り上げ、部屋の隅に放った。

「なにすんの」

怒る芽衣の腕をつかみ、顔をのぞき込む。

「考えろ。おまえ、母親やろ。なにか思い出せるはずや」

次の瞬間、ふいに芽衣が抱きついてきた。

「お願い。流星のふりしてて」

大きな胸を押しつけ、俺の股間に触れた。

「ねえ、芽衣って呼んで。流星みたいに呼んで」

「なに考えてるんや」俺は芽衣を振り払おうとしたが、芽衣はしっかりとしがみついて離れない。

「お願い。流星の代わりになってや。あたし、流星がおらんとあかんねん。一回でいいから」そう言って芽衣はぼろぼろ泣き出した。

ゴミの上で女に押し倒される。勘弁してくれ。思い切って芽衣を押しのけようとしたとき、人影に気付いた。

「……佐野さん……」

佐野が部屋の中に立っていた。一体、いつからいた？　一瞬で血の気が引いた。

「取り込み中、すまんな」

佐野は真面目くさった顔で俺たちを見ていた。皺の多い顔にきれいに染めた髪が不釣り合いだった。俺はゴミだらけの床に芽衣を払いのけ、立ち上がった。

「ウーちゃん、元気にしてるか？」

「はい」

「それは結構」佐野が満足げにうなずく。「で、弟が死んだそうやな」

「はい。突然のことで……心不全だそうです」心臓が苦しい。俺は深く頭を下げた。「先日はお心遣いをありがとうございました」

「時間の無駄や。誰にやられた？」

俺は顔を上げ、佐野を見た。

佐野の顔にはこれといって特徴がない。一見、地味で目立たない。ごく普通の穏やかな人間にしか見えないときもある。だが、感情の読み取れない顔だ。喜怒哀楽がどこにも見つけられない。

「憂というあいつのガキに」

「……あの連れ子にか？　まだ子供やろ？」

「知ってるんですか？」

「まあな」

佐野が首を傾け、眉を寄せた。はじめて不快が顔に表れた。なぜ、佐野が憂を知っているのだろう？ どういうつながりだ？

「で、ガキは？」

「逃げました」

すると、佐野の眉がぴくりと動いた。俺の眼をじっと見て言う。

「捜せや」

佐野は余計なことは言わない。だから恐ろしい。

「はい」

「これはおまえ一人の問題や。わかるな？」

「……わかってます」

頭を下げた。すると、佐野の表情が微妙に緩んだように見えた。なんとか切り抜けられたか、とほっとした瞬間、いきなり鳩尾を膝で蹴られた。俺は膝から崩れ落ち、身体を半分に折ってうめいた。

「承知しております、やろ？」

「……承知しております」

くそ、ホッチキスが。油断させておいてこう来たか。俺は半ば感心し、涙を流しながら佐野の背中を見送った。芽衣は俺の後ろで呆然としている。

「なに、あいつ。マジで本職やん」

芽衣を無視し、俺もマンションを出た。スマホを取り出すと、履歴には慶子からの着信、LINEが並んでいた。まさか赤ん坊が死んだのか、とメッセージを読む。

――名前、考えましたか？　出生届は二週間以内なので、八月中に決めなければいけません。銀河も考えてください。私も考えます。

ほっとした。赤ん坊は生きている。俺は大きな息を吐いて、それから混乱した。なぜ俺は赤ん坊の無事を喜んだ？　赤ん坊のことなどなんとも思っていないはずなのに。

苛々とLINEを閉じた。次に、坂下憂、坂下来海という名でネット検索する。もしかしたらなにか手がかりが、と朝昼晩の一日三回検索を掛けている。

しばらく検索結果を眺めていたが、やはりなにも引っかからない。くそ、と思いながら、今度は十年池と入れてみる。

＃十年池
スマホの画面を見つめた。間違いない。森の中の池。十年池だ。昨日まではなかった。誰かが新しく投稿した。

はじめて見つけた手がかりだ。ドライブインまほろば。ここに行けば憂の手がかりが見つかるかもしれない。

流星の車に乗り込み、駐車場から出た。信号は青だ。必ずあのガキを見つけて名簿を取り返す。そして……。

「……ぶっ殺す」

アクセルを踏んでトラックの前に割り込んだ。クラクションを鳴らされたが気にせず、さらに車線変更して軽自動車の前に入る。

ふっとぐにゃぐにゃの生き物が頭に浮かんだ。俺は舌打ちして更にアクセルを踏んだ。

第四章　光

眼が覚めると、窓の外は真っ白だった。

窓を開け、朝の空気を入れた。冷たい。ぞくりと身体が震えた。こんなに霧が深い朝は久しぶりだ。山も空も境がない。白一色の塊がのしかかってくるようだ。

あの子たちが「まほろば」にやってきた日の朝も、霧が濃かった。あれから一ヶ月が過ぎた。日の出もずいぶん遅くなった。もうじき夏も終わる。

私は深い霧の向こうに眼を凝らした。駐車場入口の桜の木もかすんでいた。こんな朝は事故でも起こらなければいいが、と思う。ここは旧道だから、道幅が狭くて路肩がほとんどない。きつい勾配のカーブが続いて、見通しが悪い。霧の深い朝や深夜は特に危険だ。憂が教えてくれた「酷道」という言葉がぴったりだと思う。

これだけ霧がひどければ、休憩に寄る車が多いかもしれない。今朝はすこし早めに店を開けよう。手早く着替えて、離れを出た。

濃い霧が肌にまとわりつく。数メートル先がはっきり見えない。スモークを焚《た》きすぎたステージかB級ホラー映画のようだ。私はねっとりした霧の中を泳ぐように歩いた。

厨房に入って、すぐに米を炊いて湯を沸かした。出汁《だし》を取る準備をしていると、憂が起きてきた。

「おはようございます」

「おはよう、早いのね」

「あんまり霧がすごいんで、なんかテンションが上がって」

「ほんとこんなにすごい霧は私もはじめてかも。事故が起きへんかったらいいんやけど」

子供の頃、祖父は口を酸っぱくして言っていた。

——霧の日は絶対に道路に出ちゃだめやぞ。川まで撥ね飛ばされるぞ。

川まで撥ね飛ばされる。その言葉は恐ろしかった。思い出すたび身体がすくんだ。きっと、あれは憂の伯父のことだったのだろう。

「憂くんも気を付けてね。霧の日は絶対に道路に出ないで。来海ちゃんにも気を付けてあげて」

「はい」憂がすこし青い顔でうなずいた。「もう回転灯出していいですか?」

「ありがとう、お願い」

本当に気の利く子だ。丸刈りの後ろ姿を見送りながら思う。

タキさんはよく似合うと言ったが、私はそうは思わない。普通なら丸刈りの頭を見ればなにを思う？　野球少年？　それとも囚人？

憂はすっかり日焼けしているのに野球少年には見えず、囚人に見える。「人を殺した」という先入観があるせいだろうか。でも、囚人は囚人でも犯罪者には見えないのだ。私はアウシュビッツを思い出した。テレビのドキュメンタリー番組で観ただけだが、鉄条網の向こうの痩せこけた子供は憂と同じ、絶望しきった眼をしていた。

「すごいですね、霧が道路を川みたいに流れてます」

戻ってきた憂は興奮して語った。頬がすこし赤い。　私は嬉しくなる。　証拠を見つけたからだ。

この子の心は完全に死んだわけではない。人を殺したからといって、壊れて感情を失ってしまったわけではない。

「さあ、今日も頑張ってピザを売りましょう」

「はい」憂が元気よく返事をした。

読み通り、その朝はいつもより客が多かった。あまりの霧の濃さに難渋した運転手が「まほろば」に避難してきた。朝定食が売れ、時間つぶしのコーヒーが売れた。私と憂は忙しく働いた。ようやく霧が薄くなってきたのは十時を過ぎてからだった。

昼になると、酷道目当ての客にピザが二枚売れた。その後、店は閑散とした。

憂は店の中で本を読んでいた。私と来海は外に出て遊ぶことにした。

来海はお気に入りのホッピングで跳ねている。私は日陰でそれを眺めていた。駐車場を三周ほどしたときか、来海が泣きだしそうな顔で寄ってきた。

「テープ、とれたー」

見ると、持ち手の部分に巻いてあった、飾りのマスキングテープがはがれていた。

「大丈夫、こんなの簡単。修理しよっか」

「うん」

来海がテープ入れの小箱を持ってきた。あれから何本か買い足して、種類が増えている。

「どれにする？」

「うーんと」

来海はさんざん迷ってピンク色のテープを選んだ。赤いサクランボが散らしてある柄だ。

「かわいいテープやね」

「うん」

来海は巻き終わると、すこし離れたところから眺めた。そして、大真面目な顔で言う。

「……うん、なかなかの出来やと思います」

これは憂の真似だ。私は思わず笑ってしまった。

修理を終えてテープをお片付けしましょう、と言ったとき、車が一台入ってきた。

「あ、パパの車」

来海が驚いて声を上げた。嬉しそうな、怯えたような、奇妙な表情で車を見つめている。駐車場に入ってきたのは黒のアルファード。運転席に見えるのはキャップをかぶった若い男だ。

「来海ちゃんのパパ？」

「うん」

本当にあれは来海の父親なのか？　私は混乱して立ち尽くしていた。憂は殺したと言っていたではないか。憂の勘違いだったのか？　いや、何度も確かめたと言っていた。一体どういうことだろう。

車から男が下りてきた。背が高く引きしまった身体をしていて、派手なロゴ入りシャツを着ている。整った顔立ちは野性味のある優男といったふうで、モデルか俳優と言ってもおかしくない。長い手足をごく自然に動かして歩いてくる様子に、私は一瞬見とれてしまった。

「来海、元気やったか？」

男が来海に笑いかけた。笑うとすこし子供っぽくなった。だが、元々の男臭さと幼さが混じり合うと、はっとするほど魅力的に見えた。

虐待をする親だ。もっとガラの悪い、陰湿な男を想像していた。なのに、眼の前にいるのは、文句なしに爽やかで気のいいスポーツマンタイプの男だった。いや、だまされてはいけない、と自分に言い聞かせる。虐待をする親は「外面がいい」ことも多い、と聞いたことがある。この男もそのタイプかもしれない。

来海は私の横でホッピングを握りしめたまま動かない。男の様子をうかがっている。虐待の証拠を目の当たりにして私は胸が痛んだ。里桜なら、と思う。あの子だったら、父親に声を掛けられたならすぐさま駆けていくだろう。

「来海、迎えにきたぞ。パパとおうちに帰ろう」

「……パパ」

来海はホッピングを置くと、そろそろと近づいていった。男は来海を抱き上げ、私をじっと見た。ぞくりとしたが、軽く頭を下げた。

「来海、憂は？」

「お兄ちゃんはお店の中」

男は来海を抱いたまま、店に向かって歩きだした。

死んだ人が生き返るはずはない。では、あれは誰？　なんのために来た？　そして、なぜここがわかったのだろう。それに、憂たちがここへきて一ヶ月以上経っている。なぜ、今頃やってきたのだろう？

落ち着け、考えろ。私は男の背中を見つめながら、頭の中を整理した。最近はじめたことは石窯ピザとインスタグラムだ。だが、憂と来海の写っている写真はアップされていないはず。じゃあ一体なぜ？　それともただの偶然か？　わけのわからないことだらけだ。私は混乱した。

「ねえ、パパ。あれ見て」来海が大きな声で言った。「ほら、あの石窯ね、お兄ちゃんが作ってん。あれでね、ピザを焼いたら、すごく美味しいねん」

「そうか。いいな。パパも食べたいな」

「ほんま？　じゃあ、お兄ちゃんに焼いてもらお。あのね、山菜のピザがすごく美味しいんやよ」

「そうやなあ」

男は来海を抱いて店に入った。私も続いて入った。足がガクガクしていた。

「お兄ちゃん、パパが来たよ」

憂が驚愕の表情を浮かべた。見る間に血の気が引いていく。口をぽかんと開けて、男を見たまま動かない。

男は来海を抱いたまま、店内を見渡した。

「来海、ここはいいお店だな」

「うん。すごくいいお店」

憂は真っ青な顔で男を見ている。黙ったままだ。男は憂を見てにっと笑った。

「憂、どうした？　幽霊でも見たような顔してるやないか」

憂はなにも言わない。強張った表情のまま立ち尽くしている。男はまた笑った。

「ママはおまえのこと、すごく心配してるぞ。帰ろう」

「……嘘や」憂がかすれた声で言った。

「本当や。ママは毎日、おまえと来海のことを心配してる。そやから、早く帰ろう」

憂はそれには答えず、ちらとこちらを見た。助けが欲しいのか。だが、どんな風に動いていいのかわからない。あの男が来海を抱いているのが気になる。とにかく時間稼ぎをしよう。男に声を掛けた。

「なにか冷たい物でもいかがですか？」

「ああ、ありがとう。じゃあ、アイスコーヒーを」

男がにこやかに言った。

「はい、お待ちください」

厨房に向かう。絶対におかしい。自分の子供が家出をして、こんな山中のドライブインにいたというのに、すこしも驚いた様子がない。事情を訊こうともしない。不自然すぎる。

「来海、こっちへおいで」憂が真っ青な顔で言った。

「うん」来海がうなずいた。「パパ、下ろして」

来海は下りたい素振りを見せたが、男はしっかりと抱きかかえた。

「パパ、下ろして」来海が足をバタバタさせた。

だが、男は来海を抱いたまま放さない。憂は男をにらんだまま、立ち尽くしている。男が大きな声で言った。

「来海に嫌われたら、パパ、悲しいなあ。パパは来海とずっと一緒にいたいのに」

男の顔を見て、鳥肌が立った。男は口許だけで笑っていた。憂を見据えた眼にはむき出しの怒りと暴力がぎらぎらと輝いていた。

やはり油断してはならない。アイスコーヒーを作りながら、小さな包丁をデニムのウエストにはさみ、その上からエプロンをして隠した。大げさだとは思ったが、念のためだ。この男が憂や来海に危害を加えるかもしれない。いざとなればこの包丁で男を刺してでも、二人を守らなければ。

夢で母を刺したことを思い出す。そう、あのとき私は母を滅多刺しにした。だから、私はやれる。

「来海、それはパパやない。銀河おじさんや」憂が震える声で言った。

「え？　銀河おじさん？」

来海が驚いて男の顔をのぞき込んだ。

「あー、バレたか。あっはっは。俺は銀河のほうや」銀河という男が大声で笑った。「パパに頼まれて迎えにきたんや。さあ、帰ろう」

「ほんと？」

「ああ。パパとママが家で待ってる。そやから、おじさんと一緒に帰ろ」

すると、憂が血相を変えて叫んだ。

「嘘や。頼むなんてありえない。来海、信じたらあかん」

「なんでありえないんや？　理由を言うてみいや、憂。来海の前で言うてみい」

憂が口ごもると、銀河が喉を鳴らして笑った。憂の顔をじっと見つめながら言う。

「言われへんのか。じゃあ、俺が言うたろか？」

「やめろ」憂が叫んだ。

「そうか、言うてほしないんか。じゃ、言わんといたるわ」

銀河は来海を抱いたまま、店内を見渡す。そして、私に眼を留め、言った。

「店を閉めろや」

「え？」

いきなり言われてわけがわからない。すると、銀河が焦れたように繰り返した。

「話があるから店を閉めろ、言うてるんや」

「でも……」

私が躊躇していると、銀河が来海を抱き直した。右手をゆっくりと来海のうなじに添える。

「細い首やな。片手で余る」

瞬間、憂が叫んだ。真っ青だった。

「比奈子さん、すみません。この男の言うとおりにしてください」

「わかった」

　私はエプロンの上から包丁を確認した。とにかく、今は逆らわないほうがいい。休業の札を出し、ドアに鍵を掛けようとした。

「おい、表の回転灯、片付けてこい。窓から見てる、勝手なことはするな」

　黙って従った。回転灯を片付けながら、私は考えた。なんとかして助けを求めたい。なにかいい方法はないだろうか。

　駐車場には来海のホッピングが放りだしたままだ。私はホッピングに近づいた。窓から見ている銀河と眼が合う。

「余計なことすんな」

「子供のオモチャを片付けるだけやから」

　駐車場の真ん中に放りだしたままだと怪しまれることに気付いたらしい。銀河が怒鳴った。

「わかった、さっさと片付けろ」

　私はホッピングを拾い上げるふりをして、銀河に背を向けた。そして、飾りのマスキングテープを思い切り引きちぎった。

　ごめん、来海ちゃん。さっき修理したばっかりなのに。

　遠くからは見えないはずだ。無残な姿になったホッピングを入口の前に立てかけた。これが精一杯だ。誰か異変に気付いてくれないだろうか。

店に戻ってくると、更に銀河は言った。

「窓のブラインドも全部閉めろ」

ブラインドを下ろして回った。店の中が薄暗くなると、銀河が言った。

「おい、憂、パソコンを返せ」

「そんなの知らない」

「へえ、知らんのか、じゃ、まだあのマンションにあるんか。それやったら俺と来海は家に帰る。二人でゆっくり捜すことにしよう」

憂は返事をしない。パソコンとはなんだろう。事情がわからない。だが、この男のペースにさせてはいけない。とにかく、なんとか時間を稼いで逃げるチャンスを作らなければ。

「あなた、憂くんと来海ちゃんの父親やないんですか？」

「は？　てめえは黙ってろ」男がにらんだ。

「比奈子さん、この人は坂下銀河といいます。この人の双子の弟が坂下流星。僕の義理の父親で、来海の実の父親です」憂が銀河から眼を離さずに言った。

来海は怯えたような顔で抱かれている。銀河に訊ねた。

「坂下さん、弟のふりをして、憂くんや来海ちゃんをだます必要があったんですか？」

「こいつの反応を見たかったんや」銀河が憂を顎で指した。「流星の服を着て、流星の帽子をかぶって会いに行ったら、こいつがどんな顔をするか見たかったんや」

憂の顔は真っ青だ。それでも、強い眼で銀河をにらんだままだ。

「……来海ちゃんを返して。警察を呼びますよ」

「警察？　ああ、どうぞどうぞ。いくらでも呼べや。そうしたら、このガキのやったことが全部バレてしまうけどな」

「あなたにだって後ろ暗いところがあるんでしょ？」

「あるよ、たっぷりある。でも、こいつだって相当や」銀河が来海に向かって猫撫で声で言った。「なあ、来海。お兄ちゃんがなにやったか知りたいか？」

「やめろ」

憂が悲痛な声で叫んだ。顔は蒼白《そうはく》で、今にも倒れそうだ。男はそんな憂を見てにやにや笑っている。なにも言わない。

「黙って俺にパソコンを返して家に戻れば、すべて解決や。おまえのやったことは俺が処理したからな」

「処理？」憂の声が震えた。

「そうや。感謝してもらわなあかん。早よ、パソコンを返せ……」

銀河がはっと駐車場に眼をやった。車の音がした。駐車場に入ってくる。

「……てめえら、声を立てるな。ちょっとでも騒いだら……」

銀河が来海の喉に手を掛けるふりをする。私も憂も黙ってうなずいた。

車が駐まった。窓にはブラインドが下りているので、どんな客が来たのかわからない。入口で声がした。

「あれ、なんで？　臨時休業？」

ハスキーな声だった。タキさんだ。私は懸命に祈った。タキさん、気付いて。しばらく声が途切れる。入口付近にいるのはたしかだ。お願い、タキさん。助けて。

「ま、また来ればいいか」

車が出ていく音がした。タキさんはそのまま帰ってしまった。

へっ、と銀河が鼻で笑う。私はがっかりした。助けは来ない。なら、自分で戦うしかない。

ふいに憂が銀河に声を掛けた。

「あんたは僕を殺したいんやろ？」

「ああ、そうや。ほんまはパソコンなんてどうでもいい。おまえを殺すために来た」

「あんたの弟は最低のクズ、くそ、ゴミ以下のカスや」

「黙れ」

銀河がすさまじい声で怒鳴った。顔は真っ赤だった。興奮して、注意力を失っている。私はそっと移動した。後ろから回り込んで、銀河に近づく。

「おまえにあいつのなにがわかる？　あいつは俺のせいで一生を棒に振ったんや」

「……だから？」

冷たい声で憂が言った。銀河は来海を片手で抱え、もう片手で憂につかみかかった。

「あいつがどんなに野球をやりたがってたか……」

銀河が憂の喉に手を掛け、そのまま絞めた。憂が足をバタバタさせてもがく。来海が悲鳴を上げた。

エプロンの下から包丁を取り出した。手がぶるぶる震えた。今になって恐ろしくてたまらなくなった。足が動かない。

私は懸命に自分に言い聞かせた。この子たちを助けられるのは私だけだ。私がやらなければこの子たちが死んでしまう。

やらなければ。私がやらなければ子供が死ぬ。私のせいで子供が死ぬ。やらなければ。

私は包丁を握りしめた。そのまま銀河の背中に向かって突進した。

小さくうめいて銀河が前のめりになった。思い切り突き立てたつもりだったのに、包丁の刃は斜めに滑って浅く刺さった。

銀河が振り向いた。その拍子に包丁が床に落ちる。来海が銀河の腕からすっぽり抜けた。

「このくそアマ」

銀河が腕を振り上げた。殴られる、と思った。だが、銀河は腕を下ろし、よろめきながら憂のところに向かった。

憂はすこし離れたところで咳《せ》き込んでいる。私は叫んだ。

「憂くん、来海ちゃんを連れて逃げて」

「比奈子さん……」

「早く」

銀河が憂の足をつかんだ。そのまま引きずって捕まえる。

私は床に落ちた包丁を拾った。今度こそ。

思い切り銀河の太腿《ふともも》に突き刺した。今度は手応えがある。銀河は叫び声を上げてのたうち回った。

「早く逃げて」

憂が来海を抱きかかえた。そのまま店の外に逃げていくのが見えた。

「待て」

銀河が足を引きずって追おうとする。懸命にその後ろ姿にしがみついた。なんとかして、あの二人を逃がさなければ。

銀河が私を振り払った。私は吹っ飛んで床に頭をぶつけた。眼の前が暗くなる。身体が動かない――。

一瞬、意識を失ったようだ。気がつくと、銀河が床の上で荒い息をついている。背中の傷はたいしたことはない。だが、太腿の傷からはかなり出血していた。手には血の付いた包丁を持っている。殺される。どきんと心臓が跳ね上がった。

「おい、包帯か晒《さら》しか、タオルでもいい。持って来いや」

手当てをしろと言うのか。私は黙ったまま動かなかった。

「おい、早よ持って来いや」

銀河が包丁を突きつけた。負けるな。私は自分に言い聞かせ、震える声で言い返した。

「あなたが憂くんと来海ちゃんに危害を加える可能性がある以上、あなたを助けることはできない。あの子たちが安全なところに逃げるまで……」

私は銀河をにらみつけながら、きっぱりと言った。すると、銀河が笑った。

「安全なところ？　あいつにそんな場所があるわけないやろ」

「どういうこと？」

「憂には逃げ場所なんかないんや。あいつがなにしたか知ってるか？」

「あなたの弟を殺したんでしょう？」

「知ってたんか？」

「ええ。知ってて、私はあの二人を保護してた。私も同罪」

「くそ」銀河が私をにらんだ。「あいつは俺の弟を殺した。たった一人の弟の流星を金属バットでメッタ打ちにしやがった」

「あの子が人を殺したとしても、それがなに？　もし、あの子が人を殺したとしたら、きっとなにか事情があったんやと思う。違う？」

「事情があったら人を殺していいってことか？　おまえ、家族を殺されても事情があったら許すんか？」

一瞬息が止まりそうになった。母と里桜のことが頭に浮かんだ。銀河の言っていることは、私の考えでもあった。

「いいからさっさと手当てしろ。俺が死んだらもっとタチの悪い奴らが来るぞ」

「どういうこと？」

追っ手はこの男だけではないのか？　どうすればいい？　私は混乱した。

「そいつらは俺もおまえもあのガキ二人も平気で殺す。全員行方不明になってそれで終わりや。死体も見つからへん」

「そんな……」

「あのガキの持ってるパソコンを回収して差し出せば、まだ生き残る目はある。だから、俺にあのガキを追わせろ」

私は銀河から聞かされたことに衝撃を受けていた。全員行方不明、死体も見つからない。そんなことが実際に自分の身に起こるなど信じられなかった。呆然として言葉が出ない。

「おい、いつまでぼーっとしてるねん。おまえに選択肢なんてない。俺の手当てをせずに俺が死ねば、ヤバい奴らが来ておまえらは皆殺しや。俺を助けてあのガキからパソコンを回収したら、おまえと妹のほうは助かる」

「憂くんは？」

「あいつは俺が殺す。弟の仇や」

「でも、憂くんを殺すならあなたを助けられない」

そこで銀河が黙った。しばらくじっと太腿の傷を見ている。やがて、銀河は大きなため息をついた。

「あいつはもう終わってる」

「え？」

「あいつには来海しかいない。あいつの実の父も義理の父親も、さんざんあいつを殴った。あいつの母親は男のことしか頭にない。たった一人の家族は妹なんや。でも、その妹の実の父親を殺してしまったわけや。……どう思う？」

「どう思うって……」

「もうどうしようもないやろ？　あいつには逃げ場所なんかないんや。でも、自棄になれるほど、あいつはバカやない。あのガキ、頭はいい。そんな奴はどうするかっていうと……」

銀河は青い顔でにやりと笑った。「……死ぬんや」

「まさか」私は血の気が引いた。

夏休みが終わるまで置いてくれ、と言った。なにも不思議に思わなかった。だが、銀河の話を聞くと、憂にはもう戻る場所がない。夏休みが終わって新学期がはじまっても、人を殺してしまった憂には行くところがない。

　十年池。最終週。

　憂は最初から死ぬつもりだったのか？　八月の最終週、十年池を見てから死ぬつもりだったのか？

　いや、まさか。自殺なんて、悪く考えすぎだ。憂は来海を連れて、ちゃんと逃げているに違いない。でも、でも――。

「なぜわかるの？　なぜ死ぬってわかるの？」

「俺もこの前、人を殺したからや。そうしたら、生まれてはじめて死にたくなった」

　銀河がうめくように言った。それを聞いて、はっと思い当たった。

「じゃあ、憂くんのお祖父ちゃんを殺したのは……あなた？」

「そうや」

　銀河の顔は真っ青だ。笑っているようにも泣いているようにも見える、歪《ゆが》んだ笑みを浮かべた。

「そういうおまえも、結構簡単に俺を刺したな。別に、刃物振り回すのに慣れてるってわけやないやろ？」

「夢中でやった。あの子たちを守るためやったら、なんでもする」

　けっ、と銀河が鼻で笑った。

「子供を守るためなら、堅気の主婦でも平気で人を刺すってか」

「当たり前や。私も母親やったから」

「うっせえ。当たり前とか言うな。早く手当てをしろや」

この男の言うとおりだ。私に選択肢はない。できることは時間稼ぎだけだ。のろのろと救急箱を取りだし、応急手当てをした。消毒して包帯を強めに巻く。

「さあ、これで出ていって……」

次の瞬間、腕をねじり上げられた。そのまま床に押しつけられる。痛みで思わずうめいた。

「十年池まで案内しろ」

「でも、私は十年池の場所を知らへん」

「そっか、じゃ、仕方ないな。あいつらが死んでもかまわんのやな」

「池に行ったとは限らへんでしょ。山を下りて警察に行ったのかも」

「あいつは行かへん。ジジイと約束したんやろ？　あのガキは死んでも約束を守るタイプや。池を見たあと自殺ってとこやろ」

「でも、あの子は来海ちゃんと一緒に逃げた。山の中に妹をひとり残して死ぬわけがない」

「じゃあ、道連れやな。兄妹で心中ってとこや。あいつには妹しかおれへんのやから」

私はなにも言い返せなかった。銀河の言葉を否定できなかったからだ。

「おまえ、勘違いしてるやろ。どんなにしっかりして見えても、あいつはまだ子供や。大人みたいにズルくなられへん。自分をだまして、なあなあで生きていくなんてできへん。あいつみたいに真面目な奴は開き直られへんからな」

銀河の言うことはもっともだった。私は石窯を思い出した。一ミリの狂いもないと思えるほど、憂は丁寧に正確にレンガを積んだ。あの子には「いい加減」ができない。

「ほら、さっさと追いかけないと、あのガキ、妹を道連れに心中してまうぞ」

包丁が首筋に突きつけられる。眼を閉じ、考えた。

たとえ、今から警察を呼んでも間に合わないかもしれない。できることは、今すぐに憂のあとを追いかけて十年池に行くことだ。

「……わかった」

「十年池か。どんな池なんや？」

「十年に一度現れる池」

「なんや、それ」銀河がかすれた声で笑った。

＊

来海を抱きかかえ、店を飛び出した。

あの石窯、もっと大きく作ればよかった。そうすれば「ヘンゼルとグレーテル」で妹が悪い魔女をかまどに閉じ込めて焼き殺したように、あの男をやっつけることができたのに。憂。憂い。憂鬱の憂。

実の父は「優」と書いて「すぐる」と読ませる名を付けるつもりだったという。だが、母はその名を勝手に「憂」に変えて提出した。父は激怒し、母を殴った。母は泣き叫びながら言ったそうだ。

――あんたの望み通りにはさせへんから。

母の望みは父への嫌がらせだった。

母はそんなことをなぜ僕に聞かせたのだろう。黙っていればいいのに。心の中にしまっておいてくれたらよかったのに。わざわざ僕に聞かせたのは、やっぱり嫌がらせか？　それほど僕が憎かったのか？

実の父親に似たのは僕のせいやないのに。

実の父は厳しかった。勉強でもスポーツでも一番になるように言われた。テストはすべてチェックした。百点でなければ、勝たなければ殴られた。

――おまえを育てるのにも金が掛かってるんだ。金を掛ける以上、結果を出せ。

父は母に惚れて、周囲の反対を押し切って結婚したという。そして、すぐに後悔した。父は母を憎んでいた。母が妊娠さえしなければ結婚などしなかったのに、と言っていた。

父は母をバカにしていた。無知で無教養な田舎者。顔と身体だけの女、と。父は母を人間扱いしていなかった。

日に日に母が荒んでいくのがわかった。でも、父は気にしなかった。母を追い出せば家事をする人間がいなくなるからだ。

その後、母はSNSで知り合った男と浮気して、離婚した。そして、僕に新しい父ができた。あの男は最低だった。双子のチンピラ。二人並ぶと見分けがつかないくらい似ていた。

寒い冬の日だった。

来海の三歳の誕生日に、お祖父ちゃんがやってきた。生まれてはじめて会うお祖父ちゃんだった。お祖父ちゃんは皺だらけの老人だった。田舎で一人暮らしをしていて、都会には住めない、と言っていた。

僕は緊張しながら挨拶をした。

――しっかりした賢そうな子やな。偉い偉い。

祖父は僕の頭を撫でてくれた。

僕は感電したみたいなショックを受けた。今、僕は生まれてはじめて頭を撫でてもらった。生まれてはじめて、偉い偉い、と誉めてもらった。

――ほら。お土産や。美味しいミカンやで。

お祖父ちゃんは僕の掌にミカンを載せてくれた。ミカンは金色にきらきら輝いていて、僕はこんなにきれいなミカンを見たことがなかった。

——おまえらのお母さんには内緒や。あれは昔からミカンが嫌いで、見つかったら捨てられるかもしれへんからな。

——昔からですか？　なんで嫌いなんですか？

——あれの母親がミカンの収穫をしてるときに、突然脚立が倒れてな。横に段々畑の石段があって、頭を打って死んだんや。

——じゃあ、お母さんのお母さんが死んだせいですか？

——さあな。あの子はとにかく……世の中全部が嫌いやった。なにもかも全部。嫌いでたまらんかったんや。

祖父の言葉に僕は打ちのめされ、そして納得した。母は世の中全部が嫌い。僕のことも大嫌い。唯一の例外は流星だ。

僕は掌の上のミカンを見つめたまま、泣いてしまった。金色のミカンに僕の涙が落ちる。丸くてつるつるしたミカンの上を僕の涙が滑っていった。

僕は涙が止まらなかった。声を上げて泣いた。ミカンがびしょびしょになるまで泣いた。まだ小さい来海が不思議そうな顔をしていた。

祖父は突然泣きだした僕に驚いていたが、すぐにもう一度僕の頭を撫でてくれた。

——さあ、なんか美味しいものを食べにいこう。ピザなんかどうや？　好きか？

祖父は僕と来海をレストランに連れていってくれた。そして、ピザを食べさせてくれた。僕は夢中で食べた。

流星と母はなにかあると僕に八つ当たりした。僕がピザ好きなのを知って、仲間はずれにしたのだ。

流星はよくピザを注文した。そして、ピザが届くと、いろいろと理由を付けて僕をベランダに正座させた。離婚の際に撮った「DVの証拠ビデオ」を観て、僕の父親の真似をしたのだ。

すぐに従わないと腹を蹴られた。僕は懸命に耐えた。僕という生け贄がいなくなると、今度は来海がいじめられる。だから、僕が食い止めないといけない。

僕はベランダからガラスの向こうを見ていた。ずっと一人で見ていた――。

ピザを食べ終わると、祖父が言った。

――おまえに、とっておきの秘密を教えてやろう。十年に一度だけ現れる池がある。死んだ息子、おまえの伯父ちゃんが教えてくれた池や。

――お祖父ちゃんは見たことがあるん？

――ない。

――見に行こうと思わへんかったん？

――あの池のせいで息子は事故に遭って死んだ。そう思うと腹が立ってな。行こうなんて思わなかった。でも、歳を取って考えが変わったんや。息子の好きだった池を一度見てみたい、てな。とてもきれいな池らしい。水が澄んでいるから、底の草、木の根、石ころ一粒まではっきりと見える。

――泳げる？

――泳ぐなんて、とんでもない。あんなにきれいで不思議な池は、人間が触れていい池やない。きっとこの世の池やないんやろう。あそこに行くとな、見ているだけで心がきれいになる。それどころか、一夜明かしたら生まれ変わったような気持ちになれる。いや、実際に生まれ変われるんや。

十年池。十年に一度現れる池。一夜明かしたら生まれ変われるほどきれいな池。どんな池だろう。どれくらいきれいなんだろう。僕は興奮した。

――今度いつ現れるん？

――次は二年後やな。おまえが小学校六年生のときや。

――お祖父ちゃん、一緒に見に行こうよ。

――そうやな。でも、難しいぞ。場所がはっきりわかってないんや。それに池はいつ現れるかはっきりわからん。現れてもすぐに消えてしまう。見られるとは限らんぞ。

――探す、一所懸命探すから。

――そんなに行きたいんか？

お祖父ちゃんは不思議そうな顔をした。僕は懸命に頼んだ。

――十年池を見たい。一度でいいから見たい。お願い、僕を十年池に連れてって。僕もそこで一夜明かしてみたい。

誰かになにか頼んだのは、はじめてだった。

――わかった。じゃあ、一緒に十年池を見に行こう。

――ほんと？　ほんとにいいの？　約束してくれる？

――ああ、約束する。今から二年後やな。おまえが小学校六年生の夏休みや。迎えに行くから。

――ありがとう、お祖父ちゃん。

祖父に会ったのはそのときが最初で最後だ。何度か母に会いたいと言ったが、うるさいと叱られた。年賀状を出したいから住所を教えて、と言うと、もう死んだ、と吐き捨てるように言われた。

――夢の中、川を飛び上がる。半月、包帯、双子の生まれるところ。

パソコンが気になったが、祠に隠したままにする。お地蔵様の横の小道から沢へ下りた。

「ねえ、お兄ちゃん、子供だけで川に来たらあかんのに」

「今日はいいんや。特別なんや」

比奈子さんはどうなっただろう。まさか銀河に殺されてしまったのでは。まさか。僕たちを守るために――。

いや、銀河は手がかりが欲しいはずだ。そう簡単に比奈子さんを殺すはずがない。銀河を振り切って、比奈子さんが助けに来てくれるかもしれない。だが、比奈子さんは十年池の場所を知らない。一度、話しただけだから、行き方を憶えているとは思えない。比奈子さんにわかるのは、合歓の木までだろう。そこから先はたぶんわからない。だが、なんとかして来海だけは助かるようにしなければ。

あたりを見回した。沢を渡ることを教えたい。目印になるものはないか？「ヘンゼルとグレーテル」なら兄がパンを撒いた。そして小鳥に食べられてしまった。

あたりを見回すと、オニグルミの木がたくさんあって青い実がなっている。だが、どれも高いところにあった。手が届きそうにない。それに、クルミを撒いたらリスが持っていってしまうかもしれない。

「お兄ちゃん、どうしたん？」

「比奈子さんに道を教えたい。目印になるものを探してる」

うーん、と来海が考え込んだ。そして、はっとポケットに手を突っ込んだ。

「これ」

ピンクのマスキングテープだった。これならいけるかもしれない。

「来海、これ、ちょっと借りるぞ」

「うん。いいよ」

沢の手前の合歓の木の枝に巻き付ける。浅瀬を渡るポイントだ。それから、来海と向こう岸に渡った。

渡りきったところにある柳の木にテープを巻く。そして、上流の方向に三メートルほど進んだところの木の枝にもテープを巻いた。これで進む方向がわかるはずだ。

ところどころにテープを巻きながら、沢を遡り上流へ向かった。しばらく歩くと、半円形の河原があった。目印テープを残しながら、河原の奥へ進む。

山の斜面から水が流れ出している場所へ来た。木の枝にテープを巻いた。

「来海、ちょっと急だけど頑張って上ろうな」

流れに沿って斜面を上った。あちこちにテープを残していく。途中、勾配がきついところは両手を使って上った。来海には無理な場所は、抱いたり背負ったりお尻を押したりして、なんとか上った。

しばらく行くと、水の音が大きくなる。双子滝の音だ。やがて、暗い森が開けて滝に出る。ここですこし休憩することにした。

「すこし休んでから行こうな」

「いや、もう疲れた。お店に帰る」

「上に行ったら、とってもきれいな池があるはずなんだ。天国みたいにきれいな池だって」

「ほんと」一瞬だけ眼を輝かせる。だが、すぐに言った。「でも、来海、もう歩きたない」

仕方ない。背中を差し出した。背負っていくしかなかった。

――なあ、芽衣。子供も自分の食い扶持くらい自分で稼ぐべきやと思えへんか？

流星は母をたきつけた。来海はタレントになれる。いくらでも稼げる、と。母はすぐにその気になった。応募写真を撮らなきゃと、来海を美容室に連れていった。

美容室から帰ってきた来海を見て驚いた。いつも黒のゴムでひとまとめに縛っていただけの髪もさらさらになっていて、青いリボンが揺れていた。耳の横には編み込みまでしてある。新しいワンピースを着た来海は本当に嬉しそうだった。あんなふうに笑うのをはじめて見た。堪らなくなった。来海はかわいがられたのが、はじめてだったからだ。

時間はかかったが、滝を巻いて上に出ることができた。たどり着いたときには、もう足も手もガクガクして歩けなかった。ここで休憩することにした。川の水をすくって飲んだ。来海にもすくって飲ませた。水を飲むと、元気が出てきたような気がした。

あとすこし、あとすこしで十年池があるはずだ。

でも、もしなかったら？　十年池が現れていなかったら？　よろめきながら立ち上がった。

「来海、行こう。ここは歩けるよな」

手を引くと、しぶしぶ来海は歩きだした。川に沿ってひたすら進む。森の中に入ると来海がまた疲れたと言いだしたので背負った。どれくらい歩いただろう。川の流れがどんどん細くなり、やがては消えてしまった。

あたりを見回した。だが、池など見当たらない。どこにもない。ただの森だ。明るくて気持ちのいい、静かな森だ。

なにもかも無駄だったのか？　十年池を見ることだけが生きがいだったのに。やっぱり、なに一ついいことなんてないまま、僕は死んでいくのか？

叫びだしそうになった瞬間、森の奥でなにかが光った。息を呑んだ。

＊

夢の中、合歓の木。

憂はそんなふうに言っていた。十年池の手がかりはそこしかない。覚悟を決め、銀河をお地蔵様まで案内した。

足を引きずりながら歩く銀河の顔は真っ青だった。とっくに倒れてもおかしくないように見えた。

「この道を川まで下りるの」

私はゆっくりと小道を下りた。後ろから、くそ、という声が何度も聞こえる。川岸の合歓の木に着くと、私は足を止めた。

「おい、なんで止まる?」

あの歌のような、暗号のような言葉。夢の中……の後にはなんと続いただろう。記憶をたどるが思い出せない。どこかに手がかりが、と思ってあたりを見回すと、風景の中に異質な色が見えた。ピンク。合歓の木の枝にピンク色のテープが巻いてある。サクランボ柄。来海のマスキングテープだ。

ちょうど浅瀬の手前の木だ。ここを渡れということだろうか。対岸に眼をやる。すると、そこにも小さなピンクが見えた。

「ここを渡って」

浅瀬に足を入れた。小道を下りるときは震えていた足が、今はしっかりとしていた。

憂は来海のマスキングテープを使って目印を残していった。捜してくれ、助けてくれ、という意味だ。だから、憂は生きたがってる。私を信じて、頼りにしてくれている。

川を渡って、目印を探す。すると、上流にピンクが見えた。川に沿って上流に歩いていった。背後から聞こえる銀河の息は荒かった。

「おい、ちょっと休憩や」

銀河が岩の上に腰を下ろした。青い顔は汗びっしょりだった。私も息が上がっていた。疲れて不注意で怪我をしてはいけない。ここはやはり休むべきだ。

銀河がしばらく荒い息をついていたが、ふいに私を見て訊ねた。

「おい、青いミカンって食うたことあるか？」

「青ミカン？　ないけど」

「へっ、普通食えへんよな」銀河がうつむいて笑った。

「青ミカンがどうしたん？」

だが、返事はない。銀河はうつむいたままじっとしている。またしばらく黙っていたが、やがてぼそりと言った。

「なあ、未熟児って助かるんか？」

一体なんのことだろう。一瞬わけがわからなかったが、銀河はふざけている様子はない。

「最近は本当にちっちゃな赤ちゃんでも助かるケースが多いみたいだけど」

「一五〇〇グラムでも生きられるんか？」

銀河が顔を上げた。私をじっと見る。

「あなたの子供なの？」

「勝手に産みやがった。俺は親になるつもりなんてない」

「そんな言い方は……」

私が言おうとするのを遮り、よろめきながら岩から立ち上がる。私に合図した。

「ほら、先に行けや」

私は再び、川に沿って歩きはじめた。ピンクのテープをたどって、どんどん山へ入っていく。半円形の河原の奥に進み、それから細い川に沿って山を登った。

次第に水の音が大きくなる。歩き続けると、ふいに滝に出た。

途中の石で二つに分かれ、白い飛沫《しぶき》が上がっている。高さはないが、美しい滝だった。

「きれい……」

思わず滝に見とれた。銀河も無言で滝に見入っている。だが、道はここで行き止まりだった。この先に進むには滝を越えなければいけない。

あたりを調べた。するど、滝のすこし先にテープを見つけた。なるほど、ここだけ斜面が緩やかで上れるようになっている。見れば、憂と来海が上ったような痕跡があった。

「二本の滝か……」銀河が呟いた。

「ここから滝を越えていかなければならないの」

「くそ、面倒やな」

銀河が舌打ちして斜面を見上げた。顔にまるで血の気がない。歩くのがやっとというふうに見える。よくここまで上れたものだと感心した。

両手を使って懸命に斜面を上った。銀河も後からついてくる。下の土は湿ってぬかるんでいる。うっかり杉の葉を踏むと、ずるずると足が滑った。慎重に周囲の草、木の根をつかみながら身体を引き上げた。

右斜め上に太い木の根があった。手を伸ばしてつかんだ瞬間、ずぼっと抜けた。根と思ったのはただの枯れ枝だった。私はバランスを崩して斜面を滑り落ちた。なにかつかもうと懸命に手を伸ばすが、泥をかいただけだった。

このまま下まで落ちるのか。怪我をするかもしれない。大怪我だったらどうしよう。あの子たちを助けに行けない。いや、もし打ち所が悪かったら——。

悲鳴を上げようとしたとき、突然、身体が止まった。眼を開けると、泥だらけの私を銀河が抱き留めていた。

「おい、てめえ、しっかりしろよ」

銀河が息を切らせながら言う。私が体勢を立て直すと、銀河は斜面に座り込んでしまった。動けないようだ。

「……ありがとう」私は慌てて礼を言った。「あの、傷は……」

「くそ、踏ん張ったせいで、開いたみたいやな。勘弁してくれや……」

「ごめんなさい」

「いいから、さっさと上れ。てめえのケツ、眺めるのに飽きたんや」

私は混乱していた。憂を殺そうとする男が、怪我を押して私を助けてくれた。一体なぜ？

もしかしたら、本当は優しい男なのだろうか。

親になるつもりなどない、と言い切るのは、親に対して良い感情がないということだ。虐待をする親は自らも虐待されていたケースが多いという。この男もそうなのだろうか。もしかしたら、憂が人を殺してしまったように、この男にもやむにやまれぬ事情があるのだろうか。

「ねえ、さっき赤ちゃんのことを訊いたけど、一五〇〇グラムで生まれたん？」

「……ああ、そうや。今はアレに入ってる。赤ん坊用のＩＣＵ……」

「ＮＩＣＵ？」

「そう。保育器の中でチューブだらけになってる。助かるとは思えん」

「奥さんは？　具合は？」

「あいつはピンピンして、子供の名前を考えてる。どうせ無駄になるのにな。アホが」

「そんなこと言わないの」

私は思わず大きな声で言った。銀河がうっとうしそうに私をにらむ。でも、私は許せなかった。

「その子は生きてるんでしょ？　無駄ってなに？　そんなん死ねて言うてるのと同じやん」

「うっさい。おまえになにがわかる？」

「生まれた子を交通事故で一人、お腹の中で二人亡くした気持ちならわかる」

「なんや。じゃあ、三人中絶させた俺と引き分けやな」青い顔で銀河が笑った。

「……最低」

悔しくて涙がにじんだ。やっぱり最低だ。こんな男、親になる資格はない。ＮＩＣＵの赤ちゃんがかわいそうだ。

だまされるな。気を抜いてはいけない。私は子供たちを助けなければいけないのだから。そこからはより慎重に上った。時間はかかったが、なんとか滝の上に出ることができた。あたりを見回した。深い山の中だ。森の木々しか見えない。「まほろば」の赤い屋根を探したがどこにあるかもわからなかった。

「……休憩や」

銀河が川のそばに倒れるように座り込んだ。相当具合が悪いようだ。

「戻ったほうがいいんやない？」

「あのガキを見つけるまでは……」言葉が続かないらしい。ずっと肩で息をしている。「くそ。喉がからからだ」

銀河は川の水をすくって飲んだ。私も続いて飲んだ。生き返ったような気がした。

「足、見せて」私は言った。「包帯、巻き直すから」

銀河は無言で足を差し出した。太腿の包帯はかなり緩んでいた。先ほどの出血で濡れている。私はもう一度強く巻き直した。太い血管が切れたわけではないから、命に関わる出血ではない。だが、これ以上、傷を放っておくと危ない。山の中だ。破傷風の恐れだってある。

不思議な男だ、と思った。ガラの悪いヤクザだ。人殺しだ。でも、この男の眼はときどきすごく哀しい。憂に似ている。人殺しだから似ているのだろうか?

「……おい、腹の中で子供を二人亡くした、って言うたな。中絶させられたんか?」

「いえ、流産したの」

「どんな気持ちやった?」

「どんな、って。口では言えない」

「まだ人間の形してないのに?」

私はむかむかしてきた。どうしてここまで無神経なことが言えるのだろう。親になる資格がないんじゃない。この男には人間の資格がない。憂に似ているなんて、ただの見間違いだ。優しい男であるはずがない。

「……本当に最低」

「ああ、俺は最低や。じゃあ訊くが、おまえは、なんでそんなに子供が欲しかったんや?」

「なんで、って……欲しいから欲しかった」

「なるほど。子供ってのは親にとって物なんやな」

「違う」

「きれいごと言うな。欲しいから欲しい。それが親の本音や。子供なんてただの物や。土産の木彫りの熊と変わらへん」

銀河が吐き捨てるように怒鳴った。その声は私の胸に突き刺さった。哀しくて泣く子供の声と同じ色がした。保育園でお漏らしをして泣いたときの里桜と同じ。

「くそ……」

銀河がよろめきながら川に近寄った。水を飲もうと膝を突く。身をかがめた瞬間、ぐらりと揺れた。銀河はバランスを崩し、頭から水に落ちた。立ち上がろうとするが、流れに足を取られた。一度転ぶと立ち上がれない。

私は慌てて手を伸ばした。一瞬、泥と血で汚れた銀河の指が触れた。だが、するりと呆気なく離れていった。

「……ああ、待って……」

銀河が流されていく。すぐ先は滝だ。銀河は川の中でもがいていたが、そのまま滝の向こうに消えた。

＊

——兄貴、俺ら最強の双子やな……。

流星の声がした。俺はうなずいた。もちろんや。誰がなんと言おうと、俺らは最強の坂下兄弟。なんだってできる。

「……聞こえる？　私の声が聞こえる？」

眼を開けると、中年女の顔が見えた。誰だ、こいつ。

女の顔の向こうには青い空が広がっている。すこし視線を動かす。木々が見えた。どこだ、ここは。

「……満ちるのほうがよっぽど美人や。慶子よりはマシやけど」

「なに？」

女がいぶかしげな顔をする。すこしずつ状況を思い出してきた。俺はくそガキを追って「ドライブインまほろば」に来た。そこで女に刺された。逃げたガキを捕まえようと山に入って、滝から落ちた――。

俺は川岸に倒れている。全身ずぶ濡れだ。この女はドライブインの女。くそガキたちをかくまっていた生意気な中年女だ。

「気がついた？　あなた、川に流されて滝から落ちてんよ」女が心配げにのぞき込む。

頭がズキズキ痛む。左腕が動かない。もし梅雨時など増水しているときなら、絶対に死んでいた。激しい水流に巻き込まれ、今でも滝壺の下でぐるぐる踊っていたかもしれない。

「くそ」

首をねじ曲げて左肩を見た。骨折か脱臼か。肩から下が動かない。流星。すまん。あのガキにやられっぱなしだ。仇を討つなんて言っときながら、このザマだ。すまん。

「無理に動いたらあかん」

女が俺を止めた。だが、無視した。右腕を使って、半身を起こす。左腕がぶらんと揺れて激痛が走った。思わず叫ぶ。

「くそ、あのガキ……」

大声を出すと激しく痛んだ。俺はうめいて突っ伏した。

「腕が折れてるみたい」女はあたりを見回し、流木を拾った。「とりあえず副《そ》え木代わりにするから」

女は着けていた紺のエプロンを外した。腕に流木を当て、エプロンでぐるぐる巻きにして腰紐《こしひも》で結んで固定した。頭の傷にはバンダナを外して巻いた。

「これで一応の応急手当てにはなったと思う」

……くそ。なんでこんな女に助けられてるんや、くそ。

「おい、なんで俺を助けに戻ってきたんや。さっさと憂のところへ行ったらええやろ」

「私もそう思う」

そう言って、女は俺の顔をじっと見た。それから大真面目な顔で言った。

「でも、あなた、さっき私を助けてくれた。それに、ＮＩＣＵに赤ちゃんがいるって言うから」

「そんなつまらん理由で、俺があのくそガキを殺しにいく手助けをしてくれたってわけか？」

女はじっと俺の顔を見た。そして、ためらいながら話し出した。

「さっき、子供が交通事故で死んだ、って言うたでしょ？　あれ、私の母親の起こした事故で死んだの。つまり、私、自分の母親に娘を殺されたの」

俺は驚いて女を見た。この女も家族を殺されたのか？　しかも自分の親に？　身内に身内を殺されたということか？

「ただの事故。母に殺すつもりなんてなかった。でも、私はいまだに母が許せない。母を殺す夢を見る。母を刺し殺す夢」

女の声が震え、眼に涙が浮かんだ。しばらく女は強く唇を嚙みしめ黙っていたが、かすれた声を絞り出した。

「……あなただけが不幸なんやない。でも、あなたの気持ちがわかるとも言えない。人の気持ちがわかる、なんてこと簡単に言ってはいけないから。でも、一つだけ確かなことがある。子供は死んではいけない。なにがあっても大人は子供を助けなければいけないの」

「うるさい。大人は子供を助ける？　阿呆か。おまえの言ってることは全部きれいごとや」

俺はよろめきながら立ち上がった。だが、すぐに倒れそうになる。すると、慌てて女が支えてくれた。俺は女を振り払おうとしたが、その瞬間すさまじい痛みが襲って眼が眩んだ。

「くそ」

俺は痛みを逃がそうと必死だった。こんなのたいした怪我じゃない。流星はもっと痛かったはずだ。腕が一本折れただけだ。柴田の手下に階段から落とされて半殺しにされたときよりはずっとマシだ。

くそ、喉が渇いた。だが、川に身をかがめる力がない。仕方ないので、女に頼んだ。

「……水、飲ませてくれ」

女は両手に水をすくって、俺の顔の前まで持ってきた。俺は口を付けて水を啜《すす》った。掌の水はすぐになくなった。女は何度もすくって飲ませてくれた。

喉の渇きが癒えると、ずいぶん楽になった。

俺はあんまり間抜けだ。一体ここでなにをやってる？　俺を見た佐野はどう言うだろう？　きっと、呆れた顔で、鼻で笑って、冷たい声で言うだろう。

――おまえには「ウーちゃん」を任せられん。

思わず笑ってしまった。女が不思議そうな顔をする。すこしの間、俺をじっと見ていたが、ためらいがちに口を開いた。

「あなたはなんで、そんなに赤ちゃんが嫌なの？」

「……あんなもん、手間が掛かるだけや」

「怖いん？」

て」

「私の別れた夫も言うてたの。妊娠を聞いたとき、嬉しかったけど本当はすこし怖かった、

「なに？」

俺は黙っていた。すると女が言葉を続けた。

「本当にいい加減な人は中絶なんかさせへん。面倒臭いから逃げるだけ。それか、育てることなんか考えず、どんどん産ませたりする」

「なら、俺は責任感が強いんやろ。育てられないのがわかってるから、産ませへん。なにも間違ってない」

「どうして育てられないってわかるん？」

「俺は親になる資格なんてない」

「なんで？」

「俺は親になんかなりたくないんや」

あまりしつこいので怒鳴った。だが、女は許してくれなかった。

「でも、あなたの赤ちゃんはもう生まれたんでしょ？　あなたはちゃんと親にならなあかんのと違う？」

「うっさい。偉そうに説教すんな」俺は女をにらみつけた。「俺は人を殺した。これから二人目を殺しに行く。おまえは人殺しの親が欲しいんか？　そんな親やったら、おらんほうが

マシやと思えへんか？」

「わからない。でも、ほんのすこしでも子供のためにできることがあるなら……どんな些細《ささい》なことでも子供のためにやれることがあるなら、やったほうがいい。そうでないと、いつまでも後悔する」

「……おまえは後悔してるんか？」

「ええ、後悔してる。娘が死んだ日、どうしてもっと話を聞いてあげられなかったのか。バイバイをしてあげなかったのか。どうしてどうして、って……」

女がぼろぼろと涙をこぼした。だが、口はへの字のまま、強く光る眼で俺をにらみつけた。一瞬、俺はたじろいだ。

「あなた、本当に憂くんを殺すん？」

嫌な眼だ。こんな女の眼が一番怖い。慶子と同じだ。

「ああ、殺す。流星の仇や。見つけたら今度こそ絶対に殺してやる。あいつは俺のせいで殺されたようなもんや……」

くそ。こんな女にひるんでたまるか。俺たちは最強の双子。流星。そうだろ？

なのに、この女はどうして俺を憐れみの眼で見る？　どうしてそんな辛そうな顔をする？

俺はうめきながら立ち上がった。もう一度、滝を越えなければならない。だが、立ち上がった瞬間に足の力が抜けて膝を突いてしまった。

「大丈夫？」

「俺のことより自分の心配をせえや。今度滑って落ちても、俺は支えられへんからな」

俺はもう一度ゆっくりと立ち上がった。流星の仇を討つ。それだけを考えろ。慶子のこともピンク色のことも考えるな。俺があいつらのためにできることなんてこれっぽっちもない。

片腕で斜面に取り付いた。再び苦労して崖を上り、滝を越える。先ほどの倍、時間がかかった。

佐野は俺を追ってくるだろうか。

さっきはこの女にはったりをかました。俺を助けなければヤバい奴らが追ってきて皆殺しだ、と。だが、あり得る。俺の行動は筒抜けで泳がされているだけかもしれない。

俺は殺されるのか？　この女も憂も来海も？　俺は息を切らしながら顔を上げた。深い山だ。木々の遥か上に空がほんのすこし見えるだけだ。やっぱり埋められるのか？　重機も使えない山の中だ。四人分の穴を掘るのは大変だ。

体力が限界だ。頭も限界だ。馬鹿なことばかり考える。

俺が死んだら慶子はどうなる？　生まれたばかりの名無しのピンク色はどうなる？　いや、俺なんぞいない方がマシだ。俺みたいな父親なんぞいない方がマシに決まっている。

滝の上に出て、川に沿って更に歩く。森の奥へ、奥へと入っていくと、次第に川は細くなっていって、やがて消えてしまった。一体どうなっているのだろう。女も不安そうにあたりを見回している。

それでも深い木立の中を歩き続けると、前方が明るい。なにかがきらきらと輝いている。

まぶしい。

鏡？　地面が鏡になってる？

俺は息を呑んだ。眼の前に池が広がっている。

「こんなところに池が……」それきり女が絶句した。

こんな山深いところに大きな池があるなんて。しかもそれが十年に一度現れる池なのか。

窪地に雨水が溜まったというものではない。透き通った水を満々とたたえた立派な池だ。

「なんや、これ……。森が水浸しやないか……」

「これが、十年池？」女は呆然と立ち尽くしている。

よく見ると、ほとりに人影が見える。憂が振り向いた。驚愕の表情がなぜか次第に曇って、
痛ましげに顔を歪めた。

なんだ？　なんでそんな気の毒そうな顔をする？

「これが十年池なのか？　ほんとにいきなり池が現れたのか？」

憂の傍らには来海がいた。木の根元のくぼみにすっぽりはまり込んで眠っている。

「くそガキ……殺してやる」

今すぐあのガキをひねり潰してやる。そう思うのに足が動かない。ここまで来るのに体力

を使いすぎた。くそ、やっぱり煙草がいけなかったか。禁煙しておくべきだったか。

「……くそガキ、なんで流星を殺した？」息が切れた。「ちょっと殴られたくらいで甘えんな」

「僕は甘えたことなんかない」

「生意気言うな、くそガキ。養われてる間は黙って親の言うこと聞いとけ。そうすりゃ親に借りを作らなくて済む」

その言葉を聞くと、憂が言い返せずに黙り込んだ。だが、横の女が口を挟んだ。

「じゃあ、子供が親に育ててもらうのは借りを作ることなの？　親が子供を育てるのは貸しを作ることなの？　そんなのおかしい」

「どこがおかしいんや。じゃあ、言い換えたる。恩って言葉にな。これならわかるか？」

「恩？」

「良い親に育てられた連中はこう言うやないか。育ててもらった恩がある、てな。もし、良くない親に育てられたら、育ててもらった借りがある、て。同じ意味や」

長く喋りすぎた。急に眼の前が暗くなった。手近の木につかまったが、つい左肩に力が入った。激痛に涙が出た。足の力が抜けて、根元に座り込んでしまった。

殺してやる。

おい、なぜおまえら逃げない？　なあ、どうしてそんな哀しそうな顔をする？

顔を上げて池を見た。

信じられないくらい澄んでいる。すげえな。なんであんなにはっきり見えるんだ？　水に沈んだ草のほうが、地上に生えてるやつよりも、ずっとずっと鮮やかで輪郭がくっきりして、気持ち悪いくらいにきれいだ。

「おい、ガキ。なんでこの池に……」

息が切れた。しばらく休む。深呼吸をしてから続きを言った。

「この池に来ようと思った？」

憂がじっとこちらを見た。憐れむような眼だった。

「お祖父ちゃんと約束したから」

「約束？」

「ここは生まれ変われる池やから」

「生まれ変われる？　流星を殺したことをチャラにする気か？　そんなことさせるか」

憂は返事をしなかった。

息をついた。頭の怪我から血が止まらない。左肩を揺らさないよう、水鏡をのぞき込んだ。

「ひでえ……」

二人が気の毒そうな表情をするはずだった。バンダナから血がにじんで、顔半分は血まみれだった。あまりの酷さに顔をしかめると、水面に血が一滴落ちた。

澄んだ水に赤い血がにじんでいく。

しまった、汚してしまった――。

この美しい池を汚してしまったことに罪悪感を覚えた瞬間、ふいに力が抜けた。そのまま前のめりに倒れた。落ちる、と踏ん張ったが、池に半分頭が浸かった。傷口を冷たい水が洗う。痛いのか、気持ちがいいのか。わからない。

懸命に起き上がろうとするが、身体が言うことを聞かない。池の端に倒れたまま動けなくなった。

流星。すまん。

それから、慶子。すまん。

なあ、流星。俺たち、それなりに上手くやってきたつもりやったのにな。なんでこんなことになったんやろう。

空が暗くなっていく。手足が冷たくなっていくのがわかる。

なあ、まっとうに生きる道があったのか？　堅気で生きる道があったのか？

もしかしたら、俺たち二人とも幸せになれたのか？　こんなふうに惨めに死んでいかなくて済んだのか？

なあ、本当にそんな道があったのか？

なあ、流星。俺たちは一体どうすればよかったんや？

あんなガキと女に殺されるなんて、なんでこんなことになったんや？

なあ、流星。

俺たち、もっとやりようがあったんかなあ。

＊

銀河は気を失ってしまった。

憂は再び十年池に眼を戻した。ぼんやりと無表情だった。

「憂くん」

憂は黙ってこちらを見た。池のように澄んだ表情だった。私は思わず言った。

「憂くん、死なないで」

すると、憂は静かに微笑んだ。

「自業自得なんです。僕は母に酷いことをしたから」

憂は小さな声で言った。

「酷いこと、って？」

「母を助けなかったからです」

「でも、それはあなたの責任やない」

「家の中には順位がありました。父が一番。そして、ずっとずっと下に僕。その更に下が母でした。お金はすべて父が管理してました。そして、ご飯も一緒やない。僕と父親が先で、母は残り物を食べた。僕はしょっちゅう殴られ、ベランダに正座させられましたが、躾もしてもらえたし、成績のことも気にしてもらえた。でも、母は違う。家政婦とか奴隷みたいなものだったんです。どっちがマシだったんでしょうか」

「それはモラハラという暴力や。でも、夫婦の問題やから憂くんが責任を感じることやない。お祖父ちゃんやお祖母ちゃんは助けてくれへんかったの？」

「父の祖父母は会ったことがないんです。父は自分の両親が大嫌いだったんです。ある意味、父と母は似た者夫婦だったんです」

私はなんとも言えない気持ちになった。

親の干渉は真綿の布団に浸み込んだ毒のようなものだ。柔らかいけれど重い。最初はふかふかなのに、いつの間にか冷たく、硬くなる。気付いたときには不快でたまらない。

だが、そんな干渉が子供を救う場合だってある。もし、父方、母方の祖父母のうちに誰か一人でも干渉してくる人がいたなら、虐待から逃げ出せたかもしれない。

「母は浮気相手の坂下流星と再婚しました。そして、養育費目当てに僕を引き取りました。流星は僕にこう言いました」

——自分の食い扶持は自分で稼げや。

「そして、こうも言ったんです。引き取ってやるんだから、家のことはやれ、と。要するに、家事をする人間が欲しかったんです。でも、その頃まだ小さくて僕は家事が下手やった。流星に殴られるようになりました。来海は小さくて、ほとんど無視されていました。母と流星は二人だけで完結してたんです。あの男からなにもかも奪いたかったんでしょう。でも、僕を父の許に残して嫌がらせです。母が僕を引き取ったのは養育費もあるけど、たぶん父への嫌がらせです。

ㅤ

「じゃあ、憂くんはその坂下流星の虐待に堪えかねて……殺したの？」

「いえ。違います」

「じゃあ、なぜ？」

憂は返事をしなかった。しばらく黙ってから言った。

「坂下銀河と流星は表向きは、スポーツ用品店を経営してました。でも、その裏で、昔から『グラス』っていう会員制のデートクラブをやってたんです。中学生や高校生の女の子に声を掛けて集めて、会員の男たちに紹介してました」

「あなたのお母さんは知ってたの？」

「はい。知ってましたが、ノータッチでした。お金が儲かるならなんでもよかったんです」

憂は淡々と語った。小学生の男の子が口にする言葉ではない。私は思わず逃げ出したくなった。だが、懸命に堪えた。心の中で自分を叱る。辛いのは憂だ。私じゃない。

「あるとき、流星は来海をアイドルにしようと言いだしたんです。母も乗り気でした。でも、ちゃんとした事務所や劇団に所属するアイドルじゃありません。あいつらは……来海の写真を会員に売ってました」

「それって……まさか……」

「最初はかわいい服を着た写真でした。オシャレができるお仕事だ、と来海は大喜びでした。でも、それが突然水着になりました。夏だから水着だ、って」

「ああ……」私はうめいた。

「かわいい水着です。なんにもいやらしくありません。でも、アングルは酷かった。そんな五歳の女の子の水着写真を高い値段で買う人たちがいるんです。この先、エスカレートするに決まってます。僕は流星に抗議しました。すると、あいつはこう言ったんです」

――自分の食い扶持は自分で稼げって言ったやろ？　じゃ、おまえが来海のぶんまで稼いでくれるんか？

――僕が稼ぐよ。なんでもする。

――そりゃ助かるな。そっち方面のリクエストがあってな。できる奴を探してたんや。

「稼ぐといっても、自分は男やから大丈夫やと思ってました。普通の仕事の手伝いとか、新聞配達とか、そんなことやと思てたんです。まさかそんなことを好む男の人がいるなんて、考えもしませんでした」

——おまえの仕事が決まった。頑張ってくれや。

憂が池に眼をやった。澄んだ池に映る憂は作り物の像のようだった。

「小学生の男の子って価値があるそうです」

「憂くん、もういい。もう言わなくていいから」

「言われたとおりにしないと殺されると思て、命令されるとおりのことをしました。泣きながら我慢しました。でも、全部、写真とビデオに撮られてたんです」

「もういいから」私はいつの間にか泣いていた。「憂くん、もうそんなこと、言わんでええから」

「だから、殺したんです。この先、こんなことを何回もやらされて、来海も何年かしたら……と思たら、殺すしかないと思て」

池に映る憂は微笑んでいた。澄んだ水の底から笑っているように見えた。

「母も了解済みでした」

——あいつにそっくりな顔した奴が、変態にやられるなんていい気味や。

「僕はなにも言い返せませんでした。母は父のことをそれほどまでに憎んでたんです」

憂は小さなため息をついた。

「でも、父だけやありません。母は世の中のすべての男を憎んでました。たった一人だけ憎まないでいられる男が流星だったんです。そう、本当に仲のいい夫婦やったんですよ。あの二人はお互いしか必要やなかった。子供はたんに邪魔者やったんです。それくらい愛し合ってたんですよ」

「……子供がいるのに、そんな夫婦は間違ってると思う」

「いろんな夫婦がいるんですよ」

憂は笑った。私はその虚ろな笑顔に涙が出そうになった。

「僕の伯父さんは子供の頃から不良やったそうです。大きくなっても働かず、バイクと写真にお金をかけて、ふらふらしてたそうです。お酒が好きで、飲酒運転もしょっちゅうで……」

ふいに憂が伯父の話をはじめた。私は一瞬とまどった。

「でも、たまたま訪れた『まほろば』で、十年池の話を聞いたそうです。その池に惹かれた伯父さんは苦労して探し当てました。そして、その池で一夜を明かして生まれ変わったんやそうです。伯父さんは家に帰ると、お祖父ちゃんに言いました」

――十年池のおかげで生まれ変われた。俺、これからは真面目に働く。そして、十年後、またあの池を見に行くんや。

「伯父さんはその言葉通り、真面目に働くようになりました。お酒もやめました。休みの日には、ときどき『まほろば』に遊びに行ってたそうです。そして、霧の日に事故に遭って……」

憂の眼に涙が浮かんだ。

「お祖父ちゃんは思ったそうです。せっかく生まれ変わったのに、と。生まれ変わるとは、死ぬことやったんか、と」

憂の眼から涙があふれた。それでも憂は笑っていた。

「僕は十年池に行って、生まれ変わりたいと思てました。でも、今はわからない。僕はもう人殺しになってしまった。生まれ変わるんやなくて、やっぱり死ぬべきなんかな、て」

「だめよ、憂くん。死ぬなんて言うたらあかん」

「なんで死んだらあかんのですか？　僕は人殺しやのに」

「眼の前で子供が死のうとしてる。それを助けようと思う。それに理由が要る？　理由なんてない」

「でも、僕はあいつを殺した。最低の奴やったけど、来海にとっては、たった一人のパパやったんです」

「それでも死んだらあかん。お願い。私は……もう子供が死ぬなんて嫌やの。大人が生きて、小さな子が死ぬなんて……絶対嫌やの。お願い」

「比奈子さん……」

「私の娘は五歳で死んだ。私の母が運転する車に乗っていて死んだの」私は詰まりながら、言葉を続けた。「そのときから、私も死んでるような気がしてた。あなたたちと会うまで……本当に半分死んでたの。だから、私は……私を生き返らせてくれた憂くんと来海ちゃんに感謝してる」

「でも、僕は人殺しなんです」

「子供が死ぬって……絶対だめ。子供は死んだらあかん。私はあなたに生きててもらいたい。ただそれだけ。だから死なんといて」

憂はなにも言わなかった。じっと十年池を見ていた。陽に焼けた丸刈りの少年は池と同じくらい透き通っている。長いまつ毛が濡れて震え、十年池に涙が落ちた。

「……人殺しの僕が生きてていいんですか？」

「いいの。いいのよ。生きるのに理由なんかいらへん。誰の許可もいらへんから」

憂が空を仰いだ。そして、号泣した。私は憂を抱きしめた。こんなに優しい子は絶対に生きて、幸せにならなければいけない。

憂は泣いている。でも、はじめて会った夜、人を殺したんです、と泣いたときとはまるで違う。この子供の涙は、この子供の叫びは絶望じゃない。

この子は死なない。ちゃんと生きていける。これは生きていくための涙だ。

陽が傾いていた。

銀河は死んだように眠っている。顔は青いが、呼吸は深く安定していた。

「この人、野球で鍛えてたんです。体力はあるから大丈夫です」

憂が教えてくれた。私はすこしほっとした。

そのとき、来海が眼を覚ました。きょとんとした顔をしている。

「……ハイキング？」

寝ぼけているようだ。憂が笑って、髪に付いた落葉を取ってやった。

「比奈子さん、これからどうしましょう？」

「そうやね。十年池は見たから、山を下りないと」

「まだだめです。十年池で一夜明かさないと生まれ変われないんです」

「一夜明かす、って、ここで野宿するってこと？　なんの用意もしてないし、危険すぎる」

「でも、僕はここで生まれ変わりたいんです」憂がきっぱり言った。「だから、比奈子さんは来海を連れて山を下りてください。僕は残ります」

「そんなことできない」

「でも、来海は小さいから……」

押し問答していると、どこかで人の声がした。まさか銀河の言っていたヤバい追っ手か。

憂もびくりと身を震わせ、怯えた顔をした。

「静かに」

私は憂に眼で合図をした。憂はうなずき来海を背中に隠した。私はあたりを見回した。どこか身を潜められるところはないだろうか。もし見つかったら、この子たちだけでも逃がさなければ。

声が近づいてくる。おーい、おーい、と呼びかけている。

「おーい、比奈子さん、憂くん、来海ちゃん、いるー？」

はっとした。あの声はタキさんだ。やがて、ガサガサという音と同時に木立の間にタキさんの姿が見えた。

「ああ、ここにいた。みんな無事？」

全身泥だらけで手を振っている。私は驚きと嬉しさで、思わず大きな声を出してしまった。

「タキさん」

タキさんはざくざくと大股で近づいてきた。この村にはお嫁に来ただけだというのに、一番山に馴染んで見えた。

「なに、これ？　こんなとこに池があるの？　え、これ、もしかして前に言ってた池？　ほんとにあったんだ」

タキさんは興奮して十年池に近づいた。澄んだ水底をのぞき込み、沈んだ立木を眺め、大きなため息をついた。

「へえー、ほんとにきれい。心が洗われるみたい」

さっきまで静かだった十年池が突然騒がしくなった。

「タキさん、どうしてここへ？」

「ホッピングに気付いたんだよ。あれ、合図だろ？　テープがビリビリに破けてて。来海ちゃんが大事にしているのに、あんな状態で放置するわけない。おかしい、って思って」

「ええ、ええ、そうなんです。よかった、通じた」

「一回は帰ったけど、やっぱり気になって引き返してきたんだよ。あんたの車は残ってるから遠くに行ってないと思って。店にはいないし、とりあえず川を見に行ったら、岩の上に血痕はあるわ、来海ちゃんのテープが巻いてあるわ……で、とりあえずあとを追ってきたってわけ」

「すごいですね、タキさん」

憂が頬を紅潮させている。やはり、嬉しいのだ。タキさんも憂に誉められて嬉しそうだ。照れ隠しにあちこち見回し、倒れている銀河に気付いた。

「で、これ、どういうこと？　この人、誰？　酷い怪我してるじゃない。早く手当てしないと」

「話せば長いので後で。とにかく、山を下りなきゃならないんです」

「うん。たしかに、こんなとこにいても……」

そのとき、憂が口を開いた。

「タキさん、比奈子さん、今すぐ、来海を連れて山を下りてください。お願いします」

「憂くんは？」タキさんが怪訝な顔をする。

「僕はここに残ります」

「え？　でもさ……」

　事情を知らないタキさんは困ったように、私の顔を見た。憂は懸命に頼んだ。

「危ないから陽が落ちる前に帰ってください。夜になったら寒くなります。来海は小さいから、低体温症になったら危険です。だから、今すぐ山を下りてください」

「じゃ、あんたはどうするのさ？　この怪我した男の人は？」

「この人は大丈夫です。これくらいじゃ死にません。僕はこの人と一晩ここに残ります。ここで夜を明かさなければいけないんです。明日の朝になったら山を下ります」

「子供を一晩山の中に置いてくなんて、そんな危なすぎるよ」

「大丈夫です。死んだりしません。とにかく、来海を安全な場所へ」

　困ったタキさんが私を見た。私は思い切って言った。

「ごめんなさい、タキさん。来海ちゃんを連れて下りてもらえますか？」

「あんたはどうすんのさ？」

「私も憂くんとここに残ります。私が付いてるから大丈夫。明日の朝、三人で下りるから心配しないでください」

「でもさ」

「お願いします」

私は懸命に頼んだ。憂も横で頭を下げた。

「……わかった。明日の朝、迎えに来る。じゃ、来海ちゃんと帰るけど……あんたたち、ほんとに気を付けてよ」

来海は不安そうだった。憂は優しく言い聞かせた。

「今夜はタキさんとお泊まりや、いいな？」

「お泊まり？」

「うん。はじめてやろ？　すごく楽しいぞ」

「うん」来海は元気よくうなずいた。

タキさんは眠っている銀河に近づき、声を掛けた。

「あんた、しっかりするんだよ。明日の朝、迎えに来るからさ」

銀河は一瞬眼を開けたが、すぐに再び眠ってしまった。

タキさんは来海の手を引いて山を下りていった。来海は何度も振り返って手を振っていた。

「……母には親戚もママ友もいないから、来海はお泊まりをしたことがないんです。保育園で他の子からお泊まりのことを聞いて、憧れてたみたいで」

「そう、そうよね。あの年頃の子はお泊まりをしたがる」

すぐ寂しがるくせに、と私は心の中で呟いた。里桜、お母さんはね、やらなくてはいけないことがあるの。

「憂くん。私も十年池で一夜を明かしてみようと思う」

「比奈子さん」

「私も生まれ変わりたい。生まれ変わって……もう一度……もう一度、生きていこうと思いたい」

憂が黙ってうなずいた。

私は暗くなった水面を見た。ここで一夜明かしたら、一体なにがあるのだろう？

「ねえ、一夜明かしたら、ってどういうことなのかな。夜の間になにかが起こるのかな？」

「僕にもわかりません」憂が首を横に振った。「でも、信じて夜明けを待とうと思います」

「ええ、そうね」

私は草の上に腰を下ろした。

風がもう冷たい。もうじき日が暮れる。長い夜のはじまりだった。

＊

……私も憂くんとここに残ります。

ドライブインの女の声だ。

俺は眼を開けた。ぼんやりとかすんでいる。あたりが薄暗い。

……あんた、しっかりするんだよ。明日の朝、迎えに来るからさ。

知らないハスキー声の女だ。誰だ、こいつは。

ハスキー声の大柄な女は来海を連れていってしまった。俺の横にはドライブインの女と憂だけが残った。

また気が遠くなる。このままずっと眠りたい。十年池、たしかに天国みたいに気持ちいい。

夢か現《うつつ》かもわからないまま、俺はずっと空を見ていた。ただ暗いだけ。星の一つも見えない。

銀河と流星。北海道にそんな名の滝があるという。父と母の思い出の場所らしい。親のことなど考えたくもなかったから、行ってみようなど考えなかった。

でも、今ならわかる。本当は行きたかったんだ。どんな滝だったんだろう。流星と二人で行けばよかった。

なあ、流星。二人で見にいけばよかったな。

流星は悪ふざけが好きだった。俺のふりをして俺の彼女をからかう。流星は演技が上手く、そのままベッドまで行っても気付かない女もいた。

――ごめん、兄貴。

流星はへらっと笑って謝った。いつものことだから腹も立たなかった。兄貴の物を欲しがる。子供のときからの癖だ。欲しがる物が、お菓子やオモチャから女になっただけだ。

だが、慶子は違った。流星がふざけて俺のふりをしたら、一瞬で見破ったという。バレたと知った流星が開き直ってベッドに誘うと、きっぱりと拒絶されたそうだ。そして、軽蔑された、と。

軽蔑されたのは俺も同じだった。

——あんなことされて、どうして怒らへんの？　銀河は流星を甘やかしすぎ。

——俺たち兄弟のことに女が口を出すな。ほっといてくれ。

——兄弟って言っても双子でしょ？　べつに、銀河が流星の面倒を見なあかん必要なんてない。

——俺たちは助け合って生きてきただけや。なにが悪い？

——助け合ってない。向こうが一方的に甘えてるだけや。たかりみたい。

——うるさい、それ以上言うな。

思わず怒鳴りつけた。慶子がびくりと身構えるのがわかった。それを見ると、ふいに怒りが萎《しぼ》んだ。慶子がこれまで殴られ続けてきたことを思い出したからだ。

——嘘やない。俺らはほんまに助け合って生きてきたんや。すこしくらい大目に見てやってくれ。

——ごめん。

慶子が謝った。

美人でもなくて愛嬌《あいきょう》もなくておまけに貧乳。どこがいいのか、と流星に訊かれたが、俺は答えられなかった。どこがいいのだろう。俺は慶子のどこがよかったのだろう。

――慶子は頭がいい。あいつは俺たちの見分けが付く。

――まあな。でも、偉そうにされて嬉しいんか？

――あいつは偉そうになんかせえへん。で、おまえは？　芽衣のどこがよかったんや？

――顔。胸。

流星が即答した。どちらも慶子にはないものだ。

――胸と顔がそこまで大事か？　ようわからん。

理解できないふりをしていたが、本当は最初からわかっていた。芽衣は写真でしか知らない母にそっくりだった。母もかわいくて胸が大きい、いい女だった。

流星よ。おまえ、芽衣を選んだのは母親に似ていたからだろ？　芽衣がどんなくそ女だったとしても、俺たちの母親よりはマシだと思ったんだろう？　かわいそうに。

かわいそうに。

俺が死んだら慶子は泣くだろうか。きっと、空をにらんでからこっそり一人で泣くだろう。赤黒くて、ピンク色のまだらの、管だらけの生き物を見ながら泣くだろう。かわいそうに。

あたりは真っ暗だ。水の音だけが聞こえる。もう寒さを感じない。

なあ、流星。俺たち、なんでこんなことになったんやろうな。

赤ん坊の名前なんか思いつかない。慶子。やっぱり俺は父親になんかなれない。無理だ。名前も適当に考えてくれ。

俺の親は銀河・流星の滝を見て、俺たちの名前を決めたらしい。だから、俺たちは坂下銀河、坂下流星と名づけられた。あの頃はすこしくらい俺たちに関心があったみたいだな。

俺は今、十年池を見ている。水が澄んでる。水なんてないように思えるくらい透き通ってるんだ。

坂下十年てのはどうや？


寒さで眼が覚めた。

無造作に身体を動かすと腕に激痛が走った。俺は悲鳴を上げて、地面に突っ伏した。

あたりは真っ暗だった。月と星の明かりでようやく人の顔が見える。

女が心配そうに俺を見ている。俺はうっとうしくなって、歯を食いしばって身体を起こした。平気なふりをする。女の横に憂がいた。俺の顔をじっと見て言う。

「あんたは流星がやってたこと、どこまで知ってる？」

「どこまでとは？」

「流星が僕を売ったこと」

「おまえを？」

俺は愕然として憂を見た。意味はすぐにわかった。だが、そんなことは初耳だった。

「僕は何回も流星の連れてきた客の相手をさせられた。そして、それをビデオに撮られた。流星はそのビデオで儲けようとしていた」

「まさか……あいつがそこまで」

言葉が出ない。憂は混乱する俺の顔をじっと見ていた。

横で女は真っ青な顔をしている。だが、あまり驚いた様子はない。ただただ堪えているように見えた。

「流星は言った。たいしたことやない、たかがビデオや、て。何回も何回も言った。まるで自分に言い聞かせるみたいに」

「どういう意味や？」

「ずっと変やと思ってた。そうしたら、ある客に……見せられた。大きな画面一杯に若い流星が映ってた」

憂は暗い池を見つめながら、静かに語りはじめた。

僕がはじめて相手をした客は、流星が心酔している元プロ野球選手やった。以来、何回も僕を「予約」してきた。

——君のパパのビデオや。結構なお宝ものなんやで。

嫌な客やった。現役引退した今は、筋トレが趣味やと言っていた。テレビの真正面にあるソファに座って、僕を膝に乗せた。ものすごい力だった。

——どうや、若い頃の君のパパはほんまにかわいいやろ。

男は眼を閉じるな、ちゃんと見てろや、と言った。僕の顔の真ん前に流星の顔があった。流星は泣いてた。


俺は言葉が出なかった。身体の震えが止まった。寒さを感じなくなったからだ。憂の話を聞いて身体中が凍り付いてしまったからだ。

「流星が高校生のときに撮られたビデオ。『リュウセイくん十七歳』ってやつ。僕よりもずっと酷いことさせられてた」

「待て、そんな話知らん。あいつがそんなことやってたなんて……」

「やってたんやない。無理矢理やられたんや」憂がきっぱりと言った。

「僕はあの日、あいつと話を付けようとした……」

——僕を売ってビデオを撮らせたのは……昔、自分が同じことされたからやろ。

すると、流星の顔色が変わった。

——なんで知ってる？

——この前、見せられた。お宝ものらしい。超レアだから、今でも欲しがってるマニアがたくさんいる、て。

その言葉を聞くと、流星は突然激昂して僕の腹を殴った。何発も何発も殴った。

——てめえ、そのことを人に言うたら、どうなっても知らんぞ。

——なあ、撮られたのはあんただけ？『ギンガくん十七歳』もあるの？

——黙れ。兄貴はなんにも知らんのや。兄貴に言うたら殺す。

「流星はとにかくビデオのことをあんたに知られたくないようやった。僕はこれを使って取引しようと思った」

俺は呆然と憂の顔を見ていた。頭の奥がじんと痺れたようだ。口の中がからからで、舌が貼り付いて動かない。なにも考えられない。なにも言葉がでない。

「僕は流星にこう言った」

——じゃあ、黙ってるから、僕のビデオを回収して。二度とあんなことはさせへんと約束して。来海を売らへんと約束して。

すると、流星は笑った。

──回収は無理や。あれかてお宝ものや。高値で取引されてるしな。それに、自分の食い扶持は自分で稼ぐ。当たり前のことや。

──あんたかて、ビデオを撮られて、嫌な思いをしたんやろ？　なのに……。

──ああ。嫌やったよ。だから、金属バット持って、俺を襲わせた奴を半殺しにした。

「僕は絶望した。そして、覚悟を決めた。店から金属バットを持ってきた。そして、流星を殴った」

俺はうめきながら、流星を思った。

流星は肩をだめにされただけではなかった。ビデオを撮られた。だから、壊れた。

あいつはずっと苦しんでたのか？　裏で取引され続ける過去に傷つけられてきたのか？

「流星、すまん……」

「流星が襲われたのは……俺のせいや」

俺に知られたくなかったのは俺を守るためだ。もし、知っていたら俺は絶対に相手を殺した。もっと早くに人殺しになっていた。

「くそ……」

流星がおかしくなったのはそのビデオのせいか？　平気でガキを殴ったり、売ったりするようになったのは、そのせいか？

「流星、阿呆……」

どうして俺に話してくれなかった？　兄貴、苦しいんや、と言ってくれなかった？　兄貴、助けてくれ、と言ってくれなかった？　どうしてそんなときだけ我慢強くなるんだ？　子供の頃みたいにぴーぴー泣いてくれたらよかったのに。どうして俺を守ろうとした？　俺は兄貴だ。俺がおまえを守るんだ。くそ、どうして――。

俺は顔を覆った。こんなガキや女の前で泣きたくない。なのに、涙が止まらない。

「すまん、流星」

くそ、阿呆は俺だ。そうまでしておまえが守ってくれたのに、俺は結局人殺しになってしまった――。

「流星はよく言ってた。兄貴は俺とは違う。兄貴は絶対に女を殴らない。女に酷いことをしない、て」

流星。阿呆。それは間違ってる。俺は酷い男だ。「グラス」の商売道具の女は大切にしたが、慶子には甘えた。そして、酷いことをした。三度も中絶させた。

「流星は間違ってる」

「慶子さんを殴ってるん？」

憂がちらと見た。嫌なガキだ。俺は歯を食いしばって涙を拭いた。

「殴るより酷いことをした。それから……ついこの前、ガキが生まれた。未熟児でよ、保育器の中に入ってる。ピンク色の虫みたいな、気持ちの悪い赤ん坊や。だから、俺は逃げだした。名前も付けてない」

「じゃあ、付けてあげたらいい」女が言った。

「助かるかどうかもわからんのにか？」

「それでも付けてあげろよ」憂がふいに大声を出した。

驚いて顔を見る。憂は鋭い眼で俺をにらんでいた。

「憂鬱の憂なんて絶対付けんなよ。夫婦でケンカして、嫌がらせに名前を付けんなよ」

「なんや、おまえの名前、嫌がらせかよ」

「そうや。母親の腹いせ」

「そうか。俺たちの名前は滝の名前や。親が北海道旅行して、滝を見に行った。その夜にできたのが俺たちや」

「……なんのひねりもない」憂がため息まじりに言う。

「そやな」俺は女に話しかけた。「おい、あんたのガキの名前の由来は？」

「里桜っていうの。里の桜。ドライブインの入口にある桜の木にちなんで」

「単純やな」

「名前なんて単純が一番やのに……」

憂がまたため息をついた。そして、俺の足を持つと、木のくぼみまで俺を引きずろうとした。女も手伝った。俺はすっぽりはまって、間抜けな熊のようになった。憂と女は周りの木立から落葉やら笹を集め、俺の身体の上に掛けた。

「たぶん、ちょっとは暖かいから」

冬眠する熊か。それとも、蓑虫《みのむし》か。たしかに落葉は心地良かった。


眼が覚めると朝だった。

木立から差し込む光が池の底まで明るく照らしだしていた。小石も木の根も、草の一本一本まで手に取るように見える。池底の水にはごく緩やかな流れがあって、草がゆらゆらと揺れていた。

すげえな。俺は倒れたまま、池の中を見ていた。その辺の景色より、池の底のほうがよっぽどきれいに見える。色も輪郭もくっきり鮮やかだ。

底まで差し込んだ光は水が揺れると欠片《かけら》になって散らばり、まぶしいくらいにひらめく。水の底に氷の粒が沈んでるみたいだ、と俺は思った。それとも、割れたガラスの破片か？

不思議だ。光は水の中に入ると形になるのか。あんなに楽しそうに転がってやがる。

ああ、あれだ。慶子に買ってやった真珠のネックレス。店で一番高いのを買った。素人の俺が見てもわかった。輝きが違う。

水の底で光の珠《たま》が転がる。きらきら輝いて、俺の胸を容赦なく突き刺してきやがる。痛くて苦しくて気持ちいい。

そうだ、慶子の眼鏡もあんなふうに光った。はじめて言葉を交わしたときだ。

俺は起き上がろうとしたが、身体が動かなかった。どうやら、俺はここで死ぬらしい。だが、すこしも怖くなかった。それどころか、満ち足りて清々しい気がした。ようやく俺が本当にしなければならないことがわかった。

憂と女の後ろ姿が見えた。池に見とれている。俺はその背中に声を掛けた。

「……光、や」

「ひかる？」

「ガキの名前や。光にする」最後の力を振り絞って言った。「慶子に伝えてくれ。ガキの名前は光や」

「嫌や」憂がきっぱりと言った。「あんたが伝えるべきや。あんたの子供の名前なんやろ？」

「生意気言うな」

すると、女が諭すように言った。

「朝になったから、もうすぐタキさんが助けを連れてくる。だから、あなたは自分で慶子さんに言うの」

「偉そうに……」

「ほら、さっさと起きて。いつまで寝てる気？」

「なんや、このアマ」

俺はむっとした。せっかくのいい気分がぶち壊しだ。

「あなた、子供が生まれたんでしょ？　ＮＩＣＵに入ってるんでしょ？」

「ほっとけ」

「帰らなあかんよ」

「うるせえ」

「帰るんやよ。彼女も、赤ちゃんもあなたが帰るのを待ってる。あなたは父親なんやから」

「俺みたいな父親ならおらんほうがマシや」

「それは、あなた次第。今までのあなたならいないほうがマシ。でも、まだ間に合う。今からちゃんとした父親になればいいだけ」

「ちゃんとした父親？　は？　そんなもんになれるわけないやろ。俺は人殺しやぞ」

「それでもなれる、ちゃんと罪を償えば。あなたは弟をかわいがってたんでしょ？　弟のことを大切にしてたんでしょ？　二人で助け合って生きてきたんでしょ？　同じことやよ。赤ちゃんをかわいがって大切にすればいい。彼女と二人で助け合って生きていけばいい」

「偉そうに説教すんな。このくそアマ」

「そうよ、私はくそアマで結構。でも、お願いやから起きて。あなたのためでもあるし、彼女のためでもあるし、赤ちゃんのためでもある」女が俺をにらみつけた。「あなたが助かれば、みんなを救うことになる」

「……救う？　大げさな」

「大げさやない。救うのよ。憂くんはあなたの弟を殺した。そのことであなたの心かて傷ついたでしょ？　自分が殺されたように感じたでしょ？　今、あなたが死んでも同じことになる。あなたが死んだら、彼女はどれだけ苦しむの？」

慶子の泣き顔が浮かんだ。俺が殺されたらあいつも苦しむのか？　自分が殺されたかのように感じて、苦しむのか？　保育器の中のガキも？

「三回も中絶させたって言ったけど……奥さんはどんな人？」

「あいつは……」

俺は鼻で笑った。そしてまたしばらく肩で息をする。

「俺が中学生の頃の同級生に、いつも母親から殴られてる女がいた。妹ばっかりかわいがって、そいつには虐待するんやと。そいつは家を出たがってた。そのためには金が要る。俺は女に客を紹介してやった。女は俺に感謝してたよ。ありがとう、ほんとにありがとう、って。そいつは高校卒業と同時に家を出てった」

「それが慶子さん？」

「そうや。あいつは根性がある。金が必要だったから自分で稼いだ。それのどこが悪い？　ピーピー泣いてるより、ずっとマシやろうが」

女はなにも言わない。俺は言葉を続けた。

「さんざんそうやって金を稼いだくせに、あいつは言うんや。俺がはじめてみたいな気がする、て。しょうもない女や……」

吐き出すように言うと、息が切れた。

強い陽射しが池の底に真っ直ぐに差し込んでいる。なのに、地面に落ちる俺の影は薄暗く見えた。真っ黒になりきれない中途半端な色をした、頼りない塊だ。

「……慶子はな、クラシックが好きなんや。胎教にいいからって、妊娠したら一日中流しっぱなしでな」

「いいことやと思うけど」

「クラシックを聴くのは慶子の復讐なんや。あいつは虐待されて育った。楽器なんか習わせてもらえへんかったからな。で、今、聴いてるわけや。あいつには俺以外に頼る人間がおれへん。俺はそれを知ってて……嬉しいようなうっとうしいような気がするんや」

慶子。はじめて俺が売った女。

――ありがとう、坂下銀河くん。

はじめて俺に感謝してくれた女。

俺は十年池を見た。

きらきら光が転がって、俺の胸をぐさぐさ突き刺す。でも、気持ちいい。慶子にも見せてやりたい。

この池はあれだ。あれ。俺が大好きな音楽。慶子が俺に教えてくれた音楽。

「アリア」だ。

バッハの「アリア」。管弦楽組曲第三番第二曲、カール・リヒターの演奏の「アリア」。

静かに、押しつけがましくもなく、それでいて俺をきれいにしてくれる。

「……長い付き合いなんや。お互い、いろいろあったけど……お互いに、はじめて同士みたいなもんなんや……」

「……いいやん、そういうの」

女が笑った。

「そうか？」

俺は十年池に眼をやった。ここで本当に人生がリセットできるのか？　俺だって生まれ変われるのか？

慶子。すまん、山を下りたら俺は警察に行く。殺人犯だ。逮捕されたらきっと、おまえやガキにも迷惑を掛ける。それでも生きてていいか？

こんな俺でも生きてていいか？

なあ、生きていれば、こんな俺でも、いつかは一つくらい親らしいことをしてやれるかな？

だから、生きてていいか？

なあ、慶子。

終章

今日は面会の日なので、慶子さんは朝からワンピースを着ている。この前、通販で買った、青いシンプルなストライプ柄だ。細身の慶子さんにはよく似合っていた。

慶子さんは「ウーちゃん」に餌をやっていた。ピンクのウーパールーパーだ。客席の後ろの風通しのいい場所に水槽を置いている。

——懐かしいわあ。これ、昔、すごく流行ったのよねえ。

タキさんは大喜びして、来るたびに水槽をのぞいていく。

「すみません、帰りは遅くなります。光をお願いします」

「そんなん気にせんといて。ゆっくりしてきたらええから」

月に一度の面会日だ。慶子さんが出かけてしまうと、店は私一人になる。来海が手伝ってくれるが、正直、大変だ。昔は一人でなにもかもしていたことが嘘のようだ。

「タキさん来るまでまだちょっと時間があるから、コーヒーでも飲まへん？」

返事を聞く前にコーヒーの準備をはじめた。あと三十分で開店だが、すぐに客は来ないだろう。

慶子さんがCDをセットした。

〈バッハ　管弦楽組曲　カール・リヒター〉

第三番第二曲の「アリア」は「G線上のアリア」として有名な曲だ。銀河のお気に入りだという。たしかにきれいな曲だ。静かな光が見えるような気がする。

飾りを削ぎ落としたリヒターの演奏を聴きながら、私たちは駐車場の見える席に座った。ここならタキさんが来たらすぐにわかるし、光くんと来海の様子も見える。

「あたしも早く免許取らな。いつまでもタキさんに甘えてられへん」慶子さんがブラックのままコーヒーを飲む。

仕事のついでにタキさんが車で送ってくれる。いいよいいよ、とタキさんは言う。だが、こんな山の中で暮らすなら、運転免許は必要だ。

「光くん、上手くなったね」私はミルクを入れたコーヒーを飲んだ。

駐車場では光くんがホッピングで遊んでいる。もう使わないから、と来海が光くんにあげたものだ。甘えたがりの来海だが、光くんの前ではいいお姉さんになる。急に大人のふりをするからおかしい。

「来海お姉ちゃんより上手くなりたい、て。いつもは甘えてるくせに張り合う気持ちもあるみたい」慶子さんが眼を細めて光くんを見る。

「来海はね、お姉ちゃんって言われるのが嬉しいみたい」

「お姉ちゃんか。あたしは嫌やったけど」慶子さんがぼそりと言った。「あたしはお姉ちゃんって言われるのが嫌で、銀河はお兄ちゃんて言われるのが大好きやったんです」

あの朝、山を下りる最中、銀河は私に言った。

――悪いが、ちょっとでいいから……慶子の話し相手になってもらえへんか？　たまにでええから。あいつ、虐待されて育ったからか、人付き合いが下手で友達がおれへんねん。

――わかった。私でよければ喜んで。

銀河は殺人罪や売春防止法違反などいくつかの罪で逮捕された。

憂は警察にすべてを話した。

――僕が坂下流星を殺しました。間違いありません。

流星の死体はすでに焼かれていた。金属バットも処分されていたが、「シルバースター」の倉庫の床からは流星の血液反応が検出された。流星の死亡診断書を書いた医師は逮捕された。

また、祠に憂が隠していたパソコンの中からは、名簿とわいせつ画像や動画が見つかった。「グラス」の会員からは大量の逮捕者が出た。

その結果、経理担当だった慶子さんも逮捕された。銀河は罪をすべて自分でかぶろうとしたが、慶子さんはそれをよしとしなかった。自分のやってきたことに責任を取りたい、と慶子さんは言った。

——銀河が生まれ変わる決心をしたんです。あたしも変わらないと。罪を償って、生まれ変わって、光を育てながら銀河を待つんです。

慶子さんの眼はきらきらと輝いていた。力強い焰《ほのお》のような閃きだった。そして、裁判では、真摯な反省と更生に対する意欲が受け入れられ、慶子さんには執行猶予三年という判決が下りた。

佐野という元締めだった男の会社にも捜査が入った。だが、それと同時に佐野は失踪してしまった。慶子さんが言うには、たぶん、上のほうに消されたんやと思う。もし佐野が生きていたなら、あたしも光も無事ではいられへんはず。だから、きっと佐野は責任を取らされたのやろう、と。

憂と来海の母親、芽衣も厳しく取り調べられた。「グラス」への関与、児童買春の共犯、憂への虐待などが疑われた。だが、銀河がすべて自分と流星の主導だったと主張したことや、いずれの事実についても芽衣の関与をはっきりと認められるだけの証拠が得られなかったことから、起訴猶予処分となった。

私は未成年者略取の罪に問われたが、不起訴になった。憂が一貫してこう言ったからだ。

——虐待されて家出して、助けてくれ、と頼んだんです。比奈子さんは警察に行こうとしましたが、僕が止めました。警察や親に連絡したら死んでやる、って。だから、比奈子さんは悪くありません。

憂は家庭裁判所に送られ、審判の結果、児童自立支援施設送致が決定した。

銀河を刺したことに関しては、銀河がかばってくれた。

——包丁の奪い合いになって、揉み合った際に自分で刺してもうたんや。

私は憂と銀河の二人に助けられたことになる。私はその恩に報いたいと思った。憂の望みは来海の幸せだ。そして、銀河の望みは慶子さんと光くんの幸せだ。私は自分にできることを考えた。

私は慶子さんに連絡を取った。

最初、慶子さんは私にひどく気を遣って、避けていた。でも、育児や銀河と憂の話をするうちに、すこしずつ打ち解けた。

——あの二人、なんやかんや言うて似てると思いません？

慶子さんが言う。私はうなずいた。

——似てる似てる。絶対似てる。どっちも真面目で「お兄ちゃん」意識が強すぎるとこ。

——ですよねー。

当時、光くんはＮＩＣＵを出てはいたが、まだまだ注意しなければならなかった。預けて働くにも、フォローする人間が要る。おまけに執行猶予中だから職探しも大変だ。私は慶子さんに提案した。

——もしよかったら「まほろば」に住み込んで働いてくれへん？　お給料はあんまり出されへんけど、光くんの世話なら手伝えると思うよ。

すこしずつだが「まほろば」の経営は上向きになってきた。県外からの客も多く、リピーターになってくれる人も増えてきた。私一人では限界だったのだ。

——いいんですか？

——こんな田舎でよかったら。

——あたし、ずっと都会やったから自然に憧れてたんです。きっと、光も元気に育つと思います。

慶子さんは光くんを連れて引っ越してきた。面会のときに銀河に報告すると、驚きながらも安心してくれたそうだ。

来海は石窯の準備をしている。松ぼっくりに火を点け、薪に火を移そうと真剣だ。ピザのメニューも増えた。来海が考えた「クルミのスイートピザ」だ。生地の上に粗く砕いたクルミを散らし、たっぷりとチーズを載せて焼く。食べるときに蜂蜜かチョコソース、もしくは両方を掛けるのだ。アイスクリームを添えることもできる。チーズの塩気と甘いソースが合わさってびっくりするほど美味しい。

週末、来海は「まほろば」に泊まりに来る。芽衣が育児放棄したため、普段は児童福祉施設にいる。私は来海を養子にしたいと申し出たが、芽衣の反対により叶わなかった。

「あんたには渡さへん。あたしの子供なんやから」

育児放棄をする親でも、親権を手放さないケースは多い。今は諦めるほかなかった。その代わり「週末里親」になった。

独身の私が里親として認められるには時間が掛かった。何度も面接を受け、来海との関係を説明し、ようやく認めてもらうことができた。長期休みと週末は、来海と二人、「まほろば」で過ごし、憂の帰りを待ちながら暮らしている。

芽衣は言った。将来、憂を引き取る気はまったくない。それどころか、顔も見たくない、一生関わりたくない、と。

施設での憂はすっかり落ち着いていた。

「ここやったら好きなだけ勉強ができて嬉しいねん」

敬語が消えて、打ち解けて話すようになった。憂は年相応の男の子に近づいてきたようで嬉しい。

「奨学金で大学に行きたい。ちゃんと勉強したい」

憂は夢を語るようになった。弁護士になりたいという。真面目な憂にはぴったりだと思う。

「まほろば」の定休日には本と参考書を持って憂に会いに行った。来海の都合が付けば、一緒に行った。来海と会うと憂は本当に嬉しそうだ。たとえ実親が生きていたとしても、憂にとっては来海が「この世で二人だけの家族」なのだから。

坂下銀河も同じことを言っていたそうだ。

──流星とはこの世で二人だけの家族なんや。お互い結婚して子供ができても、それは変わらん。死んでも変わらん。俺たちは二人だけの家族や。

家族という言葉でしか表せない強い血の絆がある。厄介な執着だ。

「慶子さんには妹がいたんでしょ？　でも、私は一人っ子だったから、きょうだいの関係がよくわからない」

「一人っ子には一人っ子の苦労があるんでしょ？」

「そうやね。結局ね、いろんな親がいて、いろんな子供がいる。それだけやよ」

「たしかに」

慶子さんと顔を見合わせ、笑った。しばらく傍らの紙袋を見ている。差し入れの本だ。銀河は刑務所で読書の楽しさを知ったという。小説はつまらないが、ドキュメンタリーなら面白く読めるらしい。最近は山の本ばかり読んでいる。出所したら、登山をはじめたい。沢登りをやってみたい、と。

銀河はあの双子滝を登ってみたいのだろう。そして、再び十年池を見るつもりなのだろう。

私は勝手にそう思っている。

出所してからも、きっとさまざまな困難があるだろう。裏社会からの干渉や世間の人々からの差別など、これからも彼の人生は決して平坦ではない。

でも、私はあまり心配をしていない。彼はどんな苦難にも負けないだろう。なぜなら、彼は十年池で「光」を手に入れたのだから。

「銀河は『三分と一センチ』だけのお兄さんなんです」

慶子さんがホッピングで遊ぶ光くんを見ながら言った。

「たった三分だけやのにね、それやのにお祖父さんはしょっちゅう言うたそうです」

――銀河、おまえはお兄ちゃんなんやから。

「お兄ちゃんなんやから、って言われて我慢させられて大きくなったんです」

「でも双子でしょう？　お祖父さんはなんでそんなことを？」

「お祖父さんも大変やったんやと思います。自分も歳やのに孫の男の子を世話せなあかん、ってしんどいでしょ？　やから、すこしでも楽をするために、銀河に面倒を押しつけたんです。でも、銀河は真面目やから、それでも一所懸命お兄さんのふりをしようとしてた。かわいそうに」

銀河は真面目やから、かわいそうに、と慶子さんは当たり前のように言った。人を殺して服役している人間に対して使う言葉ではない。

「銀河は流星みたいになりたかったんです。本人が気付いているのかどうかはわからないけど、流星がうらやましくて仕方がなかったんです。流星のように守られたい、面倒を見てもらいたい。流星のように野球が上手くなりたい……って」

慶子さんは眼を伏せ、静かに微笑んだ。

「……共依存、てやつですよね。わかってるんです。でも、あたしは銀河を見捨てられへんから」

「私と母もそんな感じやった気がする。私は一人っ子で、ずっと母と一対一だった。きょうだいがいれば違ったかもしれへんけど」

私が言うと、慶子さんが首を横に振った。

「でも、きょうだいって難しいですよ。母は妹ばかりかわいがっていました。毎日毎日、はっきりと差を付けられました」

「お姉ちゃんやから、と？」

「テストで一問間違えただけでも叱られました。妹はどれだけ間違えても誉めてもらえたのに。妹が忘れ物をしても、あたしが怒られました。気付いてやらなかったあたしが悪い、って。とにかくなんでも、あたしが悪いことにされたんです。そして、母はあたしに毎日お仕置きをしました」

慶子さんは微笑みながら光くんを見ていた。光くんは駐車場を跳ね回っている。まだ同年代の平均には届かないが、身体がずいぶんしっかりしてきた。

「ささら、ってわかります？　中華鍋を洗ったりするときに使う竹の道具です。細い竹を束ねてあるやつ。あれで叩くんです。お尻とかお腹とか太腿とか……服で隠れて見えない場所を選んで叩くんです。妹は当たり前のように見ていました。かばってくれたことなんて一回もなかった」

「辛かったでしょうね」

「そんな毎日から助けてくれたんは銀河なんです。だから、あたしも銀河を助けたいと思う。それを共依存とか言うんやったら、勝手に言えばいい。あたしは一生銀河を助けるだけ」

慶子さんは眼を細めて駐車場を見た。息を切らせて跳ねながら、光くんが叫んだ。慶子さんが手を振る。

「お母さん、見て見て」

「光、よそ見してたら危ないよ」

来海の声が聞こえる。よく面倒を見てくれる。本当にいいお姉さんだ。

私は彰文とはときどき会っている。

お互い、復縁を口にできるところまで回復した。私の望みは憂と来海を引き取ること。できれば、養子にしてきちんと面倒を見ることだ。無論、彰文の両親は大反対だ。説得は難しいと感じている。

彰文と復縁は叶わないかもしれない。だが、互いを傷つけ拒絶するような関係ではなくなった。それだけで充分だ。

母は今、病院にいる。事件が報道されると、母は倒れてしまった。医師の診察を受けると更年期障害が長引いているためだと診断された。入院して治療を受けながら、回復を待っている。

私は母と顔を合わせる勇気がなく、見舞にも行かないままだった。

最近になってようやく薬のおかげで、母はすこしずつ落ち着いてきたそうだ。この前、私ははじめて自分でアップルパイを作ってみた。母のレシピ通りに作ったはずなのに、母の味には到底届かなかった。

私は思い切って、母の見舞に出かけた。病室の母は、驚くほど穏やかな顔をしていた。

「コツがあるんやよ」

母が笑う。以前なら、お母さんが教えてあげる、お母さんがやってあげる、と言ったはずだが、今は違う。医師に注意されたこともあって自制している。

「比奈子風にアレンジすればいいんやよ。がんばって工夫して」

「うん」

このくらいの距離がいい。これからずっと上手くやっていける自信はないが、以前よりはずっとマシだ。

私は「まほろば」でピザとアップルパイの改良を続けている。

タキさんの車が来た。

「回転灯、出てないよ」窓を開けて大声で言う。

しまった。のんびりしすぎて忘れていた。私は慌てて桜の木の下に回転灯を出し、スイッチを入れた。

「ドライブインまほろば」営業中。

解説

瀧井朝世《たきいあさよ》

「ドライブイン」とは、作中の言葉を借りるなら「道路沿いにあるレストランのこと」「長距離の運転で疲れた人たちが休んで、食事をする場所」である。「まほろば」とは、『古事記《こじき》』の「大和《やまと》は国のまほろば」という表現が有名で、「素晴らしい場所」といった意味の古語である。

つまり「ドライブインまほろば」は、旅人がつかのま休憩する素敵な場所といった意味合いになるが、本作に登場するその名を冠した店は奈良県南部、峠越えの山道にある古びたレストランだ。バイパスと新トンネル、道の駅ができたためにこの旧道を使う車はめっきり減り、今は閑古鳥が鳴いている。お世辞にも素晴らしいとはいえないが、でも最後まで読めば、たしかにここは旅人の心を癒す場所だったのだと思わせる。

視点人物は三人いる。

坂下憂《さかしたゆう》は小学六年生。彼は父親の坂下流星《りゅうせい》を金属バットで殴り殺し、五歳の妹、来海《くるみ》を連れて逃亡する。

坂下銀河《ぎんが》は流星の双子の兄。弟の死を知り、憂たちを捜し始める。

比奈子《ひなこ》は「ドライブインまほろば」の店主。逃れてきた憂たちと出会う。

著者の遠田潤子《とおだじゅんこ》は、家族との関係に苦しむ人物を小説に登場させることが多い。本作でも視点人物はみな、家族との間に問題を抱えている。

憂にとって流星は継父である。母親の芽衣《めい》が実父と離婚したあと流星と再婚、その後生まれたのが妹の来海だ。実父は幼い彼をしつけようと激しく折檻《せっかん》、流星もまた彼を虐待してきた。芽衣は流星に夢中で子供たちには関心が薄く、助けてくれるどころか邪険に扱う。ずっと耐えてきた憂がついに流星を殺害するに至った理由は、終盤に明かされる。

一方、銀河は親を知らない。十代で双子を産んだ母親は子供たちを両親に預けて働きに出て、やがて音信不通になった。機嫌が悪くなると暴力を振るう祖父は、祖母が亡くなった後は双子を放置し、銀河は流星の面倒を見ながら生きてきた。現在結婚しているが、子供はほしくないと言っていたのに妻が妊娠し、苛立っている。

そして比奈子は、二年前に幼い娘の里桜《りお》を事故で亡くし、夫と離婚。十年ほど前まで祖父母が経営し、その後貸店舗にしたが最近は借り手のいなかった「ドライブインまほろば」を引き継ぎ、赤字覚悟で再オープンさせた。時折この店に比奈子の母親がやってくるのだが、実は里桜の死には母が関わっており、親子の関係は芳しくない。このあたり、両者の心理はかなり複雑にこじれている。

幼い兄妹が孤独な女性と出会うことで心の傷を癒し、その女性が新たな保護者となる話だったらどんなにいいだろう、と思わずにはいられない。しかし憂は殺人者であり、追われる身である。銀河が幼い兄妹を必死で捜しているのは、もちろん弟が殺された怒りもあるが、自分たちの裏のビジネスの重要な証拠が残ったパソコンを憂に持ち出されたからだ。それが発覚すれば自分の命も危ないため、彼は懸命である。その状況が本作のサスペンス要素となっている。

本作で浮かび上がるのは、まず、負の連鎖だ。保護者からの愛情を受けることなく育った流星と銀河は、自分が保護者になる自覚が持てない。芽衣はミカン農家で育ったが、母親が死んでから自分が家事を担っていたのに兄ばかり優遇していたとして父親を嫌っている。芽衣の父親にしてみるとまた違う言い分があるようだが、いずれにせよ親を憎んだ芽衣は、自分が親になっても子供に愛情を持つことができない。

比奈子と母親の場合は、里桜の死をきっかけに関係が悪化した。どちらも里桜の死に対する罪悪感を抱いているが、母親は誰にも責められていないのに周囲に許しを求め、比奈子は〈母の謝罪を押しつけがましいと、身勝手だと思って嫌悪感を覚えてしまう〉と、苛立ちを隠せない。自分が引き受けるしかない罪悪感を周囲からの許しで解消しようとする母親と、自分の罪悪感を背負うあまり母の言動に冷静に対応できない比奈子は、負の感情を増幅させていく。互いに距離をとる必要があるのだろうが、家族だからこそきっぱり関係を断ち切ることができないのがやっかいなところだ。比奈子の場合、ドライブインで提供する山菜などを母親が調理していることもあり、無下にできないという事情もある。

ただ、著者は家族という難しさを描くことで共同体を全否定しようとしているわけではない。比奈子や憂、来海が夏の間一緒にドライブインで働き、休日に三人で行動する様子は、幸せな家族のように見える。他にも、銀河の妻の慶子《けいこ》が、家族から離れようとあがいた過去を持ちながらも、新たな家庭を持とうとする姿が印象的だ。制度や服従や甘えによる結びつきではなく、共感や信頼で結びついた関係を求める姿がそこにはある。慶子の「あたしも銀河を助けたいと思う。それを共依存とか言うんやったら、勝手に言えばいい。あたしは一生銀河を助けるだけ」という言葉が非常に力強く響くのは、そこに誰かから強要されたわけではない、意志の力による選択と決定を感じるからだ。

過酷な状況が描かれることの多い遠田作品だが、清廉潔白でいたいけな人間がトラブルに巻き込まれるというよりも、欠落のある人間、なにか失敗してしまった人間が登場するのが特徴である。読者が共感できる人間像を作ろうとするのではなく、読み手によっては一ミリも共感できない、責められて仕方のない部分を持った人間のリアリティを浮かび上がらせる。

だからこそ、解決や救済の道が易々と見つかるわけではない厳しい人生のなかで、人がどう行動し、どう生きていくのかで読ませる。

それに関しては以前、WEB本の雑誌の「作家の読書道」というコーナーで著者にインタビューした時の言葉が心に残っている。非常に腑《ふ》に落ちるものであったし、自分がおざなりな救いが描かれた小説にあまり感心しない理由が分かった気がしたからだ。

「私は最後に救いがない話でもいいと思っているんです。編集者に『救いはいれてください』と言われますし、読む方にとっても救いはあったほうがいいんでしょうけれど、正直、私は気にならないんです。安易な救いを与えるくらいだったらない方がましだし、実際に世の中を見渡した時に救いなんかないことの方が多いですよね。救いがないならないで、そういうことはきっちり書くべきじゃないかと勝手に思っているんです」

「どんなに悲惨だったとしても、悲惨だから駄目とは言いたくないし、その悲惨な目に遭った人に失礼だと思うし、その悲惨さと向き合って、とことん書く方がいいんじゃないかな、と」

安易な救済は描かない。だからといって、絶望のどん底に突き落とすわけではない。生きる理由が見つからず、自分が生きていていいのかと苦しむ憂に比奈子は言う。

「生きるのに理由なんかいらへん。誰の許可もいらへんから」

これがもし「生きていればいいことがある」といったお決まりの励まし言葉だったら少年

て胸が詰まる。

には届かなかっただろう。この比奈子の言葉を聞いた時の憂の反応に、彼の思いが感じられ

人生という長旅に疲れた人々が、その夏立ち寄った「ドライブインまほろば」の物語。本を開いている間、読者もこの店の客だったわけだ。癒しの休憩時間になったとはいえないだろうが、読み終えた時、心のどこかが浄化されている気分にならないだろうか。こんな残酷な書き出しの作品で、ここまで心洗われる気持ちになるのも意外といえば意外だが、膿《うみ》を出し切るかのようにとことん絶望を抉《えぐ》り出し、求める光の眩《まぶ》しさをとことん追求してくれたからこその余韻である。この余韻があるから、遠田作品は病みつきになる。

本作品は二〇一八年十月に祥伝社より刊行されました
単行本を加筆修正し、文庫化しました。

双葉文庫

と-23-01

ドライブインまほろば

2022年1月16日　第1刷発行
2023年2月27日　第4刷発行

【著者】
遠田潤子《とおだじゅんこ》

【発行者】
箕浦克史
【発行所】
株式会社双葉社
〒162-8540 東京都新宿区東五軒町3番28号
［電話］03-5261-4818（営業部）　03-5261-4833（編集部）
www.futabasha.co.jp（双葉社の書籍・コミックが買えます）
【印刷所】
中央精版印刷株式会社
【製本所】
中央精版印刷株式会社

【フォーマット・デザイン】
日下潤一

ISBN978-4-575-52530-4 C0193
Printed in Japan

双葉文庫　好評既刊

NHK国際放送が選んだ日本の名作
1日10分のぜいたく

あさのあつこ
いしいしんじ　小池真理子
小川糸　沢木耕太郎　重松清
髙田郁　山内マリコ

通勤途中や家事の合間など、スキマ時間の読書でぜいたくなひとときを。NHK WORLD-JAPANのラジオ番組で朗読された作品から、選りすぐりの短編を収録したアンソロジー。夫が遺した老朽ペンションで垣間見た、野生の命の躍動。震災で姿を変えた故郷、でも変わらない確かなこと。疲弊した孫に寄り添う、祖父の寡黙な優しさ……。彩り豊かな8編。

双葉文庫